目次

小袖日記

プロローグ

死んでやる。

刹那《せつな》にそう思ったあたしは部屋を飛び出した。どうして死ぬのに外出する必要があるのか、とその時誰かに訊《き》かれたとしても、あたしは答えられなかっただろう。人の衝動というのはそうしたもので、頭に血がのぼっているのに理にかなった行動を整然ととれるようだとかえって怖い。

ともかく、あたしは猛烈に腹をたてていたのだ。何に対して？　そう、自分自身に対して。

世間にはごろごろしている、あまりにもよくある話だった。ありふれ過ぎて、もし文庫本を買うつもりで本屋に入って、本のカバーの裏の粗筋にそんなことが書いてあったら、なーんだ今どき、つまんなーい、と絶対買わないようなストーリーなのだ。つまりは不倫で、女房持ちの男とつき合って捨てられた。なんやそれ。そんな女、ただのアホやんか。

アホだった。それはよくわかっていた。少なくとも、男の言葉を信じていたわけではないので、騙《だま》されていたということにはならないだろう。しかし期待していたのは確かだった。いや、期待というよりは驕《おご》り。自信過剰。

美人の部類に入るかどうかは微妙としても、男の妻よりは断然ましだと思っていた。男の妻は会社の先輩、男は上司で、ああ、そうしたシチュエーション自体がすでに陳腐。だが男は顔が良かった。そして先輩だった男の妻は、在職中、けっこう意地悪で、あたしはたまに泣かされた経験があった。つまり、最初は、僅かな復讐心にいたずら心と優越感がセットとして付いて来る、ハンバーガー屋のセットメニューのように気楽で安っぽい恋愛未満だったのだ。

そして、終わりを告げるのは自分の方からだと信じて疑わない日々だった。

男はあたしから離れられない。とまではいかなくても、今さら妻だけで満足できるわけがない。

ある意味では、それは正しい予測だった。男は妻だけでは満足していなかった。そして、子供をつくった。

「女房が妊娠したんや……やっぱ、妊娠した女房を裏切るのはなあ……俺の子に申し訳ないゆうか……」

あんたの子かどうかなんてわかるもんか。あたしは捨て台詞《ぜりふ》を吐かないよう堪《こら》えるだけで精一杯だった。別れがこたえていると思われるだけで悔しい。震える唇を頬の筋肉で抑えつけながら、にっこり笑った。

「おめでとう。ちょうど良かったわ。あたしもそろそろ潮時やと思てたし、別のひととももちょっと、ね、つき合《お》うてみよかな、思てたとこやったから」

笑顔のまま喫茶店を出て、二十メートルほど歩いたところにあった美容室の看板を思いきり蹴飛ばして走って逃げた。看板で良かった。そこに人がいたら刺していたかも知れない。仮に刃物を手にしていたら、の話だけれど。

自分でも驚いていた。ありふれたつまらない時間潰《つぶ》しに思えていた関係だったのに、あたしはやっぱり、その男に惚れてしまっていたのだ。

涙が出てくるまで時間がかかった。それで映画を一本観て、抹茶クリームあんみつを食べて、レンタルビデオでアンパンマンとか映画とかを借りて部屋に戻り、テレビ画面の中のドキンちゃんを見つめながら泣いた。

死のうと思ったのは、二本目のビデオが終わったその刹那だった。

*

歩きながらぼんやりと考える。いちばん痛くなくて死に顔も醜くならない死に方ってどれだろう。痛くないのは墜落死だと聞いたことがある。高ければ高いほどいいらしい。落下中に気絶するので何も感じないままあの世にいける。ただ、一歩を踏み出すのに尋常ではない恐怖を体験しなくてはならない。怖いのはイヤ。毒は？　青酸カリとかヒ素とか、推理小説で読んだことのある毒物なんて、どこで手に入れたらいいのかわからない。クレオソートだとか中性洗剤だとかを飲むと死ぬとも聞いたことがあるけれど、あんな臭《にお》いの強いもの、どうやって呑み込む？　農薬は？　農協もないのに、どこで買えばいいのよ。毒はダメ。面倒くさい。それなら悲劇のヒロインらしく手首を切るか。お風呂でからだをあたためておけばすぐ楽になるらしいし。ああ、でもあたしは刃物が嫌いだった。カミソリなんて、見ただけで身震いする。あんなもので肌を切り裂くなんて、野蛮だ。

ぶつぶつ言いながら夜道を歩いた。衝動はあっても決心が持続するとは限らない。もちろん、あたしは死にたくないのだ。自分でもそれはわかっていた。でも他にこのやり場のない怒りと情けなさに決着をつける方法が思い浮かばない。

いつの間にか公園に入り込んでいた。毎朝、バス停まで通う途中の道にある児童公園で、やたらと鳩がいてベンチが糞だらけなのは知っている。時間の感覚がなくなっていて、今は何時頃なのかわからなかった。映画を観終わって甘いもの屋さんを出たのが午後十時くらい、それから終バスで戻ってマンションの近くのレンタルビデオに寄ったわけだから、部屋に着いた時は十一時は過ぎていただろう。それからビデオを二本観たわけだから……午前一時はとっくに過ぎている！

そう思って周囲を見回すと、本当に、人の姿はまったくなかった。

真夜中なのだ。丑《うし》三つ時、なのだ。

妖怪だの幽霊だの変態だのがうろうろする時刻。

その時、あたしの脳裏をよぎったのはある種の破滅願望だったのか、それとも予兆とか予感とかいうものだったのか、いずれにしても、普段なら真夜中の公園になど絶対に足を踏み入れない性格のあたしは、その時、すたすたと迷うことなく公園の中へと踏み込んでいた。鳩の糞を威勢よく踏んづけながら。

妖怪ならとって食え。幽霊ならとり殺せ。変態はちょっとイヤかも。

まあ贅沢は言っていられない。変態でもいいや。あんまりヘンなことしないでくれれば。できるだけひと思いにブスッとやってね。ナイフなら心臓を正確に。

あたしは一本だけ立っていた街灯の下で、その小さな公園の中を見回した。何の変哲もない、殺風景な公園。砂場とシーソーとすべり台。水飲み場と公衆便所。

妖怪も幽霊も、変態すらいやしない。

あたしはがっかりした。シチュエーションというかセッティングとしては悪くないと思ったんだけど、真夜中の公園って。死に場所として美しくはないけれど、新聞に載った時に人々の好奇心をかきたてそうだ。そんな真夜中に若い女性がひとりで何をしていたんでしょうか？　いずれにしても、彼女は血まみれの姿で発見されたのであります。そして絶命する間際にこう言い残したのでした……何を言おうか、最後の最期に……そうだ。奥さんのお腹の子はあんたの子やないで。あほ。

やめた。アホらし。第一、あの意地悪で不細工な女のお腹の子には何の罪もない。

あたしは、街灯に背中を押し付け、そして寄り掛かった。

死ぬなんてやめとこ。なんか、得なことなんかひとっつもあらへんやん、考えてみたら。世の中に男があいつひとりだけいうわけやないんやし。それに、あいつが離婚して結婚してくれなんて言い出してたらどうした？　あんなので妥協できた？　できへん。うちの会社の課長なんて、給料、たかが知れてるやん。寿《ことぶき》退社してすぐパートに出なあかんなんてイヤやわ。それに寿退社やなんて自慢することもでけんやないの、課長の家庭壊して妻を追い出した略奪結婚、あたしは完璧に悪者やん。

こじれないうちに別れられたんだから、ラッキーなのかも知れない。

そう思うことにする。すべてに前向き、常にプラス思考、敵を憎まず他人のために自分の顔をかじらせる博愛精神。アンパンマン万歳。

あたしはかじられてやったんだ。この、まだ三十前で艶《つや》もハリもあるからだを、疲れた中年男にかじらせてやった。ジャムおじさんが心の中に住んでいる限り、大丈夫。

幼い頃に両親は離婚して、あたしと弟は母親と暮していた。当然、母はいつも忙しく、あたしと弟はアンパンマンのビデオと共に育った。ジャムおじさんほどすごい人はこの世界にいないと思った。今でも尊敬する人、という質問には、状況がゆるす限り、ジャムおじさん、と答えることにしている。

あたしは少しだけ、幸せを取り戻しつつあった。

明日は明日の風が吹き、また新しい男に出会えるだろう。それでいいじゃない。生きよう。

死ぬのはとりやめ。悪いけど、妖怪も幽霊も変態もパスね。帰ってお風呂に入ろう。入浴剤は最近お気に入りの「桜」にして。さてと。


その瞬間、頭上で何かがパシッと鳴った。

目の前が明るくなり、全身が大きく一度震えるのがわかった。

直後、あたしは暗闇の中を落ちて行った。

第一章　夕顔

1

目を開く直前、耳に声が響いた。

「小袖《こそで》、小袖！　しっかりしてちょうだい！　目を開けておくれ、小袖！」

そう聞こえた。いや、そう理解できた。耳が受け取ったのは奇妙な抑揚のついた、外国語のような言葉だった。それでもなぜなのか、意味は問題なく伝わって来た。

あたしは目を開いた。

悲鳴のような歓声のような声があがり、誰かがあたしに抱きついた。

「小袖！　生き返ったのですね、小袖！　ああ、ありがたいありがたい……」

途端に周囲で念仏が重奏で唱えられ始めた。

もしかして、ここって死後の世界？

それとも……夢でも見てるのかしら。あたしさっき確か……確か……公園の街灯の下にいた……

「雷《いかづち》に打たれて生き返るとは、小袖はよほど強い命を持っているのだわねぇ……」

あたしを抱き締めているのは女性らしい。声が柔らかくて腕が細い。ただ、変な匂いがした。仏壇で昼寝していた野良猫みたいな、抹香《まっこう》臭さと獣臭さが混じった……

あたしは自分を抱いている女性の顔を見た。

「わ――――っ!」

思わず悲鳴をあげて飛び退《すさ》った。だがその拍子に周囲にいた人々の顔もまともに見て、あたしは腰を抜かしていた。

おかめ!

おかめの大群!

悪夢?

「小袖はまだ気がしっかりしていないようね。誰か、小袖を寝かせてあげなさい」

生きたおかめがそう言うと、他の生きたおかめがわらわらとあたしを取り囲み、中でも頑丈そうなひとりがあたしをひょこっと抱き上げて運んでしまった。あたしはぽかんと口を開けたまま、運ばれて行く廊下のような場所の景色を眺めていた。

とても薄暗いのは、時刻的な問題なのだろうか、それとも、簾《すだれ》みたいなものがあちこちに垂れ下がって外の光を遮《さえぎ》っているせいなのか。

そもそも、ここはどこ？

悪臭というほどではないが、香水にたとえればかなり個性的で、こんな匂いをわざわざ身につける人の顔を見てみたいなと思うような匂いが鼻腔《びこう》を圧倒している。それが香を薫《た》いている匂いと人の体臭が混ざっているものだとようやく気づいたのは、板の間に敷かれた薄い布団、というより重ねた布の上に寝かされ、着物みたいなものをばさっと上から被《かぶ》せられた頃だった。敷き布団くらいまともなものにしてくれないと、これでは背中が痛くて仕方がない。

と、そこまで考えてやっと少しずつ理解し始めた。どこかでそうした光景だの匂いだのについての解説を読んだ気がするのだ。あれは……あれは……高校の……文芸クラブの夏休み、源氏物語（もちろん現代語訳！）を読み解く集中合宿でのこと！

源氏物語って……つまりこの、あたしの置かれている環境はその、平安時代の貴族の環境ってこと？

あたしの視界におかめの顔が甦《よみがえ》った。見事な下膨《しもぶく》れと青白い肌、紅をさして異様に小さく描かれた唇に線状の一重瞼《ひとえまぶた》。眉毛は●状態。それは確かに、絵巻物の複写や本の挿し絵で見た憶えのある、平安時代の女性の風貌そのものだった。そもそも、おかめ、というのは美人の典型なのだ。浜崎あゆみとちょうど正反対の顔が美人とされた時代が、日本には確かにあったのである。

　ということは、さっきのおかめ軍団は美女の集団だった、のかも知れない。もっとも、それぞれのおかめの特徴をとらえられるほどおかめの造作に慣れていなかった、つまりどれもこれも同じ顔に見えて区別がつかなかっただけで、きっとあの中にも上等と並とそれ以下とは混在していただろう。西洋人が東洋人の顔の区別がつかないみたいなものので。

　あたしは、ふうっ、と大きくわざとらしく溜息をついてみた。それで事態がいくらかでも改善されると思ったわけではないが、ともかく、状況を理解しなくてはならない。もし、ここが本当に平安時代の貴族の屋敷、てなものなのだとしたら、考えられる可能性はどれだけあるだろうか。まず、驚異的時代錯誤を起こした大金持ちが、現代の京都市の真ん中に平安時代の貴族屋敷をつくってしまって、あたしはどうしたわけかそこにかつぎ込まれた、という可能性。これはあり得る。ディズニーランドに遊びに行くのに新幹線をつかった時、名古屋の手前だったかどこだかで、小さなお城と赤い時代がかった橋を目撃し、何かのテーマパークだとばかり思っていたのだが、後になって、酔《すい》狂《きよう》なお金持ちが趣味でつくった城と橋、つまり私物だったとわかって仰天したことを思い出した。自分の土地に、建築法に違反しない限りどんな建物を建ててどんな暮しをしようと個人の勝手なわけだから、現代の京都に平安貴族屋敷をぶっ建ててしまった人間がいて、しかも集団おかめをはべらせておかめハーレムをつくっているとしても、あり得ないと言い切れるようなことではないのだ。しかしそれだと辻褄《つじつま》が合わないのが、あの抱きついて来たおかめがさかんにあたしのことを、小袖、と呼んでいた点である。見知らぬ行き倒れを保護して家に運び込んだ、という接し方とはとても思えなかった。人違いされているのだろうか？　うーん、わからない。

他の可能性はどうだろう。

ここは映画のセットだったり、とか。

いや……

あたしは、そのことに思い至って身震いした。

あの時、あたしは街灯に寄り掛かっていた。そして頭上で何かが割れるような、パシッという音を聞いた。それからあたしのからだが、エビみたいにはねた。

あれは、もしかすると……感電？　さっきあのおかめその①が何と言っていた？　いかづちに打たれて、とか言ってなかった？　いかづちって、雷のことやないの？？？

SF小説やあるまいし。

それでもあたしは、その可能性から思考を引き剝《は》がすことができなくなっていた。

四次元の範囲で考えてみるなら、千年やそこらの時が背中合わせになっているのはそう特別なことではないのかも。もし千年以上前の京都にいた小袖という女が、あたしがさっき感電した同じ場所で感電していたとしたらどうだろう……電気的に何かの作用で……あたしとその女とが、世界を入れ替わってしまったとしたら……

あたしは跳ね起きた。幸い、誰も付き添ってはいなかった。小袖、というのは、さほど身分が高い女ではないのかも知れない。さっきのおかめその①の口ぶりからして、彼女が可愛がっている使用人、というところか。

あたしは板敷の床を這ってそろそろと進み、垂れ下がっている簾をちょっと持ち上げて部屋の外の様子を観察しようとした。が、前のめりにつんのめって、鼻を思いきり床にぶつけた。

「な、なによ〜、これ？」

自分の膝、袴《はかま》のようなものを穿《は》いたその膝がふんづけている黒いものを、あたしは手ですくいとった。髪の毛。まさか……

あたしはそれを引っ張った。痛い。

あたしの、毛？

あたしはセミロングに髪を伸ばしている。しかし、この毛の長さはどう見たって、スーパーロング、いや、ロングとかなんとかいう問題じゃなくってギネス申請する？　というレベル……

まさか。

血の毛、いや、気がひいた。

まさかまさかまさかまさかまさかまさか！

鏡！　なんてものはなさそうだ。水でいい。平らな水で。あたしは後先考えずに外に飛び出した。簾の外はそのまま縁側のようになっていて、庭が見えた。庭の隅に水瓶《みずがめ》がある。ほんとに水瓶なのかどうかはわからないけれど、ともかく瓶の形をしている以上は水があるはず。あたしはずるずると袴をひきずりながら瓶に近寄り、木の蓋《ふた》をはずした。

きゃあぁぁぁぁぁぁぁぁぁぁぁっ。

水面でおかめが絶叫した。

2

結論としては、入れ替わったのは世界ではなく、肉体だった。と、あたしは無理に納得してともかく生きている。

ここが何時《いつ》なのかは、だいたいわかったが、元の世界の千年だか千二百年だか前、という単純な話ではないというのは確かなようだ。つまり、タイムスリップしたわけではなくて、別宇宙の小袖という女性と肉体を交換してしまったらしいのだ。多元宇宙の話は小説で読んだのでイメージとして頭に描けないということはないのだが、自分自身のこととして考えてみれば、当然、想像を絶した。

幸いなことに、この世界はあたしがもともといた世界とほぼ同じ物理法則に従って動いているらしく、その点で戸惑うことはない。たぶん、あたしが元いた世界の元いた時間を千年ちょっと巻き戻せば、ほとんどここと同じ状態になると思う。従って、あたしがもし平安時代の風俗だの歴史だのに精通していたとしたら、そう困ることなく生活していられるのかも知れない。しかし、あたしは精通していないのだ、いかなる時代のいかなる風俗にも。あたしが元いた時代を除いては。

つまり、頼りになるのは高校の文芸部時代に読んだ源氏物語、あれしかなかった。それも薄れかけた遠い記憶ばかり。だいたい、源氏物語は嫌いなのだ。なんだあの光源氏とかいう節操のない色魔《しきま》野郎は。おまけにロリコンで、何も知らない少女を監禁同然にして自分の好みの女に仕立てあげるなどとは言語道断の変態男である。あんな、反フェミニズム的作品をあろうことか女が書いたというのだから、紫式部ってなんて嫌な女！と、ひどく嫌悪感をおぼえたものだった。紫式部の才能と人気に嫉妬していたとされている清少納言の書いた『枕草子』の方が、遥かにあたしの好みと合致した。すっきりとして威勢がよくて繊細だけれど甘くなくて。ああ、でもそれならどうして、『枕草子』についてもっと真面目に勉強しておかなかったんだろう、と、激しく後悔している。あっちの方が、平安貴族の風俗だとか習慣について細かく書かれていてずっと役にたったのに。

まあ愚痴っていても仕方がない。ともかく、あたしは今、その源氏物語が書かれた時代に、小袖、という名前だった女の肉体の中にいる。正確に言えば、脳の中、ということになるのかしら。ただしさっきも言ったように、どうもここはあたしの本来の時代の過去にあたる世界ではなく、微妙にずれているらしい。証拠があるのかと問いつめられると困るのだが、なんとなくどこか、違うのだ。うまく言えないけれど、強《し》いて言うなら、からだの感じ？　そう、ここでは前の世界より少しだけ、からだが軽く感じられる。つまり、重力が弱いらしい。他にも微妙な違和感をおぼえることはいくつかあるのだが、生活に差し支えるほどではないのでとりあえずは無視している。要するに何が言いたいのかといえば、前の世界の過去に小袖という女が存在していたのかどうかは怪しい、ということである。少なくとも源氏物語を文芸部で学習した時に、そんな名前の女房が宮中にいたなどというのは聞いたことがない。それなのに、この小袖という女、つまり今のあたしは、源氏物語の成立に深く深く関わる立場にいるのである、なんと、驚いちゃうことに。

源氏物語は紫式部作、ということで世界的にもまかり通っているが、紫式部というのはペンネームであって本名はまだ確定されていない。で、この時代、この世界では、前の世界でも紫式部として有力視されていたある女性が、本当に紫式部だった。ただし、半分だけ。

源氏物語を現代語訳であれ読むとわかることだが、物語は語り手と書き手との存在で形成されている。語り手は宮中の事情に詳しい女房らしい女、が中心で、書き手はどうやらひとり、この書き手というのは若い女房らしく、実は光源氏のことをちょっと小馬鹿にしたようなことなどちらっと書いていて、秀才だがはねっかえりのいたずら好きな女性を想像させるのだが、もちろんすべては作者の空想上の設定であって、いわば、コナン・ドイルがワトソンの振りをしてホームズを書いた、あの手法だと、ずっと思われて来た。もちろん、前の世界ではそれが真実だったのかも知れないのだが、この世界では少し違っていた。

確かに書き手としてはひとり、いる。フルネームは日本文学史上のミステリーのネタをあっさりばらしては面白くないので伏せるが、宮中では香子《こうし》さま、と呼ばれている中年のおばさん。おっと、中年、とは言っても前の世界でのあたしの実年齢よりまだ若い。平安時代なんて嫌味な時代である。女の盛りは二十代前半までで、三十に近づけば立派なおばさんなのである。それはともかく、この香子さま、が、あたしがこの世界で目を開いた時にあたしに抱きついて来た、おかめその①だった。

本人の名誉の為に保証するが、おかめその①、香子さまは、当時の一般的感覚からすればそこそこの美女である（らしい。でも未だにあたしには、綺麗なおかめと醜いおかめの区別が付かないことがあるので、あたしの主観ではないと断っておく）。しかし顔などはこの時代、はっきり言って女の価値を決める上ではあんまり関係ない。何しろ昼間でも部屋の中は薄暗く、おまけに身分の高い女は滅多に顔を人前にさらさない。顔の美醜よりも和歌の技量の方が美人の条件になるというのだから、あたしにとっていい時代なのか悪い時代なのか判断に苦しむところである。どうやら、小袖、は和歌の才能は人並みで、さほどたいしたことはないようだ。

あたしが寄生（と言うとなんかサナダムシになったみたいでヤな感じ）しているこの小袖の脳には、以前の小袖の能力や特徴をつかさどる部分がかなり残っていて、そのおかげであたしには、妙な音程の平安時代言葉がちゃんと理解できるし、小袖が持っていた才能に見合う程度の和歌を作って披露することもできる。もしそうでなければ、和歌だの俳句だのがあたしにひねれるはずがない。和歌はひねるって言わないのかも知れないけれど。

えっと。とりとめもなく説明していると何の話だったか忘れそうだけれど、要するにそれだけあたしは混乱した精神状態でいるわけで、それは仕方ない。誰だっていきなり千年も前の世界に放り出されたらパニックするでしょ。ね。あたしも当然パニックした。最初のうちは驚愕の連続で、いちいち悲鳴をあげては香子さまを心配させ、雷に打たれた後遺症だと思われて、いろんな加持祈禱《かじきとう》までされてしまった。しかしそれでも、慣れというのは恐ろしいもので、あれから一ヶ月、あたしはどうやらこの世界で生きていくことに順応しつつある。もともと肉体的にはこの世界、この時代の人間なわけだから食べ物に困るということはなかったし、まあ髪の毛を好きな時に洗えないのがいちばん辛いという以外には、とりあえず大きな不満はない。髪の毛を洗うのにいちいち吉日を占ってもらわないとならないなどとは想像したこともなかったけれど、さすがにこれだけ毛が長いと、確かに、一度濡らしたら乾くまでに相当な時間がかかり、気化熱を奪われて風邪をひき、肺炎で死んでしまうなどという不幸が起こるというのも頷《うなず》ける。それにしても、頭、かゆい。

あ、また脱線しかかった。

で、源氏物語である。

書き手、つまり一般的に言えば紫式部は香子さま、ということになるわけだが、サー・アーサー・コナン・ドイルがワトソンとホームズのどちらも想像力で生み出したのとは少し違って、実は、源氏物語には語り手、というか、ネタの提供者が別にいるのである。そう、あたし、いや、あたしがからだを乗っ取る前の（小袖のからだがあたしの脳みそを乗っ取ったのかも知れないけれど）小袖、その人がそれだったのだ。

香子さまの言葉から類推するに、事情というのはこうだったらしい。

香子さまは彰子《しょうし》さま（帝《みかど》の奥さんで権力者の娘）の教育係まで務めている秀才で、中国の文献なんかもすらすら読んでしまうスーパーレディである。その上に夢想好き噂好き男好き、そうした女は平安時代でも平成時代でも、作家になりたがるものらしい。香子さまは小説を書き始めた。最初が「桐壺《きりつぼ》」、かなりきわどいマザコン表現と、どうやら実在の人物をちらちらモデルにしたらしい色モノっぽさが大受けして、宮中の女房たちの間でベストセラーになってしまった。そこまでは良かったのだけれど、何しろ思いつきで始めてしまった作家業だったので、もうネタがない。たまたま香子さまのおそば付き女官で、香子さま以上に噂好きで情報通だった小袖がネタを提供することになる。小耳に挟んだ、若き男君《おとこぎみ》たちが女の品定めをしていたという噂を元に続編を書いたらこれもまたまた大評判、さらに三作目はまたまた実在の人物をネタにして小袖の情報をフル活用、と、こうして二人三脚の「紫式部」が誕生してしまったわけである。

もちろん、作家とはいってても香子さまが小説で儲かるわけではないし、小袖がいくらかその分け前にあずかれるわけでもない。二人の仕事はあくまで宮仕え、小袖の情報収集も手が空いている時に限られる。つまり、ネタのストックが山ほどあったわけではなかった。それなのに、小袖が雷に打たれるというアクシデントが発生。命はとりとめたものの、奇声を発して失神したりぎゃあぎゃあ泣き喚《わめ》いたり、子供でも知っていることをド忘れしてしまったり、と、雷の後遺症ですっかりおかしくなってしまった小袖の様子に、香子さまはほとほと困り果てている、というのが最近の事情だったわけである。宮中の女房たちが今か今かと待ち焦がれている物語の続きがなかなか書けないのも、盟友である小袖のことが心配なのとネタがないのとで致し方ないことだった。

そう、今朝までは。

早朝。

ともかく早寝早起きの平安人、なんと朝のまだほの暗いうちから働くのが常識で、一日の仕事は午前中に終わらせてしまうというせっかちさである。しかしそれも無理ないことで、ここでの生活を始めてから何より驚いたのは、この時代、暮しの中に灯《あか》りがほとんどない、ということだった。時代劇だの戦国物の大河ドラマなどを見つけていたせいか、なんとなく平安時代でも蠟燭《ろうそく》ぐらいは使っていたと思い込んでいたのだが、どうやらこの時代、蠟燭の原形になったものは輸入品としていくらかはあるものの、寺で仏教儀式に使う貴重品で、生活用品として使用するなどもってのほか、第一、使いたくても手に入らない。日用品としての灯りといえばまずは燈台、といっても岬に立っていてぐるぐる回るあれではなくて、小皿に油を流してこよりを突っ込んで、それに火を点《つ》ける、小学校の理科の実験で使うアルコールランプの簡易版のようなもの。これを部屋の中に置いたり、部屋から部屋へと移動する時に手に持って歩くのだが、いかんせん液体の入った皿を持ち歩くのは不便極まりない。部屋に置いてもたいした明るさにはならず、あたりをぼんやり照らす程度だ。他には、紙のこよりのようなものに油を染込ませたものがあるが、それなどはちょっと火を点けて数秒間あたりを照らすのが精一杯といった状態。日が落ちてから探し物をしたりする時や、客人の顔を見分ける時などにちょっと使う以外にどうしようもない。どんな字を書くのか知らないが、シソク、と呼ばれている松明《たいまつ》のようなものはある。油分の多い木の棒に火を点けるだけ、というお粗末なものだが、それでもどうしても夜間に外出しなくてはならない時などは重宝するらしい。らしい、というのは、女が夜間に外出するなど想像のほか、というこの時代、あたしにシソクが必要になることなどないので実物を見たことがない。

いずれにしても、平安時代の人々は日が落ちたら寝る。月が明るい時にはちょっと夜更かししてみることもないわけではないが、暗闇の中でゴソゴソ起きているよりも、さっさと寝てしまって早起きした方が合理的なのだ。従って人々はだいたい早起きで、うっすらと空が白み始めた頃から動き回る。

その日の朝も、まだあけの明星がくっきりと瞬《またた》いている空を見上げながら盛大に欠伸《あくび》をしていたあたしの耳元で、いつのまにか忍び寄っていた（なぜか平安の人々は忍び寄りが得意である）香子さまが、こう囁《ささや》いた。

「そんなに大きな口をあけていると、口の中に物《もの》の怪《け》が飛び込みますよ」

あたしは慌てて口を閉じた。

「お、おはようございます」

「おはよう。どうですか、気分は」

「快調です」

「それは良かったこと」

ほほほほほ、と上品に笑ってから香子さまはおもむろに言ったのだ。

「そろそろ次の物語を書かないとみんなが納得してくれません。ねえ、小袖、何か面白いお話はないかしら」

それはもう、面白いといえば実はあたし、今から千年くらい先の時代の生まれでしてね、と打ち明けられれば楽なのだが、それでは紫式部が書く物語がSFになってしまうのでやはりまずい。竹取物語はSFじゃないか、と突っ込まれればそうなのだが、あれは作者不詳の伝説なので別格だろう。それなら雨月物語は幻想ホラーじゃないかとか、そもそも古事記なんか冒険SFでしょう、などと考えているときりがないので、源氏物語は恋愛小説なのだ、と自分に言い聞かせ、宮中の恋愛ネタなんてどこで拾って来たらいいのやら、と頭を抱えたくなってしまった。

しかし、突然のタイムスリップ、いや、次元スリップ？に発狂寸前だったあたしを手厚く看病してくれた優しい香子さまの為に、そろそろネタ探しに歩かなくてはならないな、とあたしは覚悟を決めた。

「先日結婚して宮を下がった白鷺《しらさぎ》さんは、若君さまたちの噂をよくしていらっしゃいましたよね。彼女に会いに行ってはいけませんか？」

「白鷺の叔母が東宮さまの乳母《めのと》だったわね、そういえば。それで若君さまたちの噂に詳しかったのかしら。会いに行くのは構わないけれど、実家の屋敷がどこかわかっているの？」

「五条の辺りだと聞いています。ちょっと調べればわかると思います」

「それなら今日は一日、わたしの用向きで外出するということにしましょう。牛車《ぎっしゃ》を出せるよう言い付けておきます」

わお、贅沢！

牛車なんて小袖の身分では滅多に乗れるシロモノではない。でもそれだけに、あんなものでうろうろすると目立ち過ぎる。

「いえ、歩いて参ります。たいした距離ではありませんから」

かなりやせ我慢をして答えた。前の世界のあたしだったら、とってもじゃないけれど歩くのはまっぴらごめんな距離だった。この世界、この時代で暮すようになって、ともかく丈夫になったのは足だと思う。移動するのに徒歩が基本という生活は、しんどいけれどかなり新鮮。

3

重力がほんの少し弱いということは、からだがほんの少し軽いということで、当然ながら長距離を歩くのは楽になる。その上、あたしのこの肉体、つまり小袖のもとの肉体は、なんと、十七歳（数えで十八歳！）なのである。これはすごく嬉しい。

この時代の十七歳は立派な大人で子供を産んだことがあっても珍しくもない。だが精神的なものはどうであれ、この世におぎゃあと生まれてから十七年しか経ていないことにはかわりなく、肌はぴかぴか、髪はつやつや、それだけで鼻唄を歌ってスキップしてしまいそうになる。

鼻唄といえば、鼻唄には充分注意しなくてはならないのだ。数日前、香子さまの細長《ほそなが》（いちばん上に着る後ろに長ーいやつ。でも普通は十代の若い女の子が着るものらしい。セーラー服みたいな感じ？だとしたら、香子さまが着るのはちょっと無理があるんやないの、とは思うけれど、香子さまは人気作家なので奇抜な服装もゆるされる、ということなのかな？）の手入れをしながら、部屋に誰もいないと思い込んでつい鼻唄を歌っていたら、例によって音もなく背後から忍び寄っていた（どうして平安時代の人たちって忍び足が得意なんだろ？）香子さまにそれを聞かれてしまい、香子さまは慌ててまた、悪霊退散の加持祈禱を始めようとして騒ぎになりかけた。歌っていたのは小柳ゆきのバラードの一部だったのに、どうして悪霊退散になっちゃうのか、平安時代の人間の聴覚機能は不思議である。

陰暦の水無月《みなづき》、京都は真夏。それでも、平安時代というのは小氷河期にあたっていたという説を何かで読んだことがあるが、現代、つまりあたしが元いた二十一世紀初頭の京都の夏に比べたら格段に過ごしやすい。だいたい、どの家にもエアコンがないから、エアコンから排気される熱風が皆無なのがいちばん大きいだろう。あたしが小学生だった頃は、まだエアコンのない家というのもけっこうあった。あたしは滋賀県生まれの京都育ちだが、昔の方が夏が涼しかったのは間違いない。

宇宙は微妙にずれていても、この時代、都《みやこ》の暑さは殺人的というほどのことはない。十七歳のぴちぴちしたからだを小気味よく動かして、あたしは都大路を南へと歩いた。

この時代、宮仕えをするような、特に命婦《みょうぶ》以上の地位にある女が乗り物に乗らずに歩いて遠出するというのは、実はあまり普通のことではないらしい。だが香子さまがゆるしてくださる限り、あたしは気にしないで歩きまわっている。もちろん、あのずるずると裾《すそ》の長い上っぱりだの袴だのを引きずって歩いていたのでは後で洗ったり手入れしたりが大変なので、適当に裾をはしょって男装のように仕立て、庶民が被る編笠を被ってすたすた歩く。この時代、都は人口密度ではもちろん日本一だったはずなのだが、それでも都大路でさえ昼日中にはさほど人通りがない。

京都の町はこの時代から基本的な構造はそう変化していないので、地図がなくてもおおよその位置関係は把握できる。ただ、内裏《だいり》があるのは千本今出川《せんぼんいまでがわ》のあたり、メインストリートの都大路はあたしの時代の千本通りなので、河原町《かわらまち》通りや烏丸《からすま》通りがメインストリートになっているあたしの時代から考えると、全体に西に少しずれている感じがする。

白鷺の実家は現代の五条烏丸付近にある。この時代、結婚は通い婚の一形態である婿《むこ》入り婚がほとんどで、女は結婚しても実家に住み続けるか、夫が用意してくれた専用の家の主人となるかである。夫となった男に財力があって、立派な屋敷を用意してくれ、そこの主《あるじ》として優雅に暮すというのが女の夢なのだ。だがそんな幸運に恵まれる女は貴族の血をひいていてさえ稀《まれ》であり、大抵は実家でそのまま暮しながら夫が通って来てくれるのを待ち続け、そのうちに夫は地方転勤ということになって一緒に都落ち、老齢に近くなってようやく夫と共に都に戻って、あとは小さな屋敷を退職金代わりに拝領して余生をおくる、まあそんなところが関の山。何しろまだ、民間企業と呼べるようなものが存在していないこの時代、男たちの勤め先は政府でしかあり得ず、貴族の男たちはみんな揃って国家公務員というわけである。ひとたび命令が下れば日本中のどんな田舎に飛ばされても文句は言えないのだ。

白鷺も中流貴族の娘で下っぱの官僚と結婚した。老い先まで予測できるような平々凡々たる人生だ。でもお喋りで噂好きだが人のいい、おおらかな女性で、夫の赴任に伴って地方に下っても、それなりに楽しく生きていかれそうなのがうらやましい。


そもそも、あたしはこの世界、この時代で、これからどうしたらいいのかしら。

あたしの今の肉体、小袖の実家は遠く関東の方、あたしの時代で言えば神奈川県あたりらしく、いきさつはわからないが都の貧乏貴族の養女となって育てられたらしい。宮中で働いているのはいわば行儀見習い、いずれは有力者の口利きで内裏に勤める小役人の妻となる運命である。そして、基本的に、この時代の女は夫を選ぶことはできない。それなりに力のある者が良い縁組だと考えた相手との結婚は、女系が基本のこの時代において、自分の実家や養父母の家を衰退させない為の必要手段なのだ。相手の男が気に入らないなどという理由で断れるものではない。

だがそれでも、この時代の女が不自由で自由恋愛と無縁、というわけではもちろんない。というより、この時代には貞操という概念があまりないらしい。処女であるかどうかなどは気にしないのだ。夫を持つ女であっても気に入れば言い寄って関係を持ってしまうのは貴族の男にとってごく当たり前のことだったし、女の方も、夫の体面を穢《けが》すことがなければ夜ばいに応じるのはさほど珍しいことでもない。その点では、二十一世紀の日本より自由なのかも知れない、とも感じる。だが香子さまはそうは思っていないようだ。この時代にはこの時代の不自由があり、この時代の哀しみがある、つまりはそういうことなんだろう。

そして、あたしにとっては、そういう問題以前の問題として、いったいいつまでこの状態が続くのかしら、という大問題があるのである。

もう永遠に元の世界、元の時代へは帰れませんよ、と誰かが断定してくれるのなら、それはそれなりに覚悟も決まるわけだけれど、次の瞬間にはあの夜の公園に立っているかも知れないこの状態では、恋愛がどうのとか結婚がどうのとか、のんびり考えている気持ちのゆとりも生まれない。そして数えで十八歳というのは、この時代、女が結婚するのに早すぎる年齢ではないのだ。養父からは、今年中にも良縁を探してもらうと手紙が届いていた。

まあ、悩んでみても始まらないわけだけれど。

悩んだくらいで解決するほど問題の根っこが理解可能なものではないのだから、最初から。こんな状況、目が覚めたらゴキブリになっていたというあの、カフカの『変身』みたいなものだものなあ……あれ？　ゴキブリやなかったっけ？

白鷺というのは女房たちの間で呼ばれていたニックネームで、首が長くて色が飛び抜けて白いのでそんな渾名《あだな》がついたらしい。本名は藤原《ふじわらの》なんとかかんとかの娘・葛子、とか言うらしいけれど、そんな名前では誰も呼ばなかったのであたしもいつもの通りに白鷺さん、と呼ぶことにした。門構えもそこそこに大きな、中流貴族にしては裕福そうな家だった。それでも五条あたりは都の中では庶民の町で、金持ちが住むところではない。

「わざわざ歩いて来てくれたの！」

白鷺は抱きつかんばかりに喜んだ。

「宮を下がってからもう退屈で退屈で死にそうだったのよ。小袖さん、ゆっくりしてってちょうだい！」

白鷺は甘いものに目がなく、宮中でも休憩時間になると何かしらお菓子をこっそり取り出して食べていた。今日も期待通りに、唐菓子と呼ばれる揚げたかりんとうみたいなものや、干し杏《あんず》、胡桃《くるみ》などがどんどん出される。藤原なんとかかんとか、というくらいだから、中流貴族とはいっても由緒正しい一族の一員には違いなく、もしかしたら、こうした菓子類を手に入れる特別なルートでも確保しているのかも、などと思いつつ、遠慮なくいただく。何しろこの世界、ミセス・ドーナツもなければコンビニもない。チョコレートもチーズケーキもなんにもない。何が辛いといって、これからの季節、ハーゲンダッツのラムレーズンが食べられないことほど辛いことはない。

ひとしきり宮中の噂話に花を咲かせてから、誘導尋問よろしく、どこかでちょっと艶っぽい話を耳にしなかった？　と水を向けた。

ぼりぼり、と唐菓子を齧《かじ》りながら白鷺は小首を傾げた。

「艶っぽい話、ねえ……ああ、そう言えばね、うちの近所にどこぞの若君が通って来るって家があるのよ。歳はわからないけど、かなり身分の高い男だろうって。でもね、最近はお見限りらしくて、その家の女主人はひとり待ちぼうけ」

やっぱりそうだ。

あたしは内心、ほくそ笑んだ。白鷺の家に行ってみたいと香子さまに申し出たのには理由がある。そう、あたしは元の世界で源氏物語をすでに読んでいた。全部ではないけれど。そして、この世界の紫式部がこれまでに発表した「桐壺」「帚木《ははきぎ》」「空蟬《うつせみ》」の三つの物語の粗筋を聞いて、それが元の世界に残されていた源氏物語とほぼ同じなのではないか、と思った。となれば、当然、この世界でこれから書かれるはずの源氏物語は、元の世界の源氏物語とほぼ同じ展開になっていくだろうという予測ができる。つまり、ネタは元の世界で読んだ源氏物語から拝借してしまえば簡単なのだ。が、しかし、悲しいことに、あたしは文芸部の夏合宿以来、まともに源氏物語を読み返してみたことがない。つまり、中身をほとんど忘れてしまっていた。かろうじて記憶にあるのは、いくつかの物語の題名と、キャラクターと、ぼんやりと「なんかこんな話やったなあ」という程度の粗筋とも言えないような粗筋だけ。

「空蟬」のあとの物語の順番ははっきりしないのだが、「空蟬」というのは確か源氏がフラれる話で、つれなくされて思いだけ燃え上がった源氏が、なんかモヤモヤして、六《ろく》条《じょう》の御息所《みやすんどころ》のところに通うだけでは満足できずにつまみ喰いした話が「夕顔《ゆうがお》」。その「夕顔」の家は六条の御息所の近くで五条あたりってことになっていた……そんな憶えがあったのだ。

高貴な若君が通っていた日陰の女、たぶん、夕顔その人のことに違いない。

「今はそのひとのところに通ってる男はいないのね？」

「たぶん。親戚の女なのか、宮仕えらしい女が何人か訪ねて来てはいるみたいだから、もともとけっこう身分が高いひとなのかも知れないけれどね。でも今は、男からの援助もあるのかないのか、暮しぶりは質素よ」

「美人？」

「さあ。噂では寂しげな美人だってことだけど、そこそこの身分の女なら顔を世間にさらすなんてことしないでしょうから、見たことある人は少ないんじゃない？」

「なんとか会えないかしら」

「あ」

白鷺は瞳を輝かせて声をひそめた。

「それってもしかして、取材？　小袖さんって、香子さまの執筆のお手伝いしてるって噂、あるわよ。ああもう、紫式部さまの物語の続きがなかなか出ないものだから、あたし、待ち遠しくって。出たら必ず書き写して読ませてねって、宮の友達に手紙まで書いたのよ」

あたしは笑ってごまかした。香子さまが紫式部だというのは宮中の公然の秘密だし、小袖がその手伝いをしているというのも別におかしなことではない。小袖は香子さま付きの女房で、中宮《ちゅうぐう》でもなんでもないただの教育係である香子さまにそうした専用の付き人がいるというのは確かに異例のことではあったけれど、香子さまがこの時代の権力者某の愛人だというのもまた、ひそかに知られた事実だった。

とにもかくにも、あたしはその、夕顔の女の家に行ってみることにした。別に会えなくても構わない。どんな女なのか使用人にでも聞き込みできれば、小説の材料にするくらいのことはわかるだろう。どのみちノンフィクションじゃないんだから、細かいところまで知る必要はないのだ。

4

問題の夕顔邸は、思わずあらま、と声をあげてしまいそうなほどのあばら家だった。とは言え、白鷺の実家がそのあたりの屋敷としては特別に立派過ぎたというだけのことで、周囲の家々と比べてみればさほど違和感は感じない。少なくともあたしが元の世界で暮していた1DKのマンションとは名ばかりのアパートに比べたら、広くて庭がある分遥かに豪華だ。

歴史的必然、とでも呼べばいいのか、なるほど屋敷の周囲の、簡単な柵のようなもので囲われた庭は夕顔の花で埋まっている。とは書いたものの、夕顔が咲くのはそれこそ夕方になってからだろう、今はまだ、どの蕾《つぼみ》も固く閉じ、昨夜咲いた花々はねじった雑巾がほどけたような感じでだらんとしているばかりだった。

この目で見て得心したが、やはりその花は夕顔ではなく夜顔《よるがお》だった。元の世界のあたしの時代の分類では、夕顔、というのは干瓢《かんぴょう》に加工できる大きな実がなる瓜《うり》の仲間で、朝顔に似た白い花を日が落ちてから明け方まで咲かせるその花は、夜顔という名前のヒルガオ科の草花なのだ。源氏物語の「夕顔」があまりに有名なためか、混乱して、この白い花が咲く草から干瓢ができると思い込んでしまう人がいる。何を隠そう、あたしもそうだった。

しかし考えてみたら、平安時代にこの花を夕顔、と名付けているわけだから、そのまま素直にこの草を夕顔にして、干瓢をつくるほうは別の名前を付けてくれれば混乱を招かなかったと思うのだが、学者というのはヘソ曲がりなものである。

と、つまらないことを考えながら、なんとかしてその屋敷の中に入る方法はないかとない知恵を絞ってうろうろしていると、壺装束《つぼそうぞく》に市女笠《いちめがさ》という正統派の外出スタイルをした女性が目の前を通りかかり、そのまま夕顔屋敷の中へと入って行く。その女性が庶民の端女《はしため》ではないことは、通り過ぎた時に鼻腔に感じた微かな香の匂いで確認できた。問題の女主人に仕える女房に違いない。あたしは反射的に後を追い掛け、その女性が屋敷の中に消える前に背後から声を掛けた。

「あの、すみません」

振り向いた女性は一瞬細い目を見開いて、ちょっと呆れた顔になった。男装のように袿《うちき》の裾を袴と共に足に縛って、粗末な編笠を目深《まぶか》に被ったいかにも怪しい風情の女にいきなり声を掛けられれば、こんな顔になるのも当然と言えば当然。

「あの、その、お庭の夕顔があんまり見事なもので、あの、わたくしの主人が夕顔が大好きで、その、少し分けていただけると嬉しいなと……」

咄嗟《とっさ》に考え出した嘘だったのでしどろもどろになりながらだったが、女性はもともとの人柄が柔らかいのか、すぐに笑顔になった。

「それはまあ、嬉しいことです。あの花は暗くなってからしか咲かず、しかも白いですから、なにやら気味が悪いとおっしゃる人も多くて。うちの主人はそんな花でも命はあるのだから咲きたいのならば咲かせておいてあげましょうとそのままにしているのです。今、童《わらわ》にでも言い付けて手折《たお》らせますから、どうぞこちらでお休みくださいな」

願ったり叶ったりで庭先から屋敷の中に招き入れられた。裾をほどいて袿の中に収めていた髪を外に垂らすと、やっと見られる姿に戻る。香子さまの名前を出して宮仕えしていると打ち明けると、右近《うこん》と名乗ったその女性は慌ててあたしを奥へとあげてくれた。

「すぐに主人がご挨拶に参りますので」

「いえ、そんな、お休みになっておられましたのでしょう？　わたくしのことなどお構いなく」

平安時代の敬語だの丁寧語だの、すらすらと自分の口をついて出るのを耳で聞いていると、本当に不思議な気分になる。考えることを停止してしまうと、耳に入って来る奇妙な抑揚とおかしな言葉遣いは、まるで意味がとれないのだ。小袖であった記憶があたしの意志と結びついてそうした離れ業をさせているのだろうが、まるで夢の中にいるみたいだ、と、喋りながらもつい思ってしまう。


辞退はしても、女主人が顔を見せるのは確実だと思った。端女であっても宮仕えしていると言えばそれなりにハクのつく時代、ましてや当代最高の権力者の愛人であり、中宮の教育係でもある香子さまに仕える人間となれば、家に立ち寄られて顔も見せないわけにはいかない。

はたして、のんびりと待っていると御簾《みす》の向こうで膝這いする音が聞こえて来た。この時代、身分の高い女は人前で立って歩かない。なんと、膝でずりずりと床を這いずって近寄って来る。考えようによっては無気味である。それに、これも最初のうちは違和感があったのだが、正座というのもほとんどしないのだ。なんと立て膝で座る。江戸時代の時代劇を見なれているとわかるのだが、パンティを穿いていないはずの女性たちは絶対に立て膝などしないわけで、それをするとすれば、そうしたお仕事の女性か、相当なはすっぱ女ということになる。そのせいか立て膝というのは品のない仕種《しぐさ》として嫌われるのが、あたしの時代の常識だった。しかしこの時代は女性がみな袴をつけているわけで、立て膝をしてもあらぬところが見えてしまう心配はない。だとすれば確かに正座なんかよりは立て膝のほうがはるかに楽だ。畳もない床の上を膝で這うのは辛そうだが、畳があってもずーっと正座していなくてはならなかった江戸時代の女と比較してどっちが楽かは難しいところだろう。

ただひとつだけ言えることは、中国の纏足《てんそく》同様、このずるずると裾が長い衣装というのは結局のところ、女の行動の自由を著しく制限する。身分の高い女はちょろちょろ動き回ってはいけない、つきつめれば、女を動けなくすることで支配下に置きたいという男の側の意志がそこに働いていると考えるのは飛躍し過ぎだろうか。人前で立つこともできない、外出は乗り物で、と、肉体を動かすことが極端に少ないこの時代の高貴な女性たちは、みな一様にひ弱だ。足腰というのは使わなければすぐに弱る。基本的な栄養失調と運動不足とで、痩せているのに体脂肪率が高く筋力が弱いこの時代の女性たちには、男が飛びかかって来た時に男の急所を蹴りあげて逃げるような真似はとてもできない。あれご無体な、とか言いながら最終的には犯されてしまう以外の未来がない。男の側に理性と思い遣《や》りがあることを祈るしかないのである。

「ようこそお立ち寄りくださいました」

御簾の向こうに現れた女主人の声は、しっとりと落ち着いていて美しく響いた。ただ、とてもかぼそく、頼りなげだった。

「どうか、中へ」

御簾がくるりと巻き上げられた。そこに座っていたのは、上等のおかめ。

この時代、おかめの美醜を決定的にしているのはどうやら鼻の形、額の形と唇の形のようだ。特に鼻は重要で、あぐらをかいた団子鼻とか鼻の穴が上を向いているのとかはもちろん悪い評価を得る。だがそれ以上に、鼻先が曲がっていたり長過ぎたりするのも悪い相とされている。このあたりは鼻先が長く曲がっているのは魔女の相とされて嫌われていた中世ヨーロッパと少し似ている。

夕顔の女主人は、鼻の点では合格だった。小振りでつつましやかで、すっと筋が通っている。額は少し狭くそのせいで寂しげな風情が強められているようだが、唇は対照的に肉感的で、いわゆるセクシーな感じ。全体として、おかめでありながらあたしの目から見ても、男好きのするタイプ、という気がした。

「こんなあばら家においでいただいても何もおもてなしできず、恥ずかしい限りでございます。仮家なものですから、なにとぞご容赦くださいませ」

「仮家というと、お引っ越しのご予定が？」

「はい、屋敷の方は用意いたしたのですが、方角が悪いということでひとまずこちらに、と」

二十一世紀でも風水は大流行だが、この時代には風水によって物事を決めるのは常識である。特に、家を変わる時は日や方角に神経質になり、元の家から引っ越し先の家が悪い方角にある場合、一度吉方《えほう》に越して仮住まいしてから、本邸へ越すという面倒なことをする。方角だけでなく、家移りしていい時期というのもあって、時期が悪ければ何年でも吉時を待って引っ越さずにいたりする。

女主人の身分が思っていたよりは高そうなのと、このあばら家の様子とがちぐはぐだとは思っていたが、なるほど、仮住まいなのだとすれば納得がいった。

中に入って建具や細かな部分の装飾などを見ると一層、そのみすぼらしさがよくわかった。

女主人はしかし、名前や身分を明かそうとはしなかった。名乗るほどの身分ではありませんから、と寂しそうな笑顔で言うばかり。これでは取材にならないが、まあしかし、香子さまの想像力が適当に補ってくれるだろうからあまり気にしないことにして、それよりも、この女主人のところに通っていたという若君の正体を探る手立ては何かないかしら、と、とりとめもないお喋りを続けながら考えていた時、女の声がいくつか重なって聞こえて来た。見れば隣家との境の垣根を覗き込むようにして、若い女房と女童《めのわらわ》が何か騒いでいる。

「まあ、騒々しいこと。申し訳ございません」

女主人は眉をひそめる。そこに右近がもてなしの用意をして現れた。

「右近、あのものたちはいったい何を騒いでいるの？」

「隣家に見えられた客人の乗っていらした牛車が、胡蝶《こちょう》の君さまのものではないかと言い出したものがおりまして」

胡蝶の君。あたしはビクッとした。なるほど、これもまた歴史的必然か。胡蝶の君、と呼ばれているのは、前帝の息子で、この時代的に言えば男前で名の知れた若君で、香子さまが光源氏のモデルのひとりとして使っている男だった。昨年までは伊勢だか紀伊だかに転勤になっていて、今年のあたまに都に戻ったと聞いている。あたしはまだ実物を見たことがない。幼い頃、胡蝶の舞という童が舞う舞の名手だったのが渾名の由来らしい。

「そんなことはないでしょう」

女主人は、ほほほ、と笑った。

「胡蝶の君さまのようなお身分の方が、このあたりなどに御用があるはずはありませんよ」

あたしは、ここだ、と思った。歴史的必然が物事を動かすのならば、ここであたしがひと押しすれば千年先まで残るラブ・ロマンスのネタが生まれるはずなのだ！

「あのう、確かこちらの隣家は胡蝶の君さまの乳母さまのご実家ではなかったかと……」

そんな事実などまったく知らない。だがあたしは言ってのけた。

右近が、まあ、と驚きの声をあげる。あたしはダメ押しした。

「それに確か、胡蝶の君さまは白い花がお好きとか。幼君の頃より舞の名手であらせられた君は、髪に白い花をさして踊り、前帝さまがまるで蝶そのもののようだとおっしゃったという話を伺っております」

嘘八百もこれだけすらすら出れば立派なもの。

「表の夕顔はとても見事です。わたくしの主人にいただきます分より少しばかり、胡蝶の君さまに差し上げてはいかがでございましょう。きっとお喜びになられるかと」

夕顔の女主人は戸惑っていた。だがあたしは確信した。

これでネタはいただき、だ。

5

「どうかしら。ここまでのところ、面白い？　感想を聞かせてちょうだいな」

香子さまに言われてあたしは必死にかな文字を目で追った。小袖の記憶が助けてくれるので香子さまの文字を読むことも意味をとることもできるのだが、小説としてどう思うかという質問はあたしには荷がかち過ぎる。千年後の世界で日本最古の長編恋愛小説であり最大傑作であると言われている源氏物語に対して、面白いの面白くないのと言えるほどの読解力などあるわけがない。

それでも、「夕顔」の出だしは悪くない、と思った。病気の乳母を見舞った光源氏が夕顔の咲いている荒れた家の女主人に心ひかれる発端に、いきなり女主人を登場させるのではなく、若い女房が、香を薫《た》きしめた扇を、この上に夕顔の花を載せて御覧ください、と言って差し出す、というものすごくまどろっこしい展開なのだが、それだけに、そんな粋《いき》なはからいをする女房が仕えている家の女主人とはどんな女なのだろうかと興味をかきたてる。仮住まいであることはわざと隠して書かれているので、みすぼらしい家にひっそりと暮す女の過去や秘密の匂いについつい、胸がワクワク、というミーハーな興奮をおぼえてしまう。やっぱり香子さまの文才はすごい、とあらためて感心した。だが感心しているばかりでは済まないのだ。作品としては、まだ本当に冒頭のところが出来上がっただけなのだから。

「それで、どうなの、その後の進展は。胡蝶の君さまは夕顔のところにちゃんと通っていらっしゃるの？」

胡蝶の君には正妻もいるし、他にも何ヶ所かに愛人がいるという噂がある。ちゃんと通う、という言い方がなんとなくおかしくて、あたしは笑ってしまった。

「ええ、ちゃんとお通いです。なんだかもう、夢中って感じ」

「でも正式にお世話するというお話は出ていないんでしょう？」

「それがよくわからないんですよね……夕顔さまもそのあたりのことは言葉を濁してしまうんです」

あたしは夕顔の話し相手としてたびたび屋敷を訪れるようになっていた。夕顔はいまだに本名を隠したままでいる。だがその理由はなんとなく察しがついていた。彼女は、何かから逃げていたのだ。胡蝶の君の正式な愛人として庇護を受けるという方向になかなか進まないのも、夕顔がそのことを胡蝶の君に隠しているからだろう。ただ、夕顔が何から逃げているのか、という点だけは、おぼろげにしかわからない。

「実は香子さま」

あたしはここ二ヶ月、夕顔の屋敷にたびたび寄っていて気にかかっていたことを話した。

「夕顔さまはたまに、ひどくおびえた表情をされることがあるんです」

「ひどくおびえた?」

あたしは頷いた。

「たとえばとりとめもないお喋りをしていて、庭先でほんの少し物音がした時など、ビクッと全身を震わせたり、扇で顔を覆ってしまったり。小さな蛙が庭の池に飛び込んだポチャリという音で、御簾をおろしてしまわれたこともあるんですよ」

「臆病な女性というのは珍しくないわ。ちょっとした物音に驚いたり大袈裟に怖がってみせた方が、男性にウケがいいのは事実でしょう」

「でも、わたしとふたりきりの時に、そんな演技をする必要はないですよ」

「演技というより習性になってるのかも。幼い頃からそうした躾《しつけ》を刷《す》り込まれれば、蛙におびえる女に育つものよ」

「ですが……」

あれは、そうした言わば形だけのおびえではない、とあたしは思った。夕顔は何かから逃げていて、そして何かをひどく怖れているのだ。

「夕顔さまのところに以前に通っていた男が、とんでもない奴だったとしたらどうします？」

「とんでもないって、どういうふうに？」

「夕顔さまからお別れが言いたくなるようなひどい振る舞いをしておいて、別れた後に嫌がらせする、とか」

あたしの頭にあったのは、元の世界でさんざ見聞きしていたストーカーとかＤＶ夫の存在だった。この世界のこの時代でも、そうした男が存在しているというのはちらちら噂で聞く。基本的には、女の方から別れを持ち出せる状況というのはそう多くないのだが、女の実家が有力者ならば縁組を無理に解消してしまうという例もあるようだし、不倫状態のカップルが異様に多いという特殊性もあって、夫に気づかれたので別れましょう、と女の方から持ち出すことも当然あるだろう。

だが、香子さまは小首を傾げて頭を振った。

「もしそんな男がうろうろしているのなら、夕顔がそのあばら家にいつまでもいるというのは不自然よ。もともと仮住まいなのなら、方角の良い別の仮家に引っ越して逃げるのは簡単なはず」

確かに。どう見てもあの夕顔屋敷は、好き好んで執着するような家ではない。蛙の水音にもおびえるほど怖い男が出没する状況なら、さっさとどこかに逃げてしまえばいいわけだ。

「ですが、夕顔さまが誰かから身を隠していることは確かだと思います。そうしたことはちらっと匂わせていますから、ご自分で」

香子さまはまた考え込む様子になり、それからゆっくりと言った。

「だとしたら……いちばん可能性があるのは、夕顔のところに通っていたという男の、妻の関係者でしょうね。正妻の実家の者とか、後見人とか」

「つまり、嫌がらせを受けている？」

「少なくとも、受けていたか、あるいは受けそうな状態にあった。よくあることなのよ。男のひとは好きなように外を出歩けるから浮気のし放題、でも待つ身の女にそんな自由はない。運良くどこかの男が忍んで来て、それが自分の好みの男で、夫のことなんか忘れてしまえるくらいの関係になれればまだましで、他の男が寄って来ないのに夫の足も遠ざかったら、ひとりで身を焦がしながら待つしかないのよ」

香子さまは、ブルッ、と身を震わせた。

「あなたはまだ若いからいいわ、小袖。でもね、だんだんに歳を重ねて自分に魅力がなくなるのを実感していると、ふっ、と怖くなることがある。夫も他の男も通ってくれなくなった家で、ぽつんと座って待ち続ける……嫉妬とか悔しさ、悲しさで、いつか心の中に鬼が棲《す》む日が来るんじゃないか……」

「お……鬼、ですか」

「そう、鬼。その夕顔のもとに通っていた男の妻や愛人の心に鬼が棲んでしまって、実家や後見人の力をつかって夕顔を迫害した。夕顔は恐ろしくなって慌てて逃げ出した」

「それで仮家などに」

「たぶん。そうでなければ、方角が悪い家に引っ越すにしても、仮家に長く留まる必要はなかったでしょう。時期を吉に合わせて引っ越しすれば良かったのだから。そんなことも構っていられないほど差し迫った危険を感じたので、夕顔は取る物もとりあえず逃げ出した。五条あたりのあばら家にわざわざ移ったのも、よもやそんなところに潜んでいるとは気づかれまいという計算だったと思うわ。ほとぼりがさめるまでじっと身を潜めて、それから適当な屋敷を買い取って移り住むつもりだった」

「ですが、夕顔屋敷にその男は通っていたんですよ」

　香子さまは頷いた。

「考えられる可能性は二つね。一つ目は、男が夕顔を忘れられなくて探しまわり、とうとう見つけ出してしまった。二つ目は、夕顔の方が寂しさに堪えかねて、男に連絡をとってしまった……いずれにしても、要は男の妻に居所が知れなければいいわけだから、と逢瀬《おうせ》を重ねていたのでしょう。けれどいつ男の妻に居所が知れるか、知れたら今度は何をされるか、それが怖くておびえて暮すようになった」

「恐怖を抱えて生活することに堪え切れなくなって、今度は本当に男と別れたわけですね」

「そうではないかと思うけれど……ただそれだと、ひとつ矛盾があるわね。男ときっぱり別れたのならば、妻の存在におびえる必要はなくなっていたはず……」

「別れたのは間違いないと思います。そうでなければ胡蝶の君と逢瀬を重ねるような関係になるとは思えません。それに、近所の者たちの噂でも、夕顔さまのところに男が通っていたのは少し前までのことだったそうですから」

「だとすると」

香子さまはつっと眉を寄せた。

「どうやら夕顔には、他に秘密があるようね」

その時、女房がひとり部屋に駆け込むようにして入って来て、香子さまのゆるしも得ないうちに息せき切って喋り出した。

「こ、胡蝶の君さまのところの童が、ふ、文を携《たずさ》えて参りまして、香子さまに大至急、お読みいただきたいと！」

女房が差し出した巻文を香子さまが慌てて手にし、さっと広げた。ちらりと見えた文面はすべて漢字。香子さまは漢文でもすらすらと読み解いてしまうが、小袖はどうやら漢字が苦手だったようで、そのちらりと見えた部分の意味はあたしの頭には入って来なかった。もちろんあたし自身も漢字は苦手だ。

「小袖！」

文から顔をあげた香子さまの顔からは血の気が失せていた。

「大変よ！　すぐに支度なさい！」

＊

香子さまの市女笠は特製で、あまりにも深く顔を隠してしまうので、市女笠というよりは虚無僧《こむそう》を連想させる。あたしは香子さまのような有名人ではないので、いつもの編笠を被っている。ただ香子さまは、庶民の女の着るような単衣《ひとえ》の薄ものを調達してる暇はなかったので、どうしてもそれなりに身分のある女だと判ってしまうような壺装束だった。

「小袖、あなたのその袴のしばり方、なかなかいいわね」

香子さまはあたしの足首のあたりをわざわざしゃがんで指で突いた。

「わたしもこんなふうにやってみようかしら」

「でも、ジロジロ見られますよ。それよりこれからも市井《しせい》に出ていろいろ探らないとならないことがあるならば、下々《しもじも》の女の着ているようなものを用意しておいた方がいいですね」

「あらでも、女たちが着ているのは裾のはだけた単衣《ひとえ》ばかりよ。あれでは裾がからまってかえって歩き難い。いっそ男装というのはどう？」

「お似合いになると思います、香子さまなら」

「あなたも似合うわよ、きっと」

気のせいか、香子さまの視線はあたしの胸元にあった。あたしは少しだけムッとした。

牛車ではのろ過ぎる、いっそ馬で行きたいと香子さまが言ったので、あたしたちは、胡蝶の君さまが用意してくださった二頭の早馬に乗った。もちろん女の手で早馬を操るのは無理なので、馬手が一頭にひとりずつ付いた。あたしはその昔、ちょっとだけつき合ったことがあるバイク野郎の腰に抱きついてタンデムで箱根まで行った時のことを思い出しながら、馬手の背中にめいっぱいしがみついて堪えていた。あれはほんとにひどい体験だった。二度とタンデムなんてするもんか。

早馬、といっても、サラブレッドを連想されると少しイメージが違うだろう。どちらかと言えば、この時代の馬はポニーに似ている。頭が大きくて脚が短い。もちろん走れば牛車よりは速いが、軽快にパカパカというよりは、バカッ、バカッ、バカカッ、という感じで盛大に土埃《つちぼこり》を巻き上げて走る。身分のある女が早馬に乗るなどというのは前代未聞らしく、馬手は異様に緊張して顔がひきつっていた。

馬が着いたのは、あたしの時代で言えば河原町五条をさらに下がったあたりだろうか。鴨川にほど近いひっそりとした場所だった。

貴族の屋敷だとは思うが、誰の持ち物なのか推測する手がかりはない。あたしはすごく、すごく嫌な予感がした。歴史的必然からすると、ここは某院《なにがしのいん》ということになる。つまり、夕顔が死んだ場所。

あれは紫式部が物語を劇的に盛り上げるために創り出した結末だと思っていた。まさか、あんな結末までが「モデル」のある出来事だったなんて……。


香子さまは何も説明してはくださらない。ただ、馬が到着するのを門の前で待っていた数人の男に頷いて、さっさと門の中へと入って行った。

まだ午前中だが陰暦の葉月《はづき》、八月はすでに秋。明るい陽射しの中にあっても、庭にはもう萩の花が咲いていて、どことなくはかなげな風情がある。手入れが行き届いているとはお世辞にも言えない庭だった。その庭に、男が二人、立っていた。

「香子殿」

背がいくらか高い方の男が口を開いた。

「お呼び立てして申し訳ありません。お力添えに感謝いたします」

「胡蝶の君さま、文に書かれていたのはまことのことなのですか」

香子さまの声は硬かった。

男は頷いて、啜《すす》り泣いた。

あたしは見とれていた。なるほど、これが胡蝶の君。下膨れなのは気づかなかったことにすれば、すっと切れ長の目もとの涼しさや鼻筋の高さ、口角のきりっとした唇、これはなかなかのイケメンだ。

「ともかくお顔を」

香子さまは毅然《きぜん》として言い放った。あたしは正直なところ、ヤダ、と思った。死体の検分なんて、そんなの、そんなの……

「小袖、何をしているのです？　早くなさい」

香子さまにぴしりと言われて、あたしは仕方なく後に従った。

胡蝶の君と一緒にいる男性には見覚えがあった。内裏に勤めている高級官僚。父親が確か……右大臣だったか左大臣だったか、だが正妻の息子ではなかったはず。清瀬《きよせ》の君と呼ばれている人ではなかったか……

あたしは思わず息を呑んだ。あまりにも唐突に、寝かされている夕顔の姿が目に飛び込んで来たのだ。

御簾は巻き上げられていた。その顔は確かにあの、夕顔屋敷の女主人のものだった。

彼女はほとんど眠っているようにしか見えなかった。もともと色の白い人だったせいか、遺体となっていてもその頬の冷たい白さに違和感がない。死後硬直が解けていないのか、少しだけ怒ったように頬を強《こわ》ばらせているが、他はいたって穏やかな死に顔だった。

自分でも思いがけず、あたしは泣き出していた。

小説の取材の為に近づいた女性ではあったけれど、この二ヶ月近くの間に五、六度、午後のひとときを一緒に過ごし、とりとめのない話ばかりしていた。桜はどこで見るのがいちばん綺麗か、夏の鮎《あゆ》のはらわたは好きか、都でいちばん人気のある男性は誰だと思うか……夕顔は香子さまに憧れていると言っていた。知性と教養に溢れ、男性でもなかなか読めない唐《から》の書物をすらすらと読み、彰子さまに重用され、宮中の女房がみな頼りにしている、そんな香子さまに大切にされているあたしが羨ましいと……羨ましいと……。

なぜ？

どうしてこのひとが死ななくてはならなかったの？

六条の御息所の怨霊《おんりょう》だなんて、そんな馬鹿な！

「急に気分が悪いと言い出して……胸が苦しいと……」

胡蝶の君がまた啜り泣いた。

「あまりに突然のことでどうして良いのかわからず、夜明けを待って清瀬に来てもらったのです。清瀬が……香子殿に相談しようと……」

「御病死です」

清瀬の君が静かに言った。

「しかし身分を隠し、名前も隠して暮していた女性のこと、胡蝶と共にいたと世間に知れては……香子殿ならば何かよいお知恵を貸してくださるのではと思いました」

香子さまはじっと夕顔の死に顔を見つめていた。そして、膝をつけて遺体のそばに屈み込むと、その頬に指先を揃えてそっとあてた。

「お綺麗な方……お気の毒に」

香子さまは、深く溜息をつき、それから胡蝶の君を見上げた。とても厳しい顔だった。

「なぜこのような場所にお連れしたのですか？　このお屋敷は、お二人だけで夜を過ごすには寂し過ぎます。この方はとても臆病な方だったのではないのですか？　こんな寂しいお屋敷で、夜半に何かに驚かれたとしたら……物の怪でも見たと思われたのだとしたら、それで恐ろしさのあまり心の臓が止まってしまったのかも知れませんよ」

胡蝶の君は答えなかった。何かを恥じるように下を向いている。

清瀬の君が助け舟を出した。

「ここの屋敷の裏手から鴨川が見渡せるのです。そこから見る月がとても綺麗だからと、わたしが勧めました。もともとこの屋敷は、わたしの知人の持ち物なのです」

要するに、あのあばら家での密会にちょっと飽きて、気分を変えてみたかった、そんなところか。不倫してる中年男が都内のラブホテルに飽きて、出張と妻に嘘ついて愛人と温泉旅行に出掛けたがるようなものだろう。

あたしは、なんだかとても不愉快な気分になっていた。

夕顔がとても臆病で、しかも始終何かにおびえているくらいのことは、本当に夕顔を愛していたのならば気づいていたはずだ。しかし胡蝶の君には、夕顔の繊細さを思い遣る心遣いが欠けていた。結局のところ、胡蝶の君にとって夕顔は、単調な日々に毛色の変わった快楽でアクセントをつける、その程度の存在だったのではないか。

清瀬の君が、身分を隠していた女と胡蝶の君とが一緒にいたことが世間にばれたらまずい、と言ったのは、つまり、夕顔のことをいかがわしい女だと思っていた、ということではないのか。

この時代、貴族の血筋をひくような娘であっても、いやそうした娘であるからこそ、高級売春婦状態になってしまっている女性は多いのだ。女が働く口などもともとごく限られたものしかなく、血筋が良ければなおさら、屋敷の下働きで台所仕事をするわけにはいかない。運良くコネがあって宮中に勤められればいいが、それが叶わなかった時には、そこそこ裕福なお屋敷に雇われて女房として仕えたり、姫君の養育係をしたり、まあその程度の仕事しかないわけだ。従って、女が生きていくには婿とりをして男と婚姻契約を結び、その男の経済的庇護の下に入るしかない。しかし婿となった男が早くに死んでしまったり、婚姻そのものがまとまらなくてずっとひとりで過ごすことになったりした場合、通って来る男に無心する以外には食べていく方法がなくなってしまう。誠意のある男が通って来てくれればいいが、中には、一度一晩過ごしたきりで二度と顔を見せない男もいるだろうし、約束した経済的援助をちゃんとはたさない奴もいるだろう。男の身勝手さに関しては、千年経とうが二千年経とうが基本的には変わっていないのだ。

仕方なく、通って来た男に一度きりでも何か援助を、と頼む姫君がいたとすれば、男は逆に、後腐れのない遊びができるぞ、と仲間や友人に触れ回る。こうして噂を聞きつけたスケベ共が、気の毒な姫君を経済力で蹂躙《じゅうりん》する。

女房たちとの噂話の中で、そうした高級売春婦の話は何度も出たことがある。清瀬の君の言い方から、胡蝶の君が夕顔をその手の女性だと思っていたのはまず間違いない。

あたしは、悔しかった。

実際、夕顔が本当にそうした女性であったのだとしても、だからといって死んでも構わないということにはならないはずだ。

夕顔が少しだけ怒った顔をしているように見えるのは、死後硬直のせいではなく、彼女の無念のあらわれなのではないか。

その時、あたしはそれに気づいた。床の上に、黒っぽい染みが広がっている。

「あ、あの、香子さま」

あたしはその染みのそばにしゃがみ込んだ。香子さまがすぐそばに来た。あたしは掌《てのひら》で染みの上をこすって見せた。香子さまは何度か瞬《まばた》きし、それから染みを見つめたままで訊いた。

「胡蝶の君さま、昨夜、このお方は血を吐かれたのですか」

「少し、何か戻されました」

「胸を押さえて?」

「喉を……喉が苦しいと申されて。最初は気分が悪いとおっしゃられたのです。それから頭が痛む、胸と喉が苦しいと……ああ、しかし!」

胡蝶の君は顔を覆って膝をついた。

「苦しまれているのでお慰めしていると、突然、幻を御覧になられたように……誰か人がそばにいるかのようにうわ言を発せられて……」

「物の怪か……または……生霊《いきりよう》」

清瀬の君が呟《つぶや》いた。そして突然、一心不乱に念仏を唱え始めた。香子さまも胡蝶の君さまも手を合わせた。あたしも形だけ手を合わせた。だが生霊の仕業だなんて信じてはいなかった。生霊というものが存在するのかしないのか、そんなことではなく、ほとんど直感的に確信していた。

毒だ。夕顔は毒を飲まされた。

これは、殺人事件だ。

「身寄りのものといえば、右近という女がずっとそばについております。他には、幼い子があるようで、子は乳母の家に預けられていると聞いたことが」

胡蝶の君が震えるような小さな声で言った。

「なんとか……わたしの名前を表に出さずに弔《とむら》ってやることはできませんでしょうか。最後まで本当の名前や生まれについて口を閉ざしていたからにはそれなりの事情があったのだと思うのです。わたしの名前が出てしまうと、本人が隠していたことも表に出さないとならなくなるやも知れず……」

男の保身だ、とあたしは怒りに拳《こぶし》を握りしめたが、胡蝶の君の言うことは確かにその通りだった。夕顔には人に言えない秘密がある。香子さまもそのことを示唆していた。胡蝶の君はあまりにも有名人なのだ。その人と一緒にいた時に急死したとなれば、そうした秘密が表に出て、結果として死んでからまで夕顔を苦しめることにならないとは言えない。

あたしは香子さまの判断を待った。あたしには殺人だという直感がある。だがこの時代、こうした毒物による中毒死は病死と判断されることが多いだろうし、第一、胡蝶の君が殺人犯として名指しされるような事態は、香子さまとしては絶対に避けるだろう。

香子さまにとってこの世でもっとも大切な人は、彰子さまである。そして彰子さまと胡蝶の君とは親戚になり、香子さまも含めて、同じ強大な権力を持つ藤原一族の一員同士だった。清瀬の君が香子さまに頼ったのも、そうした事情があるからなのだ。香子さまが胡蝶の君に不利な判断をくだすはずはない。

はたして予想通り、香子さまは、自分が懇意にしている薬師《くすし》を呼び、その後、香子さまの親類筋の家に一度遺体は預け、そちらで病死したことにしてひっそりと弔ってあげましょう、と提案した。胡蝶の君も清瀬の君も、明らかに安堵《あんど》した顔で頷いた。

「不満そうな顔ね」

馬を断って徒歩で戻る途中、香子さまがあたしの顔を覗き込むようにして言った。

「言いたいことがあるならおっしゃいな。そんな膨れ面《つら》ばかりしていないで」

「いいえ……わたしは何も」

「小袖」

香子さまはすたすたと足を運びながら言った。

「夕顔は毒を飲んだ……あなたはそう思っているわね」

香子さまが、何かをあたしの掌に握らせた。あたしは掌を開いた。

唐菓子？

「食べてはだめよ。食べたらあなたも夕顔のようになってしまうかも」

あたしは思わず叫んで菓子を放り投げそうになり、かろうじて自制した。

「懐紙に包まれて夕顔の生絹《すずし》の袂《たもと》に入っていました」

「それではやはり、胡蝶の君さまが！」

「胡蝶の君は何も御存じないわ。君には夕顔を亡きものにする理由がありません。君の財力であれば、夕顔がどれだけ無心したとしても応《こた》えてやることはできたでしょうし、素性がどんなに卑しい人だったとしても、しかるべきところに養女に出すなどしてから、妻のひとりとして迎えるくらいのことはできました」

それはそうだった。あんなに夢中になって通っていた女のことを殺す理由がない。あたしの時代だったら、奥さんにばらすわよ、とか、結婚して、とか女の方が迫ったり、マンション買って宝石買ってとねだりまくったりしたあげくに鬱陶《うっとう》しいからと殺されるということになるわけだが、夕顔はそんなことを求める性格にはどうしても見えなかったし、求めたとしても、胡蝶の君が夕顔をあれだけ気に入っていたのだ、妻のひとりにすることも、屋敷を買い与えることも特に難しい話ではない。

「でも、それなら誰が……」

「夕顔は慎みのある大人の女性だった、わたしは生前に会ったことがないのでわからないのですが、小袖、あなたの感想ではそうでしたよね」

「はい」

「その夕顔が、まるで子供みたいに袂に菓子の包みを忍ばせている……少し奇妙ではありませんか？」

「そう言われてみれば」

そうですね、と同意しながら、あたしは、自分の袂にも干し杏の包みが一個入っていることは黙っていた。だってスイーツ不足で禁断症状が起きそうなんだもの。ああ、コンビニに駆け込んで、不二家ルックス・チョコレートが買いたい……

「夕顔は昨夜、最初は気分が悪い、と言い、それから頭が痛む、喉が苦しいと、少しずつ症状を重くしたと胡蝶の君は言いました。この菓子を見た時、知り合いの唐医者から聞いた、とても珍しい病気のことを思い出したのです。この国ではほとんど症例がないけれど、海を渡った大陸のその先、西の果ての国々の病気で、気分が悪くなったり頭痛がして、そのままだと昏睡状態になって死んでしまうのだけれど、甘いもの、糖蜜のようなものを食べるとおさまる、そんな病気です」

低血糖症だ。糖尿病患者が適切な血糖値管理をしていないと起こすことがある、いわゆるインスリンショックってやつ。たまたまあたしの親類に、小児糖尿病の子がいるので、半端ながらおおまかな知識があった。糖尿病でもインスリン依存型と言われているタイプは、食生活や生活習慣が原因で起こるインスリン非依存型と違って、慢性栄養不足だったこの時代の人でもかかる可能性はある。子供の頃に発症することが多いが、大人になってから発症する例もあるらしい。この時代、子供の頃に発症していれば夕顔の年齢まで生きられたとは思えないので、彼女が糖尿病だったとすれば、比較的最近発症したのだろう。だが劇症型でなければ重症になるまで自覚症状がないので、低血糖症を起こすまで気づかなかったのかも知れない。

そう、夕顔には子供がいる。ということは、妊娠して悪阻《つわり》を経験したことがあるということだ。悪阻がひどい時は胃に少し食べ物を入れるとおさまる、と、出産経験のある従姉《いとこ》から聞いたことがある。夕顔は、最初の発作の時、悪阻のことを思い出して、手近にあった菓子を食べてみた。すると発作がおさまったので、以来、菓子を持ち歩いていた、たぶん、そんなところだろう。まさか自分が命にかかわる重病だなどとは思っていなかった。

あたしはあらためて、夕顔を気の毒に思った。インスリンショックを起こすほど糖尿病が悪化していたとしたら、いずれにしても、残り僅《わず》かな命だったわけだ。

「それでは菓子を食べるのが間に合わなくて急死したのでしょうか」

あたしの問いに、香子さまは一瞬立ち止まって、言った。

「いいえ、夕顔は菓子を食べたのです。その菓子を包んであった懐紙はほどけていました。気分が悪くなり頭痛が始まって、夕顔は必死に袂を探り、懐紙を指先でほどいて菓子をひとつ摑《つか》み、胡蝶の君には隠して口に入れた。もちろん、閨《ねや》の床《とこ》で菓子を食べるなどとは恥ずかしくてとても言えなかったでしょうからね。ところが、菓子を食べて少しすると今度は喉が苦しくなり……血を吐いて……」

「香子さま！」

　あたしは走り出した。

「早く夕顔屋敷に行かなくては！　きっとその菓子に毒が塗られていたんですよ、菓子がまだ屋敷に残っていて誰か食べてしまったら大変です！」

「お待ちなさい、小袖、大丈夫よ」

　香子さまは微笑んであたしの背中に言った。

「先ほど乗るのを断った早馬の馬手に頼んで、先に夕顔の屋敷には言付《ことづ》けてあります。それにね、わたしの勘では、毒が塗られていた菓子はひとつだけだったのではないかと思うのよ」

　あたしは前につんのめりそうになりながら足を止めた。

「ひとつだけ？」

「ええ。その唐菓子が屋敷の厨房で作られたものだとしても、あるいはどこかからのお届けものだったとしても、たくさんの菓子に毒を塗り付ければ、夕顔だけではなく、屋敷の女房たちや客人まで食べて死んでしまうことになるでしょう？　そうなればみんな病死しました、では済まされない。誰が毒を塗ったのか厳しく取り調べることになります。でも毒が塗られていたのがひとつだけだったとしたら、逆に、誰かが運悪く食べて死んだとしても、誰も毒のせいで死んだとは思わない。だって同じ菓子を他のひとも食べていて平気でいるわけですものね。事件にはならず、病死ということになります……ちょうど、今回の夕顔のように」

「でもそれでは、菓子を誰が食べるかわからないじゃないですか。夕顔さま以外の人が死ぬ可能性の方が高くなりますよ」

「それでいいのよ。犯人の第一の目的は、夕顔を徹底的におびえさせることだったはずだから。犯人は、夕顔に都を離れてもらいたかった。これまでもたびたび、命が危ないのではと夕顔が感じるような嫌がらせをして来たのでしょうね、たぶん。夕顔が堪え切れなくなって都から出て行くのを期待して。でも夕顔は出て行かない。おそらくは、子供を連れて慣れない田舎暮しをする決心がつかなかったのでしょう。そうこうしている内に胡蝶の君がお通いになるようになり、夕顔としては、できれば胡蝶の君にすがって都で暮していたいと考えたのは当然でしょう。犯人は焦った。このままもし夕顔が胡蝶の君の妻のひとりに迎えられるようなことにでもなれば、もっと大きくて警備も厳重な屋敷に移ってしまい、嫌がらせを続けることも困難になるし、第一夕顔が都を出て行くことはなくなってしまう。それでいいよ、死人が出ても構わないとまで思い詰めて、毒を使ったのでしょう。医師は病死と判断しても、夕顔にはわかるはず、そう思って。もちろん、夕顔が毒を食べて死んでしまえば、それはそれで願ったり叶ったり。犯人が夕顔の病気のことを知っていたとは思えません。そうであれば嫌がらせなどしなくても……」

香子さまは言葉を途中で切って、静かに溜息をついた。

そう、犯人がどれだけ夕顔を憎んでいたとしても、自らの手をくだす必要などはなかったのだ。この時代に糖尿病にかかってしまえば、長く生きられるはずはないのだから……。


「小袖、寄り道をしますよ」

香子さまは東洞院《ひがしのとういん》と五条とが交わるところで、不意に右に曲がった。そのまま東洞院を北に歩けば六角堂のあたりに出る。

「どちらに行かれるのですか？」

早足になった香子さまに楽に追いつきながらあたしは訊いた。何しろ元の世界とは重力値がいくらか違うので、この世界でのあたしはフローレンス・ジョイナーか高橋尚子か、という感じなのだ。ってジョイナーは若くして亡くなるなんて気の毒に、と、余計なことを考えかけて、あたしは、ハッと気づいた。

「香子さま……確か六角堂の近くには雅涼院のお屋敷が……」

香子さまは頷く。途端に、すべてが理解できた。

雅涼院は、左大臣の娘、政子さまのお屋敷。そして政子さまは清瀬の君の正妻、そのあまりにも高貴な美貌から雅《みやび》さまと渾名され、いずれは入内《じゅだい》して中宮に立たれるのではないかと誰もが思っていた、という女性らしい。だが宮廷内の権力闘争の結果なのかどうか、結局は清瀬の君の妻となったわけだ。ということは清瀬の君の父親は右大臣。左大臣と右大臣とでは左大臣の方が位が上だから、言わば格落ちの家と縁組したということなる。中宮となり、もし産んだ子が帝になることにでもなれば、国母としてこの国の女の中では最高位にのぼりつめる可能性もあったわけで、それと比較すれば地味な人生を選んだと言えるだろう。

そんな雅さまを思いやってか、清瀬の君はあらん限りの贅をつくして妻のために雅涼院を建てた。清瀬の君は右大臣の正妻の子ではないが、生母の実家が大変な財力を持つ地方豪族だと聞いたことがある。天皇家の血をひく胡蝶の君に比べると血筋ではだいぶ劣るものの、財力ではひけをとらない、言わば大金持ちの一族の一員なのだ。まだ位は中将と出世の面ではこれからというところだが、雅さまを妻にすることで藤原一族とも縁戚となり、あらゆる面において、将来は胡蝶の君と権勢を二分するのではないかと言われている。その意味では、国母となる道は閉ざされたものの、栄耀《えいよう》栄華はある程度約束された結婚であり、並の女にとっては雅さまのようにお幸せな女性は滅多にいないだろう、ということになる。

でも。

女の幸せって、そういうものだけでは決まらんのよ、ね。

夕顔のところに通っていた「前の男」は、つまり、清瀬の君だったのだ。そして、夫が他の女に夢中になって自分をないがしろにしたことがどうしても我慢できなくなった雅さまが、心に鬼を棲《す》まわせてしまった……

＊

雅涼院は、噂以上の素晴らしく豪勢な屋敷だった。さすがにあまりにも広い屋敷を持つのはまだ分不相応だと清瀬の君が考えたからだろう、敷地面積的には常識はずれというほどではなかったが、山紫水明《さんしすいめい》、四季折々のあらゆる自然の美を凝縮して配置した圧倒されるほど美しい庭園や、建築の隅々にほどこされた芸術的な装飾、置かれている調度家具の贅沢さ、どれひとつとっても、宮中より上だ、とあたしには思えた。こんな屋敷の女主人として君臨することができる雅さまが、憧憬と羨望とを一身に集めているのは当然のことだろう。しかも美女なのだ。

御簾が巻き上げられた時、あたしは思わず、感嘆の溜息をもらした。

二十一世紀初頭の日本人の、平均的感覚からすれば、まさに「おかめの典型」。完全無欠のおかめ、と言い換えてもいい。見事に下膨れた頬に、青白く発光するんじゃないかと思うほど白い肌、線のように細い切れ長の一重瞼に、どこのマスカラ使ってるのか教えて、と質問したくなるほど長く黒い睫《まつげ》。髪の毛の分量もとても多く、光があたると濃い緑色に光る漆黒《しっこく》の頭髪には、シャンプーの宣伝に出られそうなほど見事な「天使の輪」ができている。キューティクルケアも万全だ。唇がまた、ぷっくりと小さく膨らんでいて、苺《いちご》かプチトマトを連想させる可愛らしさ。もちろんこれだけの美女ならば和歌だってものすごく上手だろう。そうでなければバランスがとれないし。

客観的に言って、平安美人という点では雅さまの圧勝、夕顔の美貌はこうした非の打ちどころのない美顔と比較すると、あちらこちらと見劣りがするだろう。だがそれだけに、どちらの顔が男の気持ちをくすぐるかと言えば、やはりどこか頼りなげでいてセクシーな夕顔の方に、心惹《ひ》かれてしまう男は多いのではないだろうか。いずれにしても、清瀬の君は贅沢が過ぎる。言語道断である。

香子さまはありきたりの挨拶を述べ、なかなか本題に入らない。あたしは心臓がどくどく鳴るのを二人に聞かれているような気がして、冷や汗を背中に感じていた。雅さまが「顔だけのひと」ではない、というのは、その威圧感をともなった存在感によってひしひしと伝わって来る。ただ気が強いというのではなく、強固な意志の力を感じとれる。だが強固な意志、という点では香子さまも決して他人にひけをとらない。

二人の女は今、互いに瀬戸際のところで心の中をさぐり合っている。雅さまにとっては、急に香子さまが直々に屋敷を訪ねたその理由が不思議だろうし、香子さまにとっては、雅さまが本当に夕顔殺しの犯人なのかどうか、それをこれから見極めようというのだから、呼吸ひとつにも気が抜けない。

あたしは喉がカラカラに渇いてしまい、冷たい烏龍茶《ウーロン》が飲みたい、と、泣きそうなほど思った。だが飲み物は何も出されていない。この時代、貴族の女や屋敷勤めの女房たちは、トイレに行く回数をできるだけ減らすように水分の摂取は厳しく自制している。確かに、ずるずると長い袴と袿を引きずって厠《かわや》に行くだけでも一仕事だし、その厠というのが要するに、屋敷の中に引き込んだ小川の上に板を渡しただけ、みたいなシロモノなのだ。いちおう屋根はついているが、ちょっと間違うととんでもないことになる。しかも水流が弱ければ落ちたモノはそのまま川底にとどまり、大雨が降ると溢れ出して……うっ。あたしは一ヶ月ほど前にも起こった大騒動の顚末《てんまつ》を思い出して、臭いの記憶にむせそうになった。そのおかげで、喉の渇きを一時忘れる。

ひとしきり近況や都の噂についてのお喋りが終わると、とうとう、香子さまが言った。

「小袖、先ほどのお菓子をここに」

香子さまが開いて差し出した扇の上に、あたしはこわごわ、唐菓子を載せる。香子さまは膝で雅さまににじり寄り、扇をつ、と前に出した。

雅さまの片方の眉が、ひくっ、と持ち上がる。

「香子さま、それは唐菓子でございますね」

雅さまはあくまで落ち着いていた。

「ですが紙にも包まず袂に入れられていたものでは、わたくし、いただくことができません」

「雅さまのおゆるしがあれば、わたくしがいただきとうございます」

「なぜわたくしのゆるしなど必要ですの？」

「なぜならば、この菓子はあなたさまが五条烏丸の夕顔屋敷の御方にお贈りになったものでございます。それを夕顔の御方のゆるしも得ず、勝手にちょうだいしてしまいましたものですゆえ、雅さまのおゆるしをいただいてから食べようかと」

「何かのお間違いでございましょう」

雅さまは、ほほほ、と口に手をあてて笑った。

「そのようなところに知り合いも親戚も住んではおりません。菓子など贈った憶えもございませんことよ」

「確かに。雅さまからの贈り物では、夕顔の御方は決して召し上がらなかったでございましょうから。ですから、贈り主を偽り、策を弄《ろう》してお届けになったのではございませんか？」

「勘違いです。わたくしはそんな菓子など存じません」

「そうでございますか、では」

香子さまは扇の上から菓子をつまみ上げた。あたしはハッとして止めようと動いた。そのあたしを香子さまが睨《にら》みつけるようにして制する。そんな、やめて、やめて香子さま！　毒入りの菓子がひとつだけだなんて、そんなのただの憶測なのよ！　あ、あああっ
……

「おゆるしはいらないということですので、わたくし、いただきます」

香子さまがつまみあげた菓子を口元に運ぶ。きゃあぁぁぁぁぁぁ……あ？

パシッ、と音がして、香子さまの指先から菓子が跳ね飛んだ。雅さまが扇を投げたのだ。見事なストライク。あたしは呆然と、落ちた菓子を見つめていた。

数秒の沈黙。それから、わあっ、と、雅さまが顔を床に伏せて泣き出した。

6

「それでは、雅さまの初恋のお相手は、胡蝶の君さまだったんですね……」

あたしは、席をはずしなさいと香子さまに言われてしばらく使用人たちのいる部屋に下がり、今朝搾《しぼ》ったばかりの牛乳を御馳走になった。この時代のいいところは、搾りたてで混ぜ物のない素晴らしい牛乳が飲めることだ。乳牛院という専門の役所がちゃんとあって、雌牛の飼育と乳搾りを管理しているというのは驚きだった。

胡桃に蜂蜜を絡めた上等のおやつまで御馳走になり、すっかりいい気分で香子さまと共に帰路についた。道々、香子さまは、雅さまから打ち明けられた悲しい話を聞かせてくれた。

「雅さまは十三の時に胡蝶の君さまとお見合いをされ、ご結婚を約束されていたそうなのよ。正式な婿入りの前に、十五の時に契《ちぎ》りまで交わしていた。それなのに、胡蝶の君さまのお相手は結局、山吹《やまぶき》の上さまに決まってしまった。山吹さまは雅さまと同じく左大臣の姫君、でも山吹さまはご正室の姫。さらに山吹さまの母上の方が雅さまの母上よりも……道長さまにお近い間柄。要するに胡蝶の君さまとの事は、山吹さまの方が雅さまよりご正室向きだった、そういうことね。でも雅さまにしてみたら、別腹の妹に恋しい男をとられてしまい、しかも胡蝶の君さまとの事はある程度世間に知れ渡っていたから今さらおめおめと入内もできない。どれほど悔しく悲しかったことでしょう……それでも雅さまは、清瀬の君さまのことを心より愛するようになった。縁あって夫となった人に愛されようと、必死だったのだと思うわ」

「でも清瀬の君さまの浮気癖は直らなかった」

「浮気ならまだしも……夕顔との間に、子供までつくってしまった。雅さまにはまだお子さまがいらっしゃらないでしょう、そのことも雅さまを苦しめる原因になっているのでしょうね。ともかく夕顔の子供を清瀬さまが引き取るなどと言い出すのではと雅さまは怖れ、実家に働きかけておどしをかけた。それで一度は夕顔が姿をくらませてくれたのに、いつの間にか夫はまた夕顔のもとに通っていた」

自分の夫に探偵でもつけていたのかしら、とあたしは思った。そんな噂は聞かないけれど、この時代にだって人の秘密を探り出すことを仕事にしている人間はいるはずだ。

「怒りで我を忘れた雅さまは、人を雇って夕顔に嫌がらせをするようになった。夕顔はおびえて自分から清瀬の君さまに別れを告げた」

「やれやれ、と思ったところに、今度はあろうことか、胡蝶の君さまが夕顔のもとに通っているという事実が判ってしまった……」

憎悪が増幅したのだ。昔の失恋の痛みと現在の夫の裏切りとが重ね合わさり、夕顔に対しての抑え難い憎悪になった。都から出て行くならよし、あわよくば殺してしまっても……そう思って毒入りの菓子を用意した瞬間、確かにあの、雛人形にそっくりな顔の女性の心の中に、鬼が棲みついたのだろう。


「夕顔の子は乳母の家に預けられているそうだけれど、できればその乳母の田舎にでも連れて行かせた方がいいでしょう。雅さまの心の中の鬼を退散させることは、たぶん、わたしにはできません……その子が都にいる限り、雅さまがいつまた恐ろしい考えにとりつかれてしまうか、そうなった人間を人の道に引き止めることはとても難しい」

あたしは、ゆっくりと頷いた。

「では香子さま、今度のことはやはり表沙汰にはせずにおくのですね」

「夕顔は……いずれ行く末の短いさだめでした。それは自分の恋路のためにひとりの女性を苦しめたことに対する罰とも言えるさだめです。雅さまのしたことはとても恐ろしいことですが、わたしがそれを表沙汰にしたところで、混乱を引き起こすだけでしょう。左大臣が事件を揉み消そうとして暗躍するのは目に見えています。もしかしたら、あなたもわたしも、命を狙われるかも知れません」

あたしは、ごくり、と喉を鳴らした。

「むしろ、無関係な人が菓子を食べずに済んだことが救いです。雅さまに対する罰は御仏がくだしてくださると思います……小袖、わたしを軽蔑する？　弱虫で卑怯だと」

あたしは懸命に首を横に振った。この時代に、たったひとりで権力者たちに戦いを挑むことなどできっこない。


「わたしにはわたしのやり方があると思うの。わたしにしかできないやり方が」

香子さまは、足を止めた。

「あなたも気づいているでしょう……清瀬の君さまが愛した女を胡蝶の君さまが見つけ出したのは、偶然などではありません」

あたしは、涙をこぼした。それは気づいていた。だがそうであって欲しくはない、と思っていた。夕顔の花を香を薫きしめた扇の上に載せて差し出した、あの美しい物語の始まりと同じように、それは偶然の出逢いであり、純粋な恋だったと信じていたかった。

だが、違うのだ。胡蝶の君さまと清瀬の君さまとは昔からの親友。清瀬の君さまは、別れたとはいえ自分の子までなした女を放り出してしまうのは気がひけて、彼女を友達に譲った……のだ！

説明のできない悔しさで、あたしは泣き出していた。子供みたいに、声をあげて。

千年経ったって、二千年経ったって、なんにも変わらへん！

男にとって、女は人ではなく、物、なのだ。

譲ったり譲られたり、所有したり捨てたり、平気でできる、物、なのだ。

「わたしの書く物語の中では、男のひとたちにも苦しみを感じていただきます。そして、愛に対する責任も最後まで果たしていただくつもりです。小袖、それでわたしをゆるしてくれる？　それに、夕顔の物語が評判になれば、雅さまもご自分のしたことが探り出されるのをおそれて、夕顔の子にちょっかい出せなくなるでしょうし、ね」

香子さまが手を差し伸べてくれた。あたしはそっと、その指先に触れた。

平安時代の人の手って、ほんとに小さいな、と、あたしは思った。

第二章　末摘花

1

あたしは滋賀県生まれの京都育ち、今年西暦二〇〇三年の某月にはめでたく大台に乗る予定だった女である。会社の上司と不倫したあげくに飽きられて捨てられる、という、なんとも古典的な失恋をしたその夜、自殺でもしたろか、と一時考えないでもなかったけれど、最終的には、くよくよしてたって仕方ない、明日のことは明日、考えよ、と決めた途端、とんでもないことに、平安時代にタイムスリップしてしまった、という、こうやって説明すると才能のない作家がたてたSFプロットみたいな状況に陥っている。

いや、正確に言うならば、これはタイムスリップとはどうやら違うようだ。今、あたしがいるこの時代は、あたし自身がもともといた時代と直線で繋《つな》がっている「過去」ではないらしい。どうしてそんなことがわかるんだ、と問いつめられたら困るのだが、なんとなく、微妙にずれた部分が随所に見受けられる。もっともはっきりずれているのが、重力。どうやらこの世界では、前にいた世界よりも重力がほんのわずか、本当に気になるかならないかだけ少し、弱いらしい。そのおかげで、あたしは妙にからだが軽く快適で、この世界の他の人に比べるとかなり高い運動能力を持つことになってしまっている。それはともかく、今は重力の軽さは身の軽さ、大学一年の時に体重が五十キロを超えて以来、じわじわ、じわじわと増え続けた体重のおかげでここ数年悩まされていた腰痛とも縁が切れたし、少しぐらい長時間歩き回っても前の世界にいた時の半分程度しか疲れを感じない。その意味ではいたって快適。

その他の点でのずれは、微細な事柄ばかりなのでさほどは気にならない。まあおいおい説明していくとして。

この状況が単なるタイムスリップではない、ということについてもう少し説明しよう。なぜって、説明しないことには話が前に進まないからである。いや、あんたのことはもう知ってるから同じことを繰り返してないで早く本題に入れよ、という方もいるやも知れないが、テレビの連続ドラマでも、冒頭の一、二分ではそれまでの粗筋だの前回のおさらいだのがちらっと出て来るのが常なので、ちょっとだけ我慢していただきたい。なんなら説明の部分は読み飛ばしてくれてもいいんですけどね。

過去にタイムスリップをした場合のパラドックスのひとつとして、過去の自分自身と出くわす、ということがある。理論上どうなのか、実際にそんなことがあり得るのか、そのあたりのことは知りません。高校の授業で物理ほど嫌いだったものはなく、文系の大学に進学して、ああこれでやっと、物理とおさらばできるのね、とそれが無上の喜びだったあたしを捕まえて、時間理論だの四次元だのの話をまじめにされても馬の耳に念仏、猫に小判、カエルのツラにションベ……失礼。いずれにしても、過去に遡《さかのぼ》った時にそこに過去の自分がいて、その自分と顔を合わせてしまったらどうする？　というのは、小説のテーマとしては面白いが、真剣に考えると目眩《めまい》がして来るような問題である。だが幸いにも、今回のこの事故によって前の時代の自分が生まれるよりはるか以前の時代に飛ばされてしまったことで、その心配は無用になった。世界が微妙にずれているからそのものズバリではないにしても、自分と同じ顔をして同じ声で喋る女が目の前に現れたら、相当に気持ち悪いだろう。今のこの状況では、せいぜい、なんとなーく他人のような気がしない程度に自分との繋がりを感じる、遠い祖先と出くわす可能性がごく僅かあるだけで、それも何度か繰り返しているように、直線で繋がった祖先ではなく、関係あるようなないような祖先である。そのくらいだったら出くわすのも面白いかな、と少々楽しみにしていなくもないのだが、しかし、たとえ運良く出くわしたとしても、当の祖先さまにはそのことは絶対にわからない。なぜわからないのか。あたしの祖先だけあって鈍いから、ではない。今のあたしが、どう逆立ちしてみても、おそらくは祖先さまとは似ていないからである。似ていないのは当たり前なのだ。何しろ、今のあたしは、あたしではないのだから。

話をいたずらにややこしくしている、と思われるのは本意ではないけれど、実際、限り無くややこしい話なので我慢していただきたい。つまり、あたしは確かに微妙にずれた世界の平安時代、あたしが元いた時代からは千年程度前の時代にやって来てしまったのだけれど、それと同時に、あたしの本体、あたしの肉体はどこかになくしてしまったのである。つまりあたしの意識は今、あたしではないまったくの他人の肉体、というか、脳の中に入り込んでいる。

この現象を論理的に説明せよと言われてもできるわけがないので、ともかく、ああそういうことなのね、と納得していただくしかない。ではあたしの肉体はどこに消えたのか、それも想像する以外にはないのだが、たぶん、今あたしが占領しているこの肉体の、この脳の中にあった意識があたしの肉体を使用しているのではないのかな、と思っている。つまり、この肉体の持ち主の心は、今、不倫に破れて雷に打たれた女の肉体の中なのではないか、と考えられるのだ。要するに、あたしたち、心とからだが入れ替わっちゃったみたいなのである。

それを考えると、二人のうちどちらがまだましだったか、と言えば、たぶんあたしの方がましだろう。少なくともあたしには、平安時代についての知識がわずかながら、あった。源氏物語と枕草子をちょこっと読んだり、少女漫画で半端な知識を仕入れたりした程度であるとはいえ、まったく何がなんだかわからない、という状態ではない。それに対して、二〇〇三年の世界に飛ばされてしまった方はまったくもって災難というか、たぶん、大パニックに襲われているだろうと思う。だって、インターネットだのテレビだの携帯電話だの、いやいや、そもそも蛍光灯とか自動車とか旧式のダイアル電話だって、この時代の人間には理解どころか想像すらできなかったに違いないのだから。

もちろんあたしだってパニックはした。しない方がどうかしている。何しろ、ぼんやりとした水鏡に映った自分の顔は思わず笑っちゃうようなおかめ顔、周囲の人々の話す言葉は前衛音楽だか外国語だかのようでまるっきり意味をなさず（いや、意識をしゃんと持つと不思議に意味ははっきりわかった。つまりこの脳味噌の中には、元の持ち主の意識というか知識がちゃんと貯えられていて、それらを使えば平安時代の言葉をすらすら喋ることができるのである）、部屋のインテリアはまるでＮＨＫの大河ドラマのセットさながら。仰天するなというのが無理である。

しかし、当初のパニックがおさまり、自分が置かれている立場がなんとなく理解できるようになって来ると、ままよ、どうせ考えたってどうにかなるもんじゃなし、元に戻る方法が見つかるまではこの状況を楽しもう、という気持ちになって来たのだから、自分で言うのもなんだけれど、あたしってけっこう、しぶとい。

ということで、今、あたしの意識は、平安時代のある十七歳の女性の肉体と共にある。
そしてあたしは、周囲の人々からこう呼ばれている。小袖《こそで》。

あたしの仕事は、宮仕えしている教養ある女性の小間使い、雑用係、といったところ。そしてあたしの主人に当たる人は、香子さま。中宮・彰子さまの教育係をしている人で、しかも、作家である。

作家。

この言葉がいつ頃誕生したのかはわからないが、少なくとも今あたしがいるこの時代には、文章を書いてそれでお金、いや、代価が貰えるという立場の人はほとんどいない。お役所の中には、日がな一日文字ばかり書いている部署もあるが、彼らは文字を書き写しているだけで、文章をひねり出すことで給料を貰っているのではなかった。印刷技術のない時代なので、同じ文章を何人かに配ろうと思ったらひたすら書き写す以外に手がないのである。字を書くことがあまり好きではないあたしとしては、コピー機をどんとプレゼントしてやりたい衝動に駆られる。

それはともかく、この時代、物語なぞ書いて食べていかれる人種などは存在していない。

香子さまにしても同様で、今、宮仕えの女房たちの間で大評判になっている『源氏物語』にしたところが、余技というか、ちょっとしたサービス精神で書かれているものであって仕事ではない。もともとは彰子さまを喜ばせるために書き始めたそうだが、それがブレイクしてしまって、正直なところ、香子さまは少々困惑気味なのである。

なぜなら、香子さまは、純粋な意味では『源氏物語』のたったひとりの作者ではない。

言わば原作提供者とでも言うべき存在あっての「紫式部」であり、つまり、「紫式部」というのは合作ペンネームだったのである。そしてその、原作提供者、というか元ネタ提供者こそが、何を隠そう、あたし、小袖である。

2

「何か面白い話、と言われても、ねえ」

白鷺、と、宮仕えの頃から呼ばれていたその女性は、干し栗をかしかしと噛みながら首を傾げた。

「そういえば最近、あまり面白い噂話も聞かないのよねぇ。例のほら、夕顔屋敷の女主人が物の怪にとり殺されたあの事件以来、男君《おとこぎみ》たちも自重しないと危ない、なんて思っておとなしくしてるんじゃないのかしら」

「あの物の怪って、雅の御方の生霊だったたって話、本当なのかしら」

たまたま白鷺の屋敷で一緒になった、右大臣家に仕える女房、川辺《かわのべ》が声をひそめた。

「あの亡くなった夕顔屋敷の女主人って、胡蝶の君の愛人だったんでしょう？」

「それでどうして雅さまの生霊が祟《たた》るのよ。雅さまはその昔、胡蝶の君と婚約していたって噂はあるにはあるけれど、今は無関係じゃないの」

「そのへんは霊の考えてることだから多少は混乱してるんじゃないかしら。案外、雅さまは胡蝶の君に未練があったのかも知れないし」

「いずれにしたって生霊の仕業なら雅さまの咎《とが》でもないから、どうしようもない話ねぇ」

「怖いわねぇ。生霊に祟られるなんて、人様のものをつまみ食いなんてするもんじゃないってことねぇ」


あたしは、二人の無責任な噂話を我慢して聞いている。夕顔の事件の真相は、あたしと香子さまとでちゃんと解き明かしたけれど、事実は誰にも言っては駄目だと香子さまに念押しされてしまっていた。

あたしの知っている、あたしの世界に残された源氏物語の夕顔の巻は、かなり痛烈な皮肉にもとれる言葉で締めくくられていた。そして香子さまがこの世界で描く夕顔の巻にもそうした記述がしっかりとある。あのはかない命だった幸薄い女性の無念と後悔、その女性を殺そうとまで追い詰められた女の情念、そして何より、女たちを新しい玩具のように貸し借りする男たちの無神経。夕顔の事件は、あたしの胸のやわらかい部分を抉《えぐ》ってしまったような気がしている。

その夕顔の物語は当然ながら大評判となり、宮中の女房たちの涙をしぼりとった。香子さまは、そろそろ次の作品のネタを仕入れなくては、と、あたしにネタ仕入れをお命じになった。あたしもせっせとネタ探しにはげみ、いくつか面白そうな話を拾いはしたが、夕顔級のネタにはまだめぐり合っていない。そして白鷺の屋敷では、毎日のようにこうして都の噂話が取り沙汰されて、仕事をさぼった女房たちがとっかえひっかえ顔を出しているのである。

「面白い、というほどの話でもないんだけどね」

川辺が干し栗を二粒も一度に口に入れ、もぐもぐと嚙みながら言った。この時代の人たちは顎《あご》の発育が悪く、下膨れの癖に顎が小さくてみんなおちょぼ口である。

「うちの大臣の親戚筋の人で、宮仕えしている大輔《たいふ》の命婦《みょうぶ》って人、知ってる？」

「あ、その人のことなら聞いたことがあるわ。なんか、派手に男遊びしてるって噂じゃない？」

「美人だけど性格がちょっときついのよね。でも思ったことをずばずば言うんで、さっぱりしてるって男の人には人気があるみたい」

「後腐れなく遊べる都合のいい女ってだけでしょ」

白鷺が唇を尖《とが》らせた。

「身持ちの悪い女ほど、自分の身持ちの悪さを正当化して、強い女の振りをするものよ。で、なに？　その人がまた誰かといい仲になったとか？」

「ううん、彼女のことじゃないのよ。その大輔の命婦って、まあ世話好きというか、面倒みがいい人みたいなのね。で、前々から、ご実家の近所にいる姫君のお世話をしていたらしいんだけど」

「姫君？　どの家の筋の方？」

「詳しいことはわからないけれど、かなり位は高いんですって。親王さまの筋だという話よ。でもね、ご両親とも亡くなられて後見人もなく、手入れのされていない古いお屋敷に、ごく数人の使用人とひっそり暮していらっしゃるらしいの。財産もお持ちではないので、お屋敷にあるものを売って生活しているという話。でね」

川辺は身を乗り出してひそひそ声になった。

「そんな有様じゃ、早晩、飢え死にしてしまう。それで大輔の命婦は考えたわけ。誰かお金をたくさん持ってる男の人を姫君の後見人にしちゃおうって」

「つまり……男君を斡旋《あっせん》したってわけ？　いやだあ、そんな、高貴な姫さまを身売りさせるみたいなこと！」

「だって仕方ないじゃない。いくら近所で可哀想だからって、この先もずーっと赤の他人の姫さまを食べさせていくことなんてできないでしょ？　あたしは命婦の選択は間違ってないと思うわよ。それに命婦だってそんな高貴なお姫さまなら安売りはしなかったってわけよ。なんと、あの、涼風《すずかぜ》の君との間をとりもったらしいの！」

「ええーっ、ほんと？」

白鷺が俄然盛り上がってからだごと前に乗り出した。

「あの、涼風の君さま、きゃあ、なにそれ、羨ましいっ」

涼風の君、と渾名されている男は、胡蝶の君と共に今、都でもっとも人気のある男である。光源氏のモデルには、特定の男性ではなく、何人かの男のイメージを重ね合わせていると香子さまは言っているが、そのひとりが涼風の君であるのは間違いがない。左大臣の甥《おい》にあたるという身分も申し分ないし、博識で和歌の腕前も相当なものだと言われている。道長さまが将来を期待しているとかで彰子さまとも親しいらしく、たまに御機嫌伺いに見えると香子さまもどことなしにうきうきしている様《さま》なのがおかしい。香子さまはなかなか気の若いひとで、若い女性の衣装である細長がお気に入り。あたしの時代で言えば、三十代後半になってミニスカートを穿いて歩くようなものなのだが、誰に陰口を叩かれようとまったく気にせずに細長を着てずんずんと皆の前に出てしまう。そんな勝気でマイペースな香子さまでさえが、いい男よねぇ、と思わず囁《ささや》いてしまうほどのいい男、それが涼風の君なのである。

「涼風の君にはご正室の他に三人も面倒をみておられる女性がいるっていうのに、その貧乏な姫さまってそんなに美人なわけ？」

「それがねぇ……よくわからないのよ」

「わからない、って？」

「なんでもね、ものすご――――いはずかしがり屋で、今までにあらたまった場所に出たことが一度もないし、男君には絶対に顔をお見せにならないんですって」

「だってまさか、通って来た方くらいには……」

「噂だから本当だか嘘だかわからないけど、胡蝶の君がその姫君の噂を聞きつけて涼風の君に、どんな素敵な女性なのか教えてくださいと言ったらね、涼風の君は苦笑いして、いや実は自分もまだ顔を見たことがないのですよ、ってお答えになったらしいのよぉ」

寝床を一緒にしていながら顔を見たことがない。なにやら妖怪話のようなシチュエーションだが、実はこの時代ではそう珍しいことでもない。何しろあかりというものがほとんどないこの時代、人々は日が落ちたらあとは寝るだけ、という考え方で生活していて、満月でも出ていなければ夜更かししようかなどとは考えない。睦言《むつごと》の床にもあかりなんてないので、月の光が差し込まない部屋で一戦交えても、空が白むまでに男が退散してしまえば、顔は見られずに済むのである。顔がわからないのにやることはやってしまうこの時代の男というのは、考えようによっては、顔のことばかり気にしているあたしの時代の軟弱男たちよりずっと懐が深い、という見方もできなくはないのだが、もちろん男たちが顔のことを気にしていないわけではない。むしろ、滅多にちゃんと見られない分、そうしたはずかしがり屋の姫君の顔がどんなふうになっているのかには興味津々で、どんなだった、どんなだったと涼風の君に群がって情報を得ようとしている様が目に浮かぶ。なんだか随分と失礼な話なのであるが、そういう点に関しておおらかなのはこの時代の倫理観の特徴かも知れない。

しかし。

これは使えそうじゃない？

香子さまが喜びそうな、まさに小説向きのネタではないか。あたしは干し栗を口の中でほとびらかせながら熱心に耳を傾けることにした。

＊

情報を総合して結論したところ、ともかく大輔の命婦と知り合いになって、そのやんごとなきはずかしがり屋の姫君と話をしてみたらいいのではないだろうか。男君には顔を見せないお姫さまでも、女のあたしにだったら気をゆるしてくれるかも。

あたしは香子さまに姫君のことを話し、なんとか、大輔の命婦と知り合いになれるようにして欲しいと頼んでみた。二日ほどして香子さまから、御所の西の屋にお遣いを頼まれて出向いてみると、そこには大輔の命婦が働いていて、お遣いを終えたあたしを女房部屋に招いてくれた。

大輔の命婦は、なるほど、この時代に置いておくのはちょっともったいないような華やかな女性である。この時代の女性なので基本的におかめなのは他の女性と一緒なのだが、最近ようやく、整った美人顔のおかめと、なんとなくバランスが悪い不美人おかめの区別が付くようになって来た。大輔の命婦は整った美人であるばかりでなく、どことなくセクシーだった。

命婦というのは宮仕えの女房の位としてはそう高い方ではない。下働きの女よりは上で、ちゃんと部屋も与えては貰えるが、命婦の身分ではひとり部屋ということはなく、何人かの女房で部屋を共有している。香子さまなどは女房の中ではトップクラスなので大きな部屋を一部屋もらい、自分専用の女房をあたしのように雇うこともできる。宮中では、権力のある者の配下であればそれだけ重用して貰えるので、今のところ、最高権力者の道長さまと非常に親しく、道長さまの愛娘で帝の中宮である彰子さまの教育係を務めている香子さまは、宮中の女性の中ではもっとも大きな権力を持つ女性のひとりなのかも知れない。香子さま自身はそうしたことには無頓着のようだが、その香子さまに仕えているというだけで、こうやって目の前に珍しい果物が出されたりすると、力関係というものを考えさせられてしまうわけである。

「噂では、明日は鷹峯《たかがみね》の氷室《ひむろ》を開けて氷が運ばれるそうですよ」

大輔の命婦はうきうきと言った。

「ああ、早く、一口でいいから氷水《こおりみず》をいただきたいわぁ。あたし、甘葛《あまずら》よりも牛の乳をかけて食べるのが好きなんですけどね、そんなの気持ち悪いってみんなに言われるの」

あたしもミルク金時が大好物なので、彼女の気持ちはわかった。

氷室の氷はとても貴重なものなので、帝が所望しなければ持ち込まれることはない。しかし一度持ち込まれてしまえば、もったいながってちびちび食べていても溶けてしまうだけなので、削った氷が女房たちにもふるまわれる。あたしはまだその氷室の氷を口にしたことがないのだが、あの『枕草子』にも夏はかき氷に限るわよね、と書いてあった気がするので、今からとても楽しみだった。

「それにしても小袖さまとこうしてお喋りができるなんて、とっても光栄ですわ。小袖さまって、香子さまにとてもとても可愛がられておいでだとか」

「身に余るご親切をいただいています」

「いいわよねぇ、香子さまは何をやっても上手におできになって。物語をつくるなんて、女にそんな才能が備わっているだなんて、みんなそれだけで驚いているのよ。そうそう、あの定子《ていし》さまのところの清少納言さまも、何やら書きものをされているという噂、御存じ？」

それではこの世界でももうじき、随筆の傑作と言われるあの枕草子がお目見えすることになるわけね。あたしはかなりわくわくした。なにしろこの時代、娯楽の類《たぐい》は本当に少ない。文庫本が気軽に買えて、リモコンのスイッチを押せばテレビが見られたあたしの時代は、この時代と比較したら日常自体が遊園地にいるみたいなものだったのだ。あの時代に、ああ退屈だ、などと一度でも思った自分がいかに罰あたりであるか、ここにいるとよくわかる。

「清少納言さまはとても頭のおよろしい方だそうですから、さぞかし面白いものが出来上がるでしょうね」

「そうねぇ、清少納言さまは男君にも人気のある方だから、きっとべたべたした恋愛物語なんかじゃなくって、もっとあっさりした読物になるでしょうね。あたしねぇ、源氏の君の物語をとても面白いと思うのだけれど、なんだか少し、ねえ……姫さまたちがお可哀想じゃなくって？　源氏の君も少しやり過ぎというか……あら、ごめんなさい。ねえ小袖さま、今のお話、内緒にしてね」

「心得ております」

あたしはにっこりした。

「そういえば大輔の命婦さま、これは巷《ちまた》のお噂なのですが、命婦さまのお知り合いに、やんごとなき御筋でありながら、ひっそりとお暮しになっておられるとてもはずかしがり屋の姫さまがおられるとか？　香子さまが、どんなお姫さまなのかしらと、興味をおぼえておられるようなのですが」

「ああ、ええ、常陸《ひたち》の姫さまのことですね」

「常陸の姫さま？」

「常陸の大守をお務めになった親王さまが、うんとお歳をめしてからもうけられた姫さまで……あらいやだ、これは秘密にしておかなくてはならないのでした」

「決してよそへは漏らしませんから。香子さまも口の堅いお方です。けど、では、親王さまの落しだねというのは本当のことなのですか」

命婦は袖で口元を隠して頷いた。

「本当なのですが、なにぶんにも、母君さまのご身分が……しかもご両親ともとうに亡くなられておりましてねぇ。お気の毒に、親王さまもまだお小さい姫の行く末をきちんとされてから亡くなられたのでしたらよかったんですけど、まあ、そのうちにそのうちにと思っておられるうちに病の床につかれてそれっきりだったたのでしょうね。ともかく、財産と呼べるものは広さだけはあるもののうらぶれて何の手入れもされていないお屋敷がひとつきり、そのお屋敷の中に、大陸渡来の小ひき出しだの机、硯《すずり》や屛風など、まあそこそこに値うちのあるものが雑然と置かれておりましてね、姫さまはそうしたお道具を処分されて、なんとかお暮しになっておられる有様で。下働きの者も数名しかおらず、他には若い女房がひとりいるだけ、それはもう寂しいお暮しぶりで」

「おいたわしいことですね……」

「本当に。なまじご身分が高いので、あたしたちのように外に出て働くこともできませんものねぇ。もちろんご縁談はたくさんあったらしいのですけれどね、ともかくその姫さま、無類のはずかしがり屋で男君の前には決してお顔をお出しにならないのです。よい縁談が進んでも、いつまでもお顔をお見せにならないのでは、男君の方も困りますでしょ。あたしも実家がご近所で、ついついいらぬおせっかいをやいていたんですけどね、もういつまで経ってもご縁談は決まらないし、じれったくなっちゃって。どのみち、孤児でいらっしゃって財産もないとなると、ご正室として迎えていただけるとすれば地方のお方になりますわよね、でも姫さまはあのお屋敷をどうしても離れようとなさいませんし、都から出るのも嫌だとおっしゃるんです。それならば、ご側室でも仕方ない、その代わり、それなりのご身分があって財力のおありになる方を、といろいろ考えましてね」

命婦は急に、瞳をきらきら輝かせて身を屈め、ひそひそ声になった。

「もう噂はお耳に入っているかも知れないんですけど、涼風の君さまにご紹介申し上げてみたんですのよ。君さまは前々から常陸の姫さまの噂だけは耳に知っていたようで、とっても興味をお示しになられましてね。身分といい財力といい、婿入りをしていただくご正室にはなれなくとも、涼風の君さまのご援助がいただければ姫さまも先行き安心ですし、涼風の君さまとしても、まあ忘れられるほど薄い縁とはいえ、帝のご一族の血をおひきになる姫さまをご親戚に迎えるというのはそう悪いお話ではございませんものねぇ。でもね、常陸の姫さまを説得するのにそれはもう苦労いたしましたのよぉ。お相手が涼風の君さまだなんて、それでいったい何が不足だと言うのやら。すすり泣きながらイヤイヤするのを、ともかくお優しい方ですから、何も怖いことはありませんからと、一晩かけて説得しましてね」

なんとなく、そのやんごとなきはずかしがり屋の姫が哀れである。財力と身分で処女を買われるなんて、昔の舞妓《まいこ》の襟替《えりが》えじゃあるまいし。いや、昔、ってのはヘンか。今の方が昔だものね。ああ、ややこしい。

まあしかし、ものは考えよう。好きで好きでたまらない男に処女をくれてやったからといって、それで何かいいことがあるかといえば、たいていの場合、どうしてあんなしょーもないクズとヤッちゃったんだろーなー、あたしってダメかも、と後悔する場合の方が圧倒的に多いのだ。かく言うあたしだってそのクチで、大学一年の時に合コンで知り合った顔も頭もたいしたことないヤツとはずみでいたしてしまって、そのあと恋人ヅラされてつきまとわれてえらい往生した、という経験をしっかり持っている。それらと比べたら、顔良し金有り育ち良しと三拍子揃った男と最初の体験ができるというのは、幸せとまでは言わなくても、まあラッキー、な方だろう。それで気に入られて、首尾よく後見人となってもらえれば、生活の心配もなくなることだし。

「では、姫さまもご安心ですね。涼風の君さまでしたら左大臣の甥御さまで財産もたくさんお持ちでしょうし」

「それがねぇ」

ここで、命婦は、ふう、と大きく溜息をついた。

「涼風の君さまったら、一度姫さまのところにおあがりになっただけで、それ以後はお通いになろうとしませんの。たった一度で、はいさようならなんて、姫さまのような身分の高い女性に対してあんまりな仕打ちじゃないですか、いったい姫さまのどこがお気に召しませんの？　と涼風の君さまをお責めいたしたんですのよ。そしたらね」

命婦はもう一度溜息をついた。

「こんなこと大きな声では言えませんけれどね……まず、姫さまはお歌があまりお上手ではないのです」

あたしの頭に一瞬、カラオケボックスの風景が浮かんだが、もちろんその歌ではないことはすぐに思い出した。

そうなのである。この時代、顔の造作は多少難があってもゆるされるのだが、和歌をつくるのが下手というのは、頭が悪くてセンスのない女ということで、ブス以下の扱いを受けてしまうのである。これは創作センスに乏しい女性にはかなり厳しい習慣と言えるのだが、もちろん抜け道はいくつもある。和歌のやり取りは、その場ですぐしなくても構わないことになっていて、返歌には一日、二日と間をおくのが当たり前。となれば、代筆というかなんというか、ともかく和歌の得意な女房や母親や妹やに代わりにつくってもらった歌をさらさらと書いて渡せばそれで済むわけだ。和歌を得意とする女房が、どの屋敷でもひっぱりだこなのはそのせいである。しかし、先ほどの話によれば、常陸の姫さまのところには若い女房がひとりいるだけらしいから、気の利いた返歌をつくってくれる参謀がいないことになる。その若い女房が歌が下手だったりすれば、誰にも頼らずに自分の頭でセンスのいい歌をつくらなくてはならない。まして涼風の君は和歌の腕前でもこの人ありと知られた名手、なるほど相手が悪い。

「姫さまからのご返歌はどれもこれも堅苦しく、古風過ぎて、なんだか自分はあのひとにあまり好かれていないような気がするのだ、と涼風さまはおっしゃって。そんなことあるはず、ないんですけどねぇ。そもそも男に対して免疫ってものがないんだからあのお姫さまは……その上、お顔を見せて欲しいと何度か頼んだのに姫さまはとうとう、涼風の君さまに一度もお顔をお見せにならなかったとかで。女性の方から群がって来るのに慣れている人ですからね、涼風の君さまは、いまひとつ気が乗らないような風情の姫君の態度に、ちょっとむかついているみたいで」

「もったいないお話ですね」

「ほんと、そうなのよ。姫さまの方がもう少しその、打ち解けるというか、心をゆるして可愛らしく振る舞ってくださるのなら、涼風の君さまもいじらしいと思ってくださって、たまにはお通いくださると思うのだけれど……ねえ、小袖さま、あなた一度姫さまにお会いして、おしゃべりのお相手でもしてくださらないかしら。姫さまにはお友達がほとんどいらっしゃらないでしょう、毎日毎日、ひとりで部屋にとじこもっていらっしゃるから、堅苦しくて陰気な性格になっちゃうのではないかと思うの。小袖さまなら姫さまよりお若いし、香子さまのところで働いているのでしたら話題もいろいろとお持ちでしょう？」

　これは願ったり叶ったり。あたしは喜んで飛び跳ねそうになるのを堪《こら》え、殊勝な顔で承知いたしました、と頭を下げて大輔の命婦の前を辞した。

　問題のお姫さまから、どうぞいつでもお遊びにいらしてくださいませ、という丁寧な手紙が届いたのは、それから三日後のことだった。

3

ここまでの展開で、あ、このケースは「末摘花《すえつむはな》」になるわけね、というのはわかっている。これでもあたしはいちおう、高校時代に文芸部で現代語訳だったとはいえ源氏物語をテキストにして研究したこともあるのである。といっても、夏期合宿の共通テーマが源氏物語だったので仕方なく齧っただけで、いつもは、ＳＦを研究しますと豪語しつつ、筒井康隆とかかんべむさしのお笑い系ばっかり読んでゲタゲタ笑っていただけだったのだけれど。

いずれにしても、常陸の姫はブスなのだ。それはたぶん、歴史的必然というやつである。彼女が顔を人前にさらさないのは、自分がブスだということを知っているからで、その意味でもなんともいじらしいというか痛ましいお姫さまなのである。

なにしろ末摘花というのは、源氏物語の中でいちばんぶちゃいくな女はだーれ？　という設問の答えにするために用意されたような存在で、はっきり言って、同性なのにそんな女性を笑いものにするような作品を書いた紫式部って女は、ほんっとーにヤな女だ、とずーっと思っていた。しかしこの世界での紫式部、香子さまは、決してそんなヤな女などではない。どうもそのあたり、これも平行宇宙のずれってやつなのかしら、と合点がいかない気分ながら、あたしは香子さまからあずかった漁《と》れたばかりのぴっちぴちの天然鮎を桶に入れ（この時代に養殖の鮎なんていないけど）、常陸の姫さまのお屋敷へとやって来た。

なるほど、これは立派なボロ屋敷だなあ、と、あたしはまず感動した。

夕顔の住んでいた家はあばら家で、お屋敷、と呼べるようなものではなかったのだが、これはどこからどう見てもちゃんとお屋敷である。門も立派だし、敷地面積もかなり広いようだ。屋敷の庭に小川が引き込んであるところからして、水洗トイレ付らしい。この時代、水洗トイレのある屋敷というのはそう多くない。

しかし、立派なことは立派なのだが、平安時代のホラー映画でも撮影するなら絶対に使いたい絵だよね、というくらい、ものの見事にボロボロである。少なくともここ十年は、手入れらしい手入れをしていないだろう。ご丁寧にあちらこちらと大きな蜘蛛《くも》の巣まで張られていて、なかなかの迫力。これで中に住んでいるお姫さまの足がなかったり、隠している顔を無理に見ようとしたらのっぺらぼうだったりすると、それはそれで怪談として作品になるというものなのだが、紫式部に怪談を書かせてはちょい違うという気がするので、できれば住んでいるのが人間のお姫さまでありますように、と神様に軽くお願いしてから、あたしは門をくぐった。

もしもし、というのは申す申すが縮まった言葉だそうだ。いつ頃縮まったのかはわからないが、電話のなかった時代には、もしもし、なんて言葉がなくても別に不自由はしなかったに違いない。さて平安時代、玄関先で人を呼ばわる時にはなんと言ったらいいのやら、あたしの頭には今、何も言葉が浮かんで来なかった。あたしがこの時代の言葉をすらすら話したり、人々の会話を問題なく聞き取れるのは、この肉体、というかこの脳の中に、本物の小袖が貯えた知識や経験がぎっしりと詰まっているからで、自我という意味での意識はあたしのものであっても、自我以外の部分の記憶は大部分が小袖のそれである。ただし、何かを思い出そうとして思い出せる記憶は、どうしたわけか元のあたしの記憶なのだ。従って、意識せずにさっと出て来る言葉以外は、いくら考えたって何も浮かびはしないので、仕方なくあたしは適当に呼んでみた。もちろんこの時代の単語とイントネーションで。

「あのー、すみませーん。藤原香子さまからのお届けものでーす」

これではお中元の配達である。

が、どうやら下働きの者の耳にあたしの声が届いたようで、なにやらもごもごとした返事と共に、人影がぬっと現れた。

うぎゃあっ

と、思わず叫んで逃げようかと思った！

どきどきどき。ああ心臓が痛い。

だってそこに現れたのは、ほとんど人間やめてるとしか思えない、ものすごーく皺《しわ》くちゃになった老婆だったのである。

実はこの時代、これほど皺くちゃのご老人を見かけることは滅多にない。この時代の人の平均寿命はたぶん、五十に届かないだろう。庶民よりはるかにいいものを食べて楽をしている貴族でさえそんなものだから、一般的な庶民、町に住む人というのは、五十まで生きられたら半ば奇跡、四十を超えたら御の字というところで、皺くちゃになる前に冥土に旅立ってしまうのが普通なのだ。

が、しかし、今目の前にいるのは、どう見ても七十は超えていそうなおばあさん。これはちょっとした奇跡である。だが、こんな年寄りが下働きをしているということ自体、このお屋敷の困窮ぶりを物語る事態だとも言うことができる。

老婆に来訪の目的を告げて鮎の桶を手渡すと、老婆の皺々の皮膚に埋まった小さな瞳がきらきらと輝き、歯のない歯茎がニーッと剝《む》き出された。ものすごく喜んでいるらしい。たぶん。これで晩のおかずができた、と老婆の心が謳《うた》っていた。

鮎の効果はてきめんで、あたしはささっと屋敷の中に案内され、古風な香が薫きしめられた板張りの部屋で待たされた。

姫さまがおなりあそばす前に家具調度の品定めをしてみたが、いかんせんあたしには家具や調度の価値を判断できるような知識がない。ただどれもこれも、香子さまの部屋にある家具などとは模様の雰囲気が違っていて、輸入品なのかしら、と思わせるエキゾチックさがある。たぶん、そこそこに素性の良い、高価なものばかりなのだろう。だがどれもこれもくすんだ色に見えるのは、きちんと磨いていないからに違いない。下働きがあのおばあさんでは、きっちり掃除しろと言うのが気の毒というものかも知れないが、なるほど、こんな雰囲気では涼風の君にしたって、足しげくここに通いたいとは思わないだろう。かと言って、おそらくは生まれてから一度もまともに働いた経験などないだろう姫さまに、雑巾持ってあちこち磨いた方がいいですよ、などとアドバイスもできないし、しても無駄だし。

床に敷かれた鹿だか熊だかの敷物も、だいぶくたびれてヨレヨレしている。そもそも、畳がないじゃないのよ、この部屋は。

この時代、畳は部屋一面に敷きつめるものではなく、人が座ったり寝たりする場所だけに敷かれる敷物である。高貴な人々やお金持ちは、畳の他にも、しとね、という薄い畳を芯にして作ったクッションみたいなものも使っているが、あたし程度の女房風情《ふぜい》はふつう、板張りの床に直接座るか、せいぜい、縄を巻いたような形の円座を敷いて座る。今、この板張りの部屋に置かれているのは、すりきれてあちこち壊れかけた円座が三つ。それだけだった。まさかまさか、畳を敷く余裕もないだなんて。

いつの時代だって貧乏は辛いものなのだろうが、この時代、身分が高いと自分で働いて稼ぐことすらゆるされず、経済的に困窮すると本当に悲惨なことになる。都には、こんな状態で仕方なく、一夜限りの情けを受け入れて食べ繋いでいる高級売春婦になってしまったお姫さまがたくさんいる。このやんごとなき血を受け継いでいるはずのはずかしがり屋のお姫さまも、このままいけば早晩、そうした男たちの玩具になって生きていくより他なくなってしまうだろう。しかし歴史的必然に従ってお姫さまが容姿に不自由な人だった場合、一夜の遊びとはいえ、通って来る男たちの質がどんどん落ちていくのは目に見えている。ろくな援助もせず、わずかな米だの雑魚《ざこ》だのを犬に餌でもやるように放り投げ、その見返りにおとなしい姫のからだを好き勝手にいたぶるような、タチの悪い男どもばかりが群がるようになる光景が、ありありと見える。涼風の君の継続的な援助が受けられるかどうかは、この哀れなお姫さまが生き地獄に堕ちるかどうかを決定する、重要なファクターなのである。

これはなんとしてでも姫さまを説得して、涼風の君に可愛がられるように振る舞うことを承知させなくては、と、あたしは本来の目的を半ば忘れて下腹に力を入れた。

その時、御簾が揺れた。

まず、見た目も若々しい女房がひとり現れた。一瞬その女がお姫さまかと思ったが、装束が違った。朝服《ちょうふく》である。朝服は女房たちの制服のようなもので、単衣の上に何枚か小袿《こうちぎ》などを重ねただけの簡単な装束だが、十二単衣《じゅうにひとえ》と呼ばれているものは、実はこの朝服のことである。

屋敷の女主人が客と会うのに朝服のままで出て来るわけはなかった。

「葛野《かずらの》と申します。姫さまのお世話をいたしております」

若い女は、よく通る涼やかな声で言うと、にこっと笑った。

可愛い。松浦亜弥をモーフィングしておかめにするとこんな感じ？

うーん、肝心のお姫さまがせめてこの娘くらい可愛かったら話も簡単なんだけどなぁ、歴史的必然としてブスってのはあらかじめ決まった運命なんだろうし……

「姫さまが参られました」

葛野が頭を垂れたのであたしも一緒に床に額《ひたい》をつけるようにして伏した。

今ではすっかり色褪《いろあ》せているけれど、もともとは高価な布で織られていたらしい御簾が揺れて、さらさらと衣《きぬ》ずれの音がする。

「お待たせいたしました」

細い、鈴虫が遠慮がちに鳴いているような声がした。

「よくいらしてくださいました。とてもうれしゅうございます。薫子《かおるこ》と申します」

「小袖と申します。お招きいただきありがとうございました」

あたしはゆっくりと顔をあげた。そして、目が点になった。

れ、歴史的必然はいったい……

そこには、少なくともこの時代にやって来てこれまで見た中で、いちばんの美女おかめが座っていた。

そのほれぼれとするほど形のよい富士の山のような額。小振りで鼻梁《びりょう》が高く、華奢な鼻。透き通るように白い肌。さされた紅の色を通して透けて見える桃色の唇。艶やかでたっぷりとした黒く豊かな髪。すっと真横に線をひいたようなきりりとした一重瞼の下からは、黒めがちの大きな瞳がくりくりとのぞいている。

あっちゃー。あたし勘違いしてた。どうやらこの姫さまは、末摘花の物語とは無関係だったみたい。うわぁ、そんならこれってネタにならないわけ？　それともまったく別の巻と関連した存在なのかしら、このひと。えっと、えっと、こういうはずかしがり屋で血筋はいいけど貧乏なお姫さまが出て来る巻って、他にあったっけ？

などと、混乱した頭でぐちゃぐちゃと考えている間にも、目の前には乏しい財の中で精一杯気張ったらしいもてなしの膳が並んでいた。あ、そんな、どうかお気づかいなく、と必死に遠慮してみたが、姫さまも葛野も頑として譲らず、あたしはなんだかとってもうしろめたい気持ちのまま、香子さまの代理ということで御馳走を口にした。

大輔の命婦の言葉通り、姫さまは話下手でお世辞にも社交上手ではなかったが、こちらの話に懸命に耳を傾ける仕種《しぐさ》はとても愛らしく、本当は素直で心根の優しいひとなのだな、とわかる。葛野は歳が十八、姫さまとは遠縁にあたるが、境遇同じく孤児の身の上で、姫さまの御両親が亡くなられてからはずっとおそばにいるのだと言う。こちらはなかなか話術が巧みで、宮仕えなどさせれば中宮さまたちに可愛がられてそこそこ出世するのではないかと思えるような女の子だ。あたしは葛野がタイミングよく相槌を打ってくれるのに気をよくして、香子さまの受け売りで、都の噂話や怪談めいた話、誰それと誰それはどうだこうだという下世話な話から、遠い唐の国の話題まで、とりとめなく喋り続け、姫さまが楽しそうに笑うのを見て自分もいい気分になっていった。なんだかもう、涼風の君のことなんてどうでもいいやん、という気がして来る。寝たくない男と寝ない権利は、この時代の女性にだってあるはずだ。ないとおかしい。あって欲しい。姫さまが気乗りがしないのなら、無理をしてまで男に気にいられるように振る舞う必要なんてないじゃないの、ねえ。

だが、畳もない板の間に敷かれた円座の古ぼけた様や、色褪せた御簾、いつ売られてしまうのかわからない家具調度、そしてがらんとして使用人の姿のあまりないこの屋敷のことを考えると、そんな甘いことを言ってはいられないのだ、と、現実に引き戻された。このままではいつの日か、この無垢でたおやかな美しい女性は、今よりもっと悲惨な境遇へと堕《お》ちていってしまうのだ。

この美貌ならば有力者の後ろ楯を見つけることはできるだろうが、涼風の君より条件のいい男など、そうそういるものではない。やっぱりここでおせっかいをやいておかないと、あとであたし自身が後悔するだろう。

物語のネタを拾う、という肝心の目的はほとんど忘れて、あたしは話題を涼風の君の方向へと無理に転じてみた。

涼風の君の名前が出たとたん、姫君の顔がくもった。唇を軽くかんで下を向いてしまう。その様は、それまでの素直で愛らしい様子から一変して、かなり頑固な女性という印象をあたしに与えた。

あたしは困惑した顔をつくって葛野の方を見た。

あれ？

その時、葛野の顔に浮かんでいた表情に、あたしは軽い驚きを感じた。女主人がその引っ込み思案な性格ゆえに幸せを取り逃がしてしまう瀬戸際なのだから、もう少し心配そうな顔をしているかと思ったのに、葛野の顔に浮かんでいたものは……

葛野は、きついまなざしで姫君を睨みつけていた。

もちろん憎悪ではないはずだ。それまで葛野が女主人に対して見せていた温かなまなざしに嘘があったとは思えない。だが今、葛野は何かに怒りを感じている。そして、女主人を無言で責めていた。

どうもわけがわからない。何かがおかしい。

「わたくし」

姫君がやっと顔をあげた。

「涼風さまのお気持ちは本当にありがたく、お情けは身に染みております。けれど……わたくしにはあの御君は、過ぎたお人なのでございます。わたくしは不調法で歌も下手でございますし、他に何のとりえもなく、面白い話ひとつできない性格です。こうして家の中でひっそりと書物など読む以外に楽しみを知りません。今さら涼風さまのような素晴らしい男君にふさわしい女になろうなどと背伸びをいたしましても、しょせん、身の丈《たけ》というものがございます」

「で、でも、涼風の君さまはとてもお優しい方と聞いております。姫さまはとてもお美しい上にお育ちもよろしいのですから、さほどまでご自分を卑下されずとも……」

「わたくしはこのままが嬉しいのです」

姫の声は、その時だけ驚くほど凛《りん》としていた。

「このままで、ひっそりと暮していたいのです。……男君にお通いいただくこと自体が……苦しいのです」

「くる……しい？」

「はい。苦しゅうございます。君さまが退屈されてはおらぬかと言葉ひとつ選ぶのも緊張いたします。なにかにつけて顔を見せて欲しいと言われますのも……とても辛《つろ》うございます」

こんなに美人なのに、なんでよ？

あたしはわけがわからなくなっていた。あたしの時代に読みつがれている末摘花の物語のように、鼻の先が赤い不細工なお姫さまなら顔を見られたくないと頑《かたく》なに思うのもわからないではないけれど、このお姫さまの顔だったら、写真に撮ってみんなに配ったっていいくらいなのに。

あ、鼻。そうだ、鼻のことがあった。

姫の鼻のあたまはちっとも赤くない。だが末摘花の鼻のあたまは赤いということにな っているのだ、物語の中では。そのへんのずれは、世界が違うことに由来するずれなの か、それとも……

「あの、つかぬことをお伺いするのですけれど」

あたしは口調をあらためた。

「もしかして……姫さまは、時おりお顔の一部が赤くなったりすることはございません か？　いえ、ごめんなさい、実はわたくしの主人の香子さまのお知り合いの姫君が、姫 さまのようにそれはもう色白で肌のやわらかな方でいらっしゃるそうなのですが、なん でも時折、鼻のあたまが赤くなることがあるとかで」

香子さまにそんな知り合いがいるなどとは聞いたことがない。だがこの時点で、あた しは、ある可能性に気づいていた。

この肌の白さ、そして皮膚が薄く見えるほどきめが細かいということは、常陸の姫さ まは肌が弱いタイプなのではないか、と思いいたったのだ。いわゆる敏感肌、いやもし かすると、アトピー体質。

アトピーは現代病だと言われていて、自動車の排気ガスや食品添加物がアトピーの大 きな原因だというのは知っているが、病気そのものは要するにアレルギー反応なわけだから、平安時代からあっても別に不思議はないはずだ。ただあたしたちの時代に比べたら、アレルギー疾患を患《わずら》う人の割合は少なかったのではないか。だからあまり一般的な体質としては知られておらず、稀にそうした体質の人がいたとすれば、突然に湿疹がでてひどく痒《かゆ》くなったり、からだのあちこちに痣《あざ》と見まがうような赤い斑紋が現れたりと、無気味で恥ずかしい病気だと思いこんで悩んでいるという可能性はあるのではないか。

前触れもなく湿疹が出て顔がまだらになってしまうような体質を持っているとすれば、無闇と男性に顔を見せたがらないというのは合点がゆく。

しかも、今思い出した。源氏物語で末摘花の鼻が赤く見えたのは冬の早朝ではなかったか。だとすれば、寒さのせいで顔に赤い斑紋が出たり熱が出たりする体質、いわゆる寒冷アトピーを患っていることも考えられる。

はたして、姫君はじっとあたしの顔を見て、それから葛野を見て、もう一度あたしの顔を見てから小さく頷いた。

「悪いものがとりついているのではないかと加持祈禱の類も試してみたのですが、治らないのです。ある日突然、首から胸のあたりや背中まで赤い湿疹が出て、とても痒くて気がおかしくなりそうなことも……また冬になると顔が赤く腫れ、熱が出てふせってしまうこともございます。こんな禍々《まがまが》しいからだでは、とても男君さまのご親切をお受けすることなどできませんし、突然にあらわれる醜い斑紋を万が一にも見られれば生きてなぞいられません」

やっぱり。あたしはひとりで合点すると、それは悪いものがとりついているのではない、たとえて言えば漆《うるし》にかぶれるようなもので、ただ、体質的にかぶれるものが普通の人よりたくさんあるだけで、また温度差が激しいとそうした症状が出る人もいるが、心配するとひどくなるのでともかく心配せず、気持ちをゆったり持って……などなど、絶望的に首を振り続ける姫になんとか希望を持たせようと説明し続けた。だがもちろん、アトピー体質というのはあたしの時代でも大変な問題で、アトピーがひどくて結婚を諦める女性もたくさんいるのである。そんなに簡単に解決するようなことではないし、無責任なアドバイスをして命にかかわるようなことになってもいけない。

どのくらい説明し続けたのか、すっかり話すこともなくなり、いい加減顎がくたびれたところで、あたしはいったん引き上げることにした。あたしの回転数が足りない頭でいくら考えても妙案など浮かばないだろう。香子さまに相談して出直すしかない。

帰りぎわ、あたしは葛野に、姫さまが何にかぶれるのかその原因を突き止めて、かぶれるものに近寄らせない、そうしたものを食べないことが肝心だと説明し、姫さまが食べたものの記録をとるように勧めておいた。湿疹が出た時にいつも食べているものがわかればそれが原因のひとつだと特定できるので、それを食べないようにするだけでも、命にかかわる事態は避けられるだろう。葛野はよほど姫さまのことが心配なのか、食い付くような顔つきで熱心に聞いていた。

構えだけは立派だがほぼ幽霊屋敷のような常陸の姫の屋敷を辞して、あたしは早足で宮中に向かった。予想外に遅くなってしまい、しかも物語のネタはたいして拾えなかったのだから帰りの気は重い。

一条橋のあたりまで来た時、あたしは迂闊《うかつ》にも鮎を入れてあった桶を屋敷に忘れて来てしまったことに気がついた。

やば。

小さな桶のひとつやふたつ、宮中の台所から消えても別に構わないじゃないの、あの気の毒な姫さまに桶ぐらいプレゼントしてあげちゃおう、と思わないでもなかったが、宮中の台所では桶に限らず、備品の管理にけっこううるさい。万が一にも帝に毒を盛ろうなどという不届き者がまぎれこまないとは限らないので、見慣れない食器や道具は使ってはいけないと言われていたし、備品の数は几帳面に数えられている。今朝、あたしが香子さまの言い付けで、桶に鮎を入れて土産に持ったことは何人もの下働きの女たちが知っているので、桶がひとつ足りないとなったらしらばくれるのは無理かも知れない。

やれやれ、とあたしは今来た道を戻ることにした。

常陸の姫さまのお屋敷の前まで戻った時には、もう午後の日射しが西に傾きかけていた。

門を入ったところで何度か呼んでみたが、あの皺くちゃのおばあさんすら出て来ない。ぼちぼち夕餉《ゆうげ》のしたくに、食べ物の調達にでも出かけたのだろうか。

あたしは声をかけながら屋敷の奥へと歩いた。別段、姫君に取次いでもらう必要はない。台所で桶を貰ったら黙って帰ってもいいのだ。裏へまわろうか。男衆の気配はないので、こっそり裏にまわっても泥棒と間違われて取り押さえられる心配はなさそうだ。第一、このぼろ屋敷では泥棒すら避けて通るかも知れない。

「あのぅ、すみませーん。桶を忘れちゃったんですけどぉ」

何度か大声で言ってみたが反応がなかった。どうやら下働きの者がみな留守にしているようだ。なんとも不用心な話である。確かに見た目はぼろ屋敷だが、調度や家具はそれなりに古くて価値の高いものがある。そうした情報が悪い連中の耳に入れば、日が暮れてから襲撃されないとも限らない。経済的に苦しくて男衆を雇えない事情はわかるが、やはり一日も早く後見人を探して、最低限の警備はして貰わないと。この時代、芥川龍之介の『羅生門』を思い出すまでもなく、都の治安状態は決して良好とは言い難い。貴族たちはまだ、時代の変化に気づいてはいないが、藤原氏全盛時代とはいえ、自然災害のせいで飢饉《ききん》に陥り、慢性的な住宅不足と、周辺の田舎からの人口流入が続いていることとが重なって、都には目に見えて困窮した人々の姿が目立つようになっている。

あ、ああ……

あれ？　空耳かしら。

今、誰かが呻《うめ》いたような声が……

あう！

今度ははっきり聞こえた。何か苦痛を感じた時の押し殺した悲鳴のような。

あああ……ひぃぃぃ……

あたしは反射的に、声の聞こえた方へと駆け出した。あれは間違いなく悲鳴だ。苦しみに悶《もだ》える声だ！

やっぱり心配した通りになってしまったのだ。賊が押し入り、調度を強奪する行き掛けの駄賃に気の毒な姫さまを！

武器になるようなものが咄嗟には見つからなかったが、あたしは庭に置かれていた鋤《すき》のようなものをひっ摑むと大股でジャンプするようにして板張りの部屋に飛び込み、御簾を蹴散らして奥の部屋へと駆け込んだ。わずかばかりの重力の差によって手に入れた、オリンピックの補欠選手程度の身の軽さだけが勝算の無鉄砲な行為だった。賊が何人いてどんな武器を持っているのかもわからなかったのに。

あの部屋？　あそこから声がする。

姫さま、姫さま、待っててください、今お助けいたします……？


あ、ああ……ううん……あう……あひぃ……


あたしはその場でかたまった。違うやん、これ。これって苦痛に喘《あえ》いでるんじゃなくって……もしかして。

よく耳を澄ませてみれば、声の主は女ふたり。

事実確認だけはしとかんと。いえ決してあたしはデバガメとちゃうんよ。ちゃいまっせ。しかしこれは大切なことなのだ。今後あたしがどうすべきか決める上で、とっても大切なことだから……あの、ちょっとすんません。失礼しまーす。

屛風は立てられていたが、そこからはみ出した四本の足がすべてを物語っていた。まだ日も落ちていないというのに、なんとまあ大胆というか奔放な。でもまあ、絵になると言えばなる光景だろう。なにしろ現代人のあたしでさえ可愛いと思うような少女と、みとれてしまうほど美しい大人の女との睦言なのである。

あたしはもう少し見物していたいなあ、という誘惑に打ち勝って、そろそろと音をたてないようにその場から庭へと戻った。

常陸の姫さまが男君の情けを受けようとされなかった理由は、実に単純なことだったのだ。まあ考えてみれば別段珍しいことでもなんでもない。平安時代だって女同士の恋愛くらいあって当然、もっと太古の昔から、めんめんと続いている自然の理《ことわり》のひとつにしか過ぎない。ただこの時代、女が自立する方法があまりにも少なく、身分の高い女ほど、なんらかの形で男の庇護の下に入る以外には生きる道がほとんどない、いわば選肢のない状態に置かれていたわけで、男に抱かれるのが嫌ならばあとは出家して髪を切る以外になかったのだ。常陸の姫さまも、このままの状態が続けばいずれにっちもさっちもいかなくなり、どこかのさびれた山寺にでもこもって信心深い田舎の人たちに食べ物を恵んでもらいながら、あの可愛らしい恋人と共に仏に祈る人生を歩むしかなくなるだろう。そしてたぶん、あの二人はそうした自分たちの未来をとっくに覚悟しているのだ。

あの時、葛野が見せたきついまなざし、姫を非難する表情の理由がやっとのみこめた。いつも親切にしてくれる大輔の命婦の紹介なので断ることもできずに涼風の君を受け入れた姫に対して、葛野は激しく嫉妬し、怒りを感じていた。仕方のないことだったと理性ではわかっていても、熱い感情を抑えることが難しかったのだ。

やれやれ、まったくもう。これじゃあ、香子さまの物語のネタにはなんないよねぇ。しょーもなー。

「あれ、小袖さま」

突然声をかけられてあたしはギョッとした。背後に、あの皺くちゃのおばあさんが立っていた。

「先ほどは立派な鮎を本当にありがとうございました。これ、今さっき懇意にしている村びとが山で見つけて参りましたものですが、どうぞ香子さまにお持ちになってくださいまし」

老婆が差し出しているのは、あの鮎が入れてあった桶に笹を敷き、その上に置かれた小さな蜂の巣だった。野生の蜜蜂の巣らしい。

蜂蜜は、この時代では最上級の御馳走のひとつで、蜜も食べるし、薄切りにした巣も食べるし、もちろん蜂の幼虫だって炒《い》って食べる。栄養価も高く、甘いものが少ない時代に手に入るもっとも甘い食べ物だったので、当然ながら大人気である。あたしはこの屋敷の困窮を考えて強く辞退したのだが、どうしてもと押し切られて結局その蜂の巣をお土産に持ち帰ることになった。

「蜂は追い払ってございますので心配はありません。そうそう、この巣の奥に女王蜂の部屋がありましてな、その周囲の部分は、甘味がなくて食べておいしいものではございませんが、わしの出た村では長生きの薬として珍重しておりました。香子さまのようにお優しいお方さまにはぜひとも長生きしていただきたく、どうか、その部分も捨てずにお召しあがりくださいとお伝えくださいませ。わしも姫さまも葛野さまも、味はまずいが我慢してその部分をいただいておりますゆえ、病もせずにほれ、元気にいたしております」

生きた長生きの標本は、歯のない歯茎をニカッと剝き出して、ふぇふぇふぇ、と笑った。

4

あたしは、蜂蜜を抱えて鬱だった。香子さまのお役に立てるようなネタが拾えなかったばかりではなく、常陸の姫さまをお助けする妙案も浮かばないままなのだ。そもそも、これはもうどうしようもない事態ではないか、という気がする。姫さまは男が嫌いで、男になんか二度と抱かれたくないと思っているに違いない。相手が涼風の君であろうが足柄山の金太郎であろうが、そういう問題ではないのだ。まあそれならそれで、あの二人が貧しい尼寺暮しの余生をおくるのも幸せでしょう、と割り切って忘れてしまうのがいいのだろうが、他に本当に道はないものか、と考えると妙に悔しいのである。

蜂蜜を台所に預けて香子さまの部屋に顔を出すと、香子さまは小さな椀に盛った何かをゆっくりした仕種で食べているところだった。

「あら小袖、おまえも貰って来なさいな。氷室から氷が届いたので、先ほどから女房たちにも配られているところですよ」

わーい、かき氷、かき氷。と女房部屋に向かおうとしたあたしの背後で、香子さまが大きく溜息をついた。

「どうかなされたのですか」

「ええ……実は、彰子さまが夏バテのようで、食欲がないとおっしゃって、ここ数日、ちゃんと食べていらっしゃらないのです。氷室から氷をとり寄せたのも、彰子さまの食欲を回復させたいという帝のお優しいご配慮なのですが……」

「氷も召し上がらないのですか」

「ひとくち、ふたくちはお食べになって、心地よいとおっしゃってくださったのですけれどね。けれど氷には滋養がないですからねぇ、氷がきっかけになって他のものを召し上がってくださればよかったのだけれど。何か氷のように食べやすくて、滋養の豊富な食べ物はないかしら」

閃《ひらめ》いちゃった。

あたしは香子さまに、牛の乳となんでもいいから食べられる鳥の卵、それにさっき土産に持ち帰った蜂蜜と、氷に塩を用意してくださいとお願いした。

「氷に塩？　そんなことしたらしょっぱくてせっかくの氷が無駄になりますよ」

香子さまは怪訝《けげん》な顔をしていたが、彰子さまをお助けするためですから、と押し切って用意してもらう。ただしこれは秘薬につき、台所ではなくこのお部屋でおつくりいたします、と念押しも忘れない。

桶に砕いた氷を張り、塩をまく。その真ん中に、磁器の碗を突っ込む。本当は金属のボウルか何かがあればいいんだけど、まあなんとかなるでしょう。牛乳に卵と蜂蜜をとく。ついでに長生き老婆おすすめの、「あまりおいしくない特別な部分」にたまっている白くてぶよんとした部分も入れておく。なにしろこれは天然のロイヤルゼリーなのである。こんなものを食べていれば、あの歳まで元気でいられるのも当たり前だ。夏バテ解消にももって来い。ぐるぐると液体をかき混ぜて贅沢なミルクセーキを作り、磁器の器に注ぎこむ。あとは器をぐるぐるとまわしてやりながら、たまにかき混ぜて空気が入るようにすれば……

「こ、これはいったい、何という薬なのですか？」

おそるおそる味見した香子さまは、目をまんまるにして驚いた。

アイスクリームです、と答えかけてあたしは自制し、常陸の姫さまのところにいる長生きの老婆からこっそり教わった、大陸渡来の秘薬だと説明した。

たぶん、あまりの美味に陶然《とうぜん》となったのだろう、香子さまははしたなくも器の中に人さし指を突っ込み、たっぷりとすくってぴちゃぴちゃと舐《な》めている。ほっといたら彰子中宮さまに差し上げる分がなくなっちゃう、と、あたしは香子さまからアイスクリームを取り上げて、正気づかせてからその手に持たせた。

「秘薬につき、このことは口外されませんよう。皆がこれを作りたいと騒ぎ出せば、氷室の氷が一夏持ちませんから」

あたしの言葉に、香子さまは合点した、と頷いてそそくさと彰子さまの部屋へと出て行った。

まあしかし、あの味を知ってしまった香子さまと彰子さまが、食べるのを我慢できるはずがない。これでこの夏、あと一、二回はアイスクリーム作りがあたしの仕事になり、三人でこっそりと楽しめる、というわけである。しめしめ。

と、その時、もうひとつのアイデアがあたしの頭に閃いた。

あたしは用済みの氷を見つめた。これだっ。これぞ秘策中の秘策。常陸の姫さまと葛野との愛をこのまま安泰に続けさせ、しかもちゃんと涼風の君さまからの援助を受けられる策略があった！

あたしはさっそく、巻紙を取り出して墨をすった。問題は今度いつ氷室の氷が届けられるかであるが、さっきのあの香子さまのうっとりした表情からして、まあここ数日以内にはチャンスが巡って来るだろう。その氷を藁《わら》にくるんでおくとして、明け方までもつかどうかが成否の鍵になる。ともかくやらせてみるしかない。あたしは手順をことこまかに書きつけて、それを葛野あてにすると早馬に預けて姫の屋敷へと届けさせた。それから、さて香子さまにはどんなふうに話を持ちかけようか、と、いろいろ言い訳を考え出した。

*

歴史的必然は有効であった。

それからしばらくして、大輔の命婦に呼ばれたので命婦のもとに行ってみると、命婦は苦笑いをしながらこう言った。

「涼風の君ったらね、とうとう、常陸の姫さまのお顔を拝見することに成功したのですって。考えたらあたしもまだ、姫のお顔を明るいところで見たことがなかったのですよ。でもちらちらと拝見した限りでは、なかなかお美しい方だと思ったのだけれど……ぷぷっ」

ここで命婦は思わず噴き出す。確かこれに近い記述が本家の源氏物語にもあったなあ、などとあたしはぼんやり考える。

「なんでもねぇ、お鼻のあたまが真っ赤っかだったそうなのよぉ。いやあねぇ。お猿さんみたいでぎょっとした、とおっしゃってたわ。お歌もお上手とは言えないし、唯一のご趣味のお琴もね、まあなんとか聴けないことはない、という程度の腕前でしょう。その上鼻のあたまが赤くてはねぇ。これはもう、涼風の君さまに後見していただくのは無理だろうと諦めたら、なんと。君さまはね、あそこまで哀れな姫君は都広しといえども他にはいらっしゃらないだろう、そうした気の毒な方を見捨てたと噂になれば自分の沽《こ》券《けん》にかかわるから、末永く面倒をみさせていただくことにした、なんておっしゃって！」

大成功。あたしは心の中で万歳三唱。

「まあね、もうお通いになるおつもりはなさそうですけどね、いいわよね、それでも。経済的に援助してもらえるなら、少しは寂しい思いをしたって、飢えるよりはましでしょう。どうもねぇ」

命婦は声をひそめた。

「あなたのご主人の香子さまが、お鼻のあたまが赤い気の毒なお姫さまの物語をお書きになっていらっしゃるというお噂が、君さまのお耳に入ったようなのですよ。君さまはご自分こそが源氏の君のモデルだとひそかに自負していらっしゃって、モデルは胡蝶の君さまだという噂に抵抗しようと必死でおられるみたいなの。それでね、可哀想な姫を見捨てたなんて物語で書かれてしまってはイメージダウンになるからと、それでご決心になったようなの。あなた、本当のところはどうなのか、ご存じありませんこと？」

もちろん、すべてをご存じなのだが、あたしは笑ってごまかしてその場を辞した。

葛野は上手に姫を説得し、芝居をうたせることに成功したのだ。姫が涼風の君と床を共にした朝、葛野が藁にくるんで土間の冷たいところに隠しておいた氷をそっと寝床に差し入れる。姫は氷を鼻におしあてる。体質的に寒さに弱く、急激な温度差に遭《あ》うと赤く腫れてしまう姫の肌は反応し、真夏の朝なのに真冬のように赤くなった。姫はわざとその鼻先を君の目に触れさせて仰天させた。

氷室の氷を香子さまに頼んでこっそりとわけてもらい、走って屋敷まで届けたのはもちろんあたしである。

あとは、香子さまが物語を書こうとしているという噂を適当に流し、涼風の君のプライドと同情心に賭けたわけであるが、賭けは勝ち、と出た。姫君は、二度と男にからだをあずける苦行に耐えることなく、必要な経済的援助を手に入れることになったわけである。まあ涼風の君にはちょっと気の毒な気もするが、しょせん、女を顔と和歌でしか判断しないような狭い了見なのだから仕方がない、と諦めてもらおう。お金持ちなんだし他に女もいっぱいいるんだし、人助けだからゆるしてね。それにしても、涼風の君が悪食《あくじき》で、鼻のあたまが赤い女が何より好きだ、と言わないでくれたのが何よりラッキーだった。

かくして、源氏物語中もっとも容姿と環境に恵まれない哀れな末摘花の物語はめでたく完成した。物語の威力で、末摘花はブスである、という事実が定着し、好色な都の男たちも常陸の姫さまには関心を示さなくなった。涼風の君はプライドにかけて姫を経済的に援助し、壮大なぼろ屋敷には手がくわえられて見事なお屋敷に生まれ変わり、下働きや男衆も大勢雇われるようになった。そして葛野は相変わらず姫のそばに座り、老婆は相変わらず、ロイヤルゼリーを舐め続けている。あの老婆は百まで生きるな、とあたしは確信している。

大輔の命婦とは友達になった。奔放でセクシーな彼女と話をしているのは楽しかったし、彼女の存在は、どこか懐かしいあたしの時代の雰囲気を思い出させる。千年前にもこのタイプの女がちゃんと生きていて、自己主張して、それなりに頑張っていたんだ、と知っただけでもあたしには嬉しかった。

だが命婦はひとつだけ誤解している。

「それにしてもねぇ、あのまま男君の腕の力強さを二度と味わうこともなく、健気《けなげ》に涼風の君を待ち続けているというのも、常陸の姫さまがお気の毒で。鼻が赤いのなんて気にしない、豪気な男がどこかにいないものかしら。こっそり夜中にしのばせて、姫さまに女の悦びをもう一度味わわせてあげたいのよ」

姫君は、女の悦び、を充分に知っている。日が暮れるのが待ち切れずに愛するひととくんずほぐれつしてしまうほど、姫君は情熱的で官能的な女性なのである。それはそうでしょう、木彫りの人形じゃあるまいし、女の盛りをただひとりの男を待ち続けて終わってしまうだなんて、そんなもったいないこと、世間がゆるしてもあたしがゆるしません。

だって香子さまが書いているのは源氏物語、蜻蛉《かげろう》日記やないもんね。ね！

第三章　葵

1

　今年四十三歳になる叔母から聞いた話。その昔、ＮＨＫのテレビドラマで『タイム・トラベラー』というのがあって、それに出て来たケン・ソゴルという未来人の男の子がものすごくカッコよくって、叔母はたぶん、彼に対して感じたものが自分の初恋だったのだ、と言い張っていた。

『タイム・トラベラー』には原作の小説がある。言わずと知れたジュブナイルＳＦの傑作、筒井康隆著『時をかける少女』がそれである。この『時をかける少女』というタイトルならば、映画化されたものも観たし、ユーミンの歌にもあるのであたしにも馴染み深い。小説も読んだ。とても面白かった。

　が、しかし。

現実問題として過去にタイムトラベルしちゃった人間に対して、大昔の人間が恋心など抱くものだろうか。だって、カッコいい、なんて未来人のことを思えること自体が信じられないのだ。人類はまだ、猿でなくなってから日が浅い。つまり進化の途中なのである。わずか数百年で、同じ民族でも体格やなんやらががらっと変わってしまう。それどころか、たった数十年でも、日本人の平均身長はぐぐっと伸びてしまった。それだけならまあ、背の高い未来人に恋心を抱くというのもわからないではないけれど、背が伸びた他にも顔やからだの形の変化は多々あったはずである。現に、今この、ぼんやりとした鏡に映っているあたしの顔。これはこの時代に住んでいた小袖という女性からの借り物だが、もともとのあたしの顔とはまるっきり違っている。あたしがこの顔をあんまり美しいとは思わないのと同様、あたし本来の顔はこの時代ではまずウケないだろう。つまり、あたしが本来のあたしの顔や姿をこの時代にさらしても、ロマンスは決して芽生えそうにない、ということである。ではその逆はどうなのか。

『タイム・トラベラー』では、未来人のケン・ソゴルも過去人の女の子に対してまんざらでもないという雰囲気があった。恋愛感情とまでは言えなくても、少なくとも好意は持っていただろうと察せられる。未来人の彼の目から見て、過去人の同級生はすごく不細工に感じられたに違いないのだが、それでも憎からず思うことは可能だったわけだ。いえもちろん、あれは小説でありドラマなんですけどね。しかし、希望、という意味においては、今のところ、あたしにとって数少ない希望なのである。

つまり。

あたしにとって、自分がいつになったら元のあたしの時代に戻れるのか、その点がまったく白紙、微《かす》かな手がかりすらまだ摑んでいないわけで、それはつまり、もしかすると二度と元の世界には戻れないことを意味するのかも知れないわけである。それだったらそれで、この時代の女として幸せになることを真剣に考えなくてはいけないのではないか。この時代の女として幸せになる、それはつまり、経済力がある程度あって妻に優しくてあんまり女癖が悪くなくて、丈夫で長生きしそうな男と結婚する、ということとほぼイコールであるらしいので、それについて真剣に考えるということは、結婚相手を真面目に探す、ということになる。

あ、この話を初めて読んだ人は、ここまでの前振りがいったい何のことやらさっぱりわからなかったでしょう。すみません。あらためて自己紹介しますが、あたしはタイムトラベラーです。いえ、冗談でなく。

ハードSFはあまり読んだことがないので、こういう設定をタイムトラベルと呼んでいいのかどうか正確には知らないけれど、ともかくあたしは、西暦二〇〇三年のある日、いきなり千年以上前の平安時代にジャンプしてしまった。しかしここで通常あたしが知っているタイムトラベルと少し違っていたのは、あたし自身、つまりあたしの意識はちゃんと過去に飛んだのに、どうやら、肉体の方はついて来なかったようなのである。そしてあたしの意識は、この時代に生きている小袖という女性の脳の中へと着地した。では小袖の意識の方はどうなったのだろう？　これについては想像するしかないのだが、たぶん、未来世界のあたしの脳の中にいるのではなかろうか、という気がしている。

　こういう状態はタイムスリップではないのかも知れない。むしろ、平行宇宙を横に飛んでしまった、つまり次元スリップとでも言うべき現象なのかも。そんな気がするのには根拠があり、それはどうやら、この時代の重力が元あたしのいた時代の重力より少しだけ弱いようだという点で、平安時代には重力が少し弱かったという話は聞いたことがないから、この平安時代はあたしのいたあの平成時代と直接繋がってはいないのではないか、と推測できる。

　で、推測できたから事態が少しでも好転するかと言えば、これがまったく好転しない。相変わらず、どうやったら元のあたしの時代、あたしの世界の、あたしの肉体の中に戻ることができるのか、皆目見当がつかないわけで、それを考えるとただもう心細くて泣くしかない。それではらちがあかないので、あたしはできるだけ、自分が置かれた状況について深く考えることと、いつ元の世界の元のからだに戻れるのかという疑問を抱くことはさけるようにして生きている。

　そうやって前だけを見つめた結果として、この時代の男と恋愛ができるのだろうか、この時代の男と結婚して幸せになれるのだろうか、というあらたな疑問に突き当たり、あたしは庭にひらひらと飛んでいる蝶を眺めつつ、溜息をついている。
阪神タイガースみたいな蝶だわ。
あたしはその、黒と黄色の縞々をした蝶が庭の隅っこの薄暗いところを飛び回るのをじっと観察していた。蝶が飛び回っているあたりには、葵《あおい》の株がもこもこと生えている。

葵。

やっぱりあれは、「葵」の巻に至る展開なんだろうか。なんかちょっと、あたしが昔読んだ源氏物語とは流れが違うんだけどな。

あたし、ここでは小袖と呼ばれている十八歳の肉体と三十歳の精神を持ったこのあたしは、あの源氏物語を書いた紫式部というペンネームを持つ女性の助手のようなことをして暮している。もちろん、源氏物語を書くことは紫式部の本職ではなく、紫式部と名乗っている女性、ここでの呼び名を香子という人は、帝の中宮である彰子さまの教育係というか家庭教師が本来の仕事。そしてあたしもやはり宮仕えの女房であって、香子さまのお手伝いをして彰子さまのために働くのが表向きの役割なのだが、実のところは香子さま専属の雑用係として、主に源氏物語のネタ探しを仕事にしている。そんなわけで、本来はひとり一部屋ずつ小部屋を貰える女房ではあるものの、ちょっと遠慮して、というか、宮中もけっこう人が増えて部屋が足りなくなったりしていることもあって、似たような境遇で半端に雑用係をしている女房と一緒の部屋をあてがわれて暮している。まあその方が、女房たちの噂話を仕入れることができて都合がいい。しかし、そうして身近なところからネタを拾おうと熱心に聞き耳をたてていると、やはり女同士、あたしが源氏物語のネタ拾いを手伝っているというのは勘づかれてしまうらしく、そろそろあちらこちらであたしのことが有名になりつつあるらしい。どうもあの子は、源氏物語のネタを探してくれって香子さまに頼まれてるらしいよ。へえ、だったらめったなことは言えないじゃないの。ううん、その逆だってば。いろいろ面白いこと教えてやったら、あの子が調べてくれるじゃないの。それで真相は源氏物語を読めばわかるって寸法。あ、だったらあのこともあの子に教えてみようか。そうそう、あのことも、あのことも……

と、うまい具合に噂が広まって、座っていても面白いネタがわんさか持ち込まれるようになればしめたものではあるのだが、あたしが源氏物語にネタを提供していることは、たとえ噂にはなっていても絶対に認めてはならない秘密である。第一に、紫式部の想像力がたいしたことないと言われるのは香子さまにとって心外であろうし、第二に、あたしを利用して宮中や都で名を売ろうと考える輩《やから》がわさわさと湧いて来たらすごく迷惑だからである。そんなわけで、あたしは決してネタ拾いは源氏物語の為である、ということは認めないし、ごく親しい人にしか本当のことを教えていない。

　その、ごく親しい人、の中に、元女房として宮中に仕え、今は結婚して五条の実家に暮している白鷺と呼ばれる女性がいる。本名はやはり藤原のなんたらかんたら、つまり今をときめく藤原一族のひとりなのだが、権勢飛ぶ鳥を落とす勢いの道長さまからはかなり遠い血筋の人のようで、女房としても位はさほど高くはなく、結婚相手も地方豪族出身の下級官僚、いずれは地方にお役をおおせつかって都を下り、田舎に大きな屋敷を構えてのんびりと暮して余生をおくることになるという、まあこの時代の女性としてはそこそこに幸せな境遇にある人だった。この白鷺、とても親切な女性であたしにも優しかったのだが、何よりお喋り好きのお菓子好き、亭主の給料のほとんどがお菓子代に消えているのではないかというくらい、いつ訪ねて行ってもいろいろなお菓子を山積みにしてもてなしてくれる。コンビニがなくて慢性スイーツ欠乏症に悩まされているあたしとしては、この時代にはかなり高価なものであるはずの唐菓子やら干した果物やら蜂蜜やらが楽しみで、ネタ集めを言い訳にしては白鷺のところであぶらを売る日々だった。

そして昨日。

あたしはいつものように白鷺邸でぺちゃくちゃと喋りまくりながら、干し栗を蜂蜜に漬けてみたという白鷺考案のマロングラッセに舌鼓《したつづみ》を打っていた。あたしが昨年の夏、夏バテして食欲のない彰子さまのためにこっそりアイスクリームを作ってしまったことは、香子さまとあたしと彰子さま三人だけの秘密にしてある。蜂蜜にロイヤルゼリーまで混ぜこんだアイスクリーム、それも、濃厚な手しぼりの成分無調整乳を使って作った添加物一切無しのアイスクリームなのだからおいしいのは当たり前であるが、この国にアイスクリームの技法が伝わるのはずっと後世のことと歴史ではなっているはずで、うっかり秘密を漏らしてしまうと歴史が変わってしまってどんなひずみが生じるとも限らない。もっとも、分岐宇宙の考え方をすれば歴史というのは常に変化しているものだから、未来人が過去に戻って何もせずにいたとしても、自分がいた未来へとそのまま時を重ねられるわけではないらしいので、そんなに神経質になる必要はないのかも知れない。まあいずれにしても、アイスクリーム作りなどというものが流行《はや》ってしまうと氷室の氷がいくらあっても足りないので、秘密は秘密としておくに越したことはない。ということで白鷺もアイスクリームのことは知らないのだが、なんと白鷺はマロングラッセを考案してしまったくらいだから、ほっといても近い内にアイスクリームを考案してしまうかも知れないな、などとあたしは呑気《のんき》に考えていた。

そこに、突然の訪問者が現れたのである。来訪の予定があらかじめあったわけではないようで、白鷺は従者からの伝言で慌てふためいていた。

「きゃあっ、どうしようどうしよう、小袖さん！」

白鷺は平安女の慎みもふっ飛ばして立ち上がり、裾をふんづけたままうろうろしている。この時代、ある程度以上の身分のある女は滅多なことでは部屋の中で立ったままうろうろ歩いたりはしないもので、膝を床につけてずりずりとずって移動するのが常識なのだ。

「いったいどなたがお見えになったのですか」

「また従弟《いとこ》だったかそのまた従弟だったか血縁関係が複雑過ぎて忘れちゃったけど、ウチの親戚の中ではピカ一に偉い人なのよ！　聞いて驚かないでちょうだいよ、なんと、壬生中将《みぶのちゅうじょう》さまなのよ！」

あたしは特に驚かなかった。というより、壬生中将という人がどのくらい偉いのかよく知らなかったのだ。中将という役職身分は確かに低いものではないが、そんなに騒ぐほど高位というわけではない。多分、役職ではなく血筋が問題なのだろうが、この世界で暮してまだ日が浅いあたしには、名前だけでその人の家柄が思い浮かべられるほどの知識がなかった。しかしそのあとすぐに白鷺が、壬生中将は山吹の上の実兄なのだ、と言ったことで合点がいった。山吹の上という人は、胡蝶の君と呼ばれる都で大人気の男性の正室だが、その山吹の上の父親は左大臣、母親は藤原道長に近い血筋の姫君であるというのは、夕顔の事件を解決した折に知ったことだった。

左大臣と言えば、あたしの時代で言うと内閣官房長官みたいなもので、ともかく重鎮であり政治の要《かなめ》。また藤原道長というのは、この時代の最高権力者であって、まだ関白にはなっていないもののいずれなるだろうと言われているし、中宮定子を皇后においたてて実娘彰子を中宮につけ、孫を帝にしようと虎視眈々《こしたんたん》とねらっている朝廷の大狸。そんな男と近い親戚で現左大臣の娘ということになるわけだから、山吹の上という女性の社会的ステイタスは非常に高いということになる。その実兄というのだから確かに、たいしたものなのだが、山吹の上の兄なのに左大臣の息子と言われないところをみると、山吹の上の母親の連れ子か何かなのだろうか。いずれにしても、白鷺が騒いでおろおろするのも理解できる。本来ならば、親戚とはいえ、位の低い元女房が下級官僚と結婚して住んでいる屋敷などにふらりとやって来るような人ではないはずなのだ。

しかし、いずれにしてもあたしには無関係な人である。ではあたしはこれにてさようなら、と言いかけたところでうろたえた白鷺があたしの袖をがっしと掴んで叫んだ。

「だめなのよ、帰ったらだめ！　壬生さまは、あなたがここに遊びに来ているとどこかで耳にして早馬でいらしたんですって！　あなたにお話ししたいことがあるって、ここに書いてあるの！」

白鷺が興奮しながら握りしめている和紙は、通常ならば和歌を書きつける為の短冊だった。早馬でやって来た壬生中将が、取次ぎに出た者になんでもいいから書くものをくれと言いつけ、持って来させた筆と短冊に用件を走り書きしたのだろう。前もって手紙を用意して来なかったということは、壬生中将が今日の訪問を突然思いついたことを意味している。どうやら中将が用があるのは白鷺ではなく、このあたしらしい。

「で、でも、あたしは壬生さまのことなどまったく存じ上げていませんし……」

「それでもあちらは小袖さんに話があるって言うんですもの、ね、お願い、帰らないで一緒に壬生さまのお話を伺って！　ウチの親戚の中ではあのお方は別格なのよぉ。壬生さまに粗相したなんて知られたら、両親に大目玉だわ！」

というわけで、あたしは壬生中将と御簾越しに会話をすることになってしまった。で、その時に壬生中将がした話というのが、どうやら「葵」の巻に繋がるらしい、ちょっと物騒な物語だったのである。

2
「妹の山吹の上の健康がすぐれないのです」

壬生中将は、心労が滲《にじ》む陰気な声で囁いた。

「妹はただいま妊娠八ヶ月、そろそろお腹もせり出して来て、床に臥《ふ》せる日が多くなっています。しかし御機嫌伺いに行ってみると、呼吸が荒く声は弱々しい。いったいどうしたのかと尋ねたところ、原因はわからないが夜、よく眠れず、食欲がないと」

「お腹に赤ちゃんがいるのでしたら体調が安定しないのはよくあることですよ。あまりお気になさらない方が」

「いや、白鷺殿、妹は元来は丈夫な性質《たち》で、風邪ひとつひかない健康な女です。妊娠してからも悪阻《つわり》すらほとんどなく、食欲も旺盛でいたって元気に過ごしていました。それが……二ヶ月ほど前から急に容態が悪くなり、痩せ細っていくばかりで。このままでは出産すると妹の身が危ないと薬師《くすし》に言われてしまったのです」

「お察しいたします」

あたしは小声でそっと言った。

「あの、でも……わたくしは医術の心得もありませんし、薬師にも知り合いがいるわけではありません。もしその、良い薬師を紹介して欲しいということでしたら、香子さまにご相談いたしてお返事いたしますが」

「いえいえ」

壬生中将はぐぐっと身を前にずらして、円座をほっぽり出し、御簾のすぐ近くに顔を近づけた。

「小袖殿、あなたに相談したいのは薬師のことではありません。妹の体調がすぐれなくなった原因は判っているのです」

「はあ？」

「妹には生霊がついているのです！」

興奮した壬生中将が御簾を摑んだので、バサッと音をたてて御簾が落ちた。あたしは口をあんぐりと開けていた。

「生霊……でございますか」

「そうなのです！　ああ、なんと恐ろしい話だ……妹の夫、胡蝶殿が、妹を見舞った時に見たと言うのです。見知らぬ女が妹の代わりに床に寝ていたと。その女が目を開けて、ニタッと笑ったと！」

この段階で、あたしはこれが歴史的必然による「葵」の物語ではないか、と疑いを持った。しかし本家の源氏物語では、葵の上にとりついた生霊は見知らぬ女ではなく、源氏の永年の情人で年上の女、六条の御息所だったはずである。

　六条の御息所と言えば、源氏物語に登場する数多い女の中でも最も情熱的で執念深く、複雑で知的でタカビーで、それでいて源氏を一人前の男に仕立てあげた女でもあり、その存在感といい源氏に対する影響力といい、圧巻の凄絶《せいぜつ》なる女性である。夕顔と葵の二人の女を生霊となってとり殺すというすさまじい情念を発散させ、しかし生身の本人はあくまで慎み深く、若い源氏に邪険にされてもじっと耐え、どれほど恋こがれていても源氏の前では乱れた様を見せないようにとお高くとまって見せていた。女という生き物の複雑さや哀れさ、強さや激しさを、読み手に強烈に印象づける、源氏物語の陰の主役と呼んでもいいようなひとである。しかしもちろん、この時代、今の都に、六条の御息所のそのままモデルになっている女性などは存在していない。彼女はいわば、何人かの女性を混ぜ合わせて造られた、女というもの、のひとつの形であり、象徴なのだ。夕顔を殺したのは生霊ではなく毒物で、その犯人は、胡蝶の君の親友である清瀬の君の正室、雅涼院の奥方だった。だが香子さまは、雅涼院の奥方をそのまま六条の御息所として描いたわけではない。気位が高く、みだりに他人をよせつけない雰囲気があるところなどは雅涼院の奥方を彷彿《ほうふつ》とさせるものがあるが、その他のところでは御息所の描写から雅涼院の奥方を想像するのは少し難しい。もっとも、夕顔の事件では香子さまは、雅涼院の奥方が哀れな夕顔の忘れ形見である女の子を執拗に殺そうとしたりなどできないよう、わざと夕顔屋敷の女主人の部分を写実的にして、噂好きな都雀《みやこすずめ》たちの視線が胡蝶の君と清瀬の君に集まるように仕向けたのである。そんなわけで、雅涼院の奥方、通称雅《みやび》さまの生霊が夕顔屋敷の女主人をとり殺したという噂も密かに流れていた。

しかし、あれは生霊の仕業などではなく、生身の人間の嫉妬がなせるおぞましい殺人だった。そしてあたしは、もちろん、生霊なんてものの存在はかけらも信じていない。

「あの、もしかして、壬生中将さまは雅さまのお噂をお耳に……？」

あたしが囁くと、真剣な顔をした下膨れの平安男はこっくりと頷いた。

「小袖殿、あなたが夕顔屋敷の女と親しくしていたという噂を聞き、紫式部の物語の夕顔の巻の粗筋を耳にして、なるほど、夕顔の女をとり殺した生霊の正体をあなたが突き止め、それを紫式部に伝えてあの物語ができたのかと合点がいき……」

「ち、ちょっと待ってくださいまし。わたくしは紫式部とは一面識もございません。巷に流れている噂などはみな、途方もないヨタ話でして……」

「わかっていますわかっています、秘密は決して漏らしません。紫式部が誰なのかは都人《みやこびと》ならばみな知っていること、しかしそれを表に出さないのもまた、紫式部の立場であれば当然のことでしょう。それはちょっとおいておくとして、ともかく、あなたは夕顔をとり殺した生霊の正体を突き止めたわけですから」

まったくおいといてくれてないではないか。ここで適当に頷いたりしたら、香子さまが紫式部だとおおっぴらに認めることになってしまうし、あたしが光源氏の物語のネタ集めをしていることも認めたことになる。あたしは仏頂面《ぶっちょうづら》で、頷かずにいられるよう首に力を込めて固定した。だが壬生中将はそうしたあたしの努力など少しも意に介していなかった。

「このままですと妹は正体のわからぬ物の怪にとり殺されてしまいます。胡蝶殿は、妹の代わりに寝ていた女の顔を見たことがないと言い張る。つまり、胡蝶殿と関わりのある女の生霊ではないということになります。しかし妹は身持ちのごく固い生真面目な性格、まさか妹がどこぞの男と密通してその男の妻に恨まれているというわけはない。ではいったい、誰の生霊がとりついているのか、なんとかあなたに突き止めていただきたいのです！」

じょ、冗談でしょう。

あたしは呆気にとられて壬生中将の顔を見つめていた。そもそもあたしはオカルトはダメなんだってば。生霊なんてものが存在するなんてこれっぽっちも信じてないし、幽霊だの妖怪だのにも興味はゼロ。どう考えてもこの依頼はあたし向きではないと思う。

「ですが、加持祈禱はなさってるのでしょう？　祈禱師にも生霊の正体はわからないのですか？」

中将は首を横に振った。

「どうにも皆目見当がつかないと……妖怪魔物の類でないことは確かなようなのですが。妹にとりついているのはヒトであろうと」

「でも、わたくしには無理です。わたくしは祈禱もできませんし、御覧の通りのただの女官、教養もたいしてありませんし武術の心得もなく弓もひけません。とても生霊と戦うなんてことは」

「戦ってなぞいただかなくてよろしいのです！　ともかく正体が知りたい、いったいどこの誰が妹を恨んでとりついているのか、それさえわかれば、その女の恨みをやわらげ、妹に対する敵意を忘れてもらうよう、できることがあるやも知れません。一般に生霊というのは、抑圧された魂が肉体の支配を逃れて暴れるものだと聞いています。つまり生霊の本体である生身の人は、案外におとなしくものわかりのいい人であることが多いとか。それならば、本体が誰だかわかれば事情を話して都を離れていただくとか、出家していただくとか、方法はあるのではないかと……」

けっこう勝手なことを言うわね、この人は。都を離れる、って、誰かの奥さんだったらどうするのよ。出家していただくだなんて、そんなもの他人に言われてするようなもんじゃないでしょうが。あたしは金持ちで身分の高い貴族にありがちなもの言いに、かなりムッとしていた。しかし妊娠中だというのに物の怪にとりつかれて死にそうになっている妹を思う気持ちは、当然ながら真剣そのものなのだろう。

どうしよう？

生霊の正体なんてあたしにわかりっこないけれど、夕顔の事件のように今度の事件にも真相があるとしたら？

　あたしは、二十世紀の終わりに読んだ記憶のある、源氏物語の「葵」の話を必死になって思い出そうとした。あの話は確か、六条の御息所と葵の上の牛車が、加茂神社に斎《さい》院《いん》が向かう行列の見物か何かでぶつかって、御息所の牛車が壊されてすごい恥をかかされた上に、行列を馬に乗って進んでいた光源氏が御息所を無視したとか、そんなトラブルのせいで御息所が苦しめられて、その恨みが生霊になったとかいう話だったわよね？

「あの、つかぬことをお伺いするのですが……山吹の上さまは、お加減が悪くなった頃に外出されました？」

「外出？」

「牛車でお祭りの見物に行ったとかいうことはありませんか？」

「牛車で外出ですか……いいえ、なにぶんにも妹は胡蝶殿から賜《たまわ》った屋敷に住んでおりまして、わたしとは別々に暮しておりますので……しかし、それが重要なことであるのでしたら、すぐに調べさせますが」

「そうですね、えっと、調べていただけるのでしたら、外出した時に何か変わったことは起こらなかったか、それを調べていただきたいのですが」

「変わったこと、と言いますと？」

「えっと、牛車が何かにぶつかったとか、誰かの牛車を壊したとか。あるいは、誰か他の女の人の牛車と擦《す》れ違って、下僕同士が喧嘩しちゃったとか」

「はあ……わかりました。しかし、そんなことがあったのならば、わたしの耳にも入っているはずなのですが」

「たいしたことではなかったかも知れません。喧嘩と言っても小競《こぜ》り合《あ》いくらいだったとか。ただ、牛車で出掛けて何か些細《ささい》なことでも、争いにまきこまれていないかどうかが知りたいのです」

「承知しました。すぐに調べさせます」

「ひとつだけお断りしておきますが、わたくしには生霊の正体を突き止めるような力はありません。あまり期待しないでいただきたいんです。ただ、何か手がかりのひとつでも見つけられればと、そういうことだと」

壬生中将は、よくわかりました、と頭を下げて帰って行ったが、あまりわかっているようには見えなかった。

展開の意外さに興奮していつまでも騒いでいる白鷺に適当に挨拶して、あたしはともかく宮中へと小走りに走って戻った。香子さまに相談しなくては。香子さまならば、山吹の上が苦しんでいる理由を突き止めてくださるに違いない……犯人が生霊じゃなかった、とすればだけど。

3

「まずは、生霊ではない、と仮定してみましょう」

香子さまは、いつもの落ち着いた様子で熱心にあたしの話を聞いてから、静かに言った。

「本当に生霊だったとしたらわたしたちの手には負えないですからね。そんなおそろしいものにかかわるのは、わたしもイヤだわ」

香子さまはこの時代の人としては抜群に論理的で合理的な考え方をする女性である。しかしそれでも、霊魂とか幽霊、妖怪の存在は当たり前のように信じている。そうした感覚というのは確かに滑稽なのだが、同時に少しうらやましいような気もするものである。科学と理屈でなんでも切り刻んで理解することに慣れてしまったあたしの時代の人々は、幽霊を信じるのにも理由が必要なのだ。いちいち証拠写真を見せたり、テレビの特番などでは取材だなんだと幽霊を捕まえようと大騒ぎしたり、霊媒師に脅《おど》かしてもらわなければ信じることができないなんて、なんだかとても、心が不自由なんだな、と思えてしまう。

「生霊でないとすればなんなんでしょうか」

「もちろん、生身の人間ですよ」

香子さまはほほほ、と笑った。

「つまり、胡蝶の君さまが御覧になった、山吹の上の寝床にいた女というのは、普通の人間だったということですか？」

「そう考えるのが自然ではないかしら」

「でも……何のために？」

「もちろん、生霊が祟っていると胡蝶の君さまに思わせるため、でしょうね」

「ですが、山吹の上さまが寝ていらっしゃるお床に、勝手に入り込むなんてことは」

「できないでしょう、まず。ですからね、山吹の上さまが協力している、いえむしろ、山吹の上さまが企《たくら》んで胡蝶の君さまをあざむこうと、誰か胡蝶の君さまと面識のない女を自分の代わりに寝かせておいた、と考える方が無理がないと思うの」

あたしにはさっぱりわけがわからなかった。なぜ山吹の上がそんな手の込んだことをしてまで、夫に、自分に誰かの生霊が祟っていると思わせる必要があったのか。

「山吹の上さまと胡蝶の君さまのお仲が、いまひとつしっくりいっていないという噂があるの。もともとほら、胡蝶の君さまはあなたも知っている通り、気の多いひとでしょう。あれだけハンサムで家柄もよくて、教養もあって政治もできるとなればまあ、女の方が放っておかないのは仕方ないとしても、あちらこちらと通い所をつくっていろんな女と噂になって、あれでは妻である山吹の上さまとしてはお気が休まらないことでしょう」

「でも胡蝶さまとしては、山吹の上さまの機嫌を損じたいとは思っていないはずですよね？」

「それはそうでしょうね。山吹の上さまは道長さまの数多い姪《めい》の中でもいちばん道長さまに可愛がられているひとですから……」

　この平安時代があたしの本来いた世界と直線で繋がっている世界ではないらしい、というのは、重力の問題だけではなく、時折ごく細かなところであたしが学校で習った日本史と違う事実が出て来ることでもわかるのだが、そのひとつとして、現在の左大臣が藤原道長ではない、ということがある。

　今現在、宮中にはすでに清少納言の姿はない。つまり皇后・定子は病死してしまっていて、定子の家庭教師である清少納言はお役御免となって宮を去っている。しかし一条帝は、病床らしいという噂ではあるがまだ存命で、その時系列からいえば、この時代の左大臣は藤原道長だったはずなのだ。しかし実際には、道長はすでに、仮の役職とはいえ太政大臣になっている。山吹の上の父親はやはり藤原家の人間だが、日本史に詳しくないあたしは誰なのか名前を聞いてもピンと来ない。もしかしたらあたしの知っている「日本の歴史」には登場して来ない人かも知れない。いずれにしても、山吹の上は父親と叔父に最高権力者を揃え、本来ならば帝のところに入内してもおかしくない身分の女性なのだ。しかし道長には彰子の下にもまだ女の子がいるようで、娘のライバルを増やさないようにという圧力でもあったのか、身分的には格下の胡蝶の君と結婚した。つまり、胡蝶の君は奥さんに頭が上がらない状態なのだ。

　従って、もし何か気に入らないことがあって夫に文句が言いたくなったとしても、山吹の上は、わざわざ生霊に祟られたなんて芝居をする必要はない。ズケズケと言いたいことを言ってやれる立場にいるはずだ。

「どうもそのあたりに謎を解く鍵がありそうね」

香子さまは扇を閉じたり開いたりしながら考え込んでいたが、やがて頷いた。

「小袖、これから手紙を一通書きますから、それを山吹の上さまのお屋敷の、藤江という女房に届けてちょうだい。わたしが直接出向くといろいろと噂になりますからね、あなたに頼みます。そして手紙を渡したらね……」

＊

香子さまに細かな指示を受け、あたしは手紙を持って山吹の上さまのお屋敷を目指した。山吹の上さまのお屋敷は、鴨川のほとり、二条を少し南に下がったあたりにある。そのあたりは夏が涼しいので、貴族の夏屋敷が並んでいる。

門の前で、あたしはふへぇー、と感嘆の声をあげてしまった。さすがと言えばさすが。清瀬の君さまが奥さんの雅さまのために用意した雅涼院も素晴らしいお屋敷だったけれど、ここはまたもうひとつその上をいく豪華さである。結婚後も山吹の上さまはしばらく実家である左大臣邸に住んでいたらしいが、胡蝶の君が清瀬の君の雅涼院に対抗してこの山吹御殿を建てたということらしい。その名の通り、この御殿の庭には山吹がたくさん植えられていて、花の季節には金色の花の波が庭を彩ると言われている。だから別名、この御殿のことを金色殿《こんじきでん》と呼ぶ人もいる。山吹の上さまもご本名はちゃんとあるのだが、幼い頃に山吹の花を髪にさして遊ぶのが好きだったことからいつのまにか山吹の上と呼ばれるようになり、その渾名にちなんで、この屋敷は山吹御殿となったと聞いている。

正直なところ、今、都の貴族たちはみんな貧乏になりつつある。藤原氏の栄華の陰でつい見過ごされてしまうのだが、時代は刻一刻と移り変わっていた。ごく一部の貴族が私有財産を貯えて肥《こ》え太った反動で、負け組の貴族たちは財産を失い、朝廷から支給される僅かな給料でかつかつ暮すようになっている。地方豪族の方がよほど豊かな暮しをしているという話はよく耳にするし、実際、転勤で地方に移住した都人がたまに戻って来ると、食べ物でもなんでも山のような土産を携えている。藤原氏がひとり勝ちしているというのはこの時代のごく部分的な事実でしかなく、実際には日本全国津々浦々、様々な勢力が密かに育っている時代なのだろう。

そんな中で、しかしこの金色殿をこうして見上げてみると、やはり藤原氏の権勢はものすごいものがあるのだな、とあらためて感心してしまった。

藤江というのはかなり年輩の女房で、山吹御殿の女中頭のような存在らしい。取次ぎの者に香子さまからの手紙を託して控えの間で待っていると、やがてさらさらと衣ずれの音をさせて背の高い女が現れた。

「香子さまはお元気でいらっしゃいますか」

「はい、お元気でおいでです」

「香子さま、いえ、紫式部の光源氏の物語は、こちらでもたいそうな評判でございますよ。宮中で写筆させていただいたものをいつ読めるのかと、女房たちもその話で持ちきりで」

あたしは何と返事すればいいのか困って、曖昧ににこにこしていた。藤江はくすくすと笑った。

「あら、いいんですよ、紫式部が香子さまだということ、わたくしは存じていますから。香子さまからお聞き及びではないかしら。わたくし、香子さまと同期で宮中にあがり、しばらく一緒に働いていたことがあるんです。懐かしいわあ……わたくしはその後、山吹の上さまの教育係として左大臣邸に雇われましてね、それからずっと山吹の上さまのおそばにいるのですが。えっと、それでお手紙は拝見いたしました。確かに、この屋敷で働く女房のことでしたら、わたくしがいちばん詳しいでしょう。香子さまがお探しの、最近田舎に帰ってしまった若い女房で、痩せて顔色のあまりよくない子、というのにも心当たりはございます。ですが、本当にそんな子でよろしいのですか？　香子さまのお手伝いをさせるのであれば、この屋敷にも健康でよく働く子はおりますし、他のお屋敷にもいくらかつてはございますから、よさそうな女房を見繕《みつくろ》ってご紹介いたしますのに」

「いえ、香子さまは、ご自分が考案された健康食を試してみたいとおっしゃられておりまして、あまり健康な人よりも、食が細く痩せていて、都の暮しが肌に合わないような人の方がよろしいと。その方が、健康食の効果がはっきり出ますでしょう？　本来ですとわたくしがお役に立たなくてはならないところなんですが、御覧の通り、わたくしは女丈夫でいたって健康、それでは健康食の効果がよくわからないので……」

「帝のお具合もすぐれないとのお噂でございますしねぇ……香子さまが彰子さまのためにお食事の内容まで気を遣われるというのはわかる気がいたします。それではそのものの名前はこれでございます。田舎は長岡ですからそう遠くはありません。わたくしが呼び立てれば出て参ると思いますが」

「いえいえ、こちらからお迎えに参ります。事情はどうあれ一度は都を下がった身の人ならば、また都に出て働くのは嫌だと断られてしまうかも知れませんし」

あたしは丁寧に礼を言うと、書きつけてもらった女房の名前を胸に山吹御殿を辞した。門の前には香子さまが手配した早馬が待っていた。女の身で馬の背中に跨《また》がるなどとは、この時代の身分ある人から見たら顰蹙《ひんしゅく》ものだろうが、牛車なんかに乗っていたのでは長岡に着くのは夜中になってしまう。

早馬は乗り心地の悪い乗り物だった。行動的な香子さまは、こっそりと早馬を利用することがよくあるが、以前はそれでも壺装束を身につけていた。壺装束とはこの時代の身分ある女の外出着で、十二単衣をずるずるひきずるよりは断然歩きやすいが、それでも足下が鬱陶しく全体に重くてあまり活動的ではない。あたしはもっぱら、袴の裾をたくしあげ、紐でしばってズボンにして出掛けていて、香子さまはそのあたしのアイデアが気に入ってしまい、最近では馬に乗る時には最初からズボン風に縫いとめた袴を愛用している。アイスクリームに続いて乗馬ズボンまで開発してしまったのでは、どこで歴史の報復を受けるかと内心ヒヤヒヤしているのだが、まあ、あたしの場合、好きでタイムトラベラーになったわけではないので、この時代で生き易いように少々工夫するくらいのことは大目に見てもらいたい。以前に読んだSF小説に、恐竜時代にタイムトラベルした未来人のひとりが、石を蹴っ飛ばしたかなんか余計なことをした為に、未来に戻ってみたら政権が変わっていて独裁者が勝利していたとかなんとか、そんな話があったけど、もしそんな程度で歴史が変わってしまうとしたら、もうこんなに長いこと過去の時代にいて生活しているんだもの、歴史が変わるかも知れないようなことは他にも山ほどやっちゃってるものね。変わるもんなら変わっちゃってるよね、とっくに。

長岡は田舎と言っても、京都に都が移される直前に短期間ながら都があった場所で、都を建設した名残りがあちらこちらに見られ、大路もあって、羅生門を一歩出ると荒涼とした荒れ地が続くあたりを馬で抜けて来た後では、どこかホッとする人の気配がある。藤江に教えてもらった女房の名前はさかえ、どんな字をあてるのかはわからない。香子さまは漢字の読み書きができるが、この時代、かなり教養のある身分の高い女でも、漢字は使わない。光源氏の物語ももちろん平仮名で書かれている。藤江が渡してくれた紙にも、達筆で、さかえ、と書かれている。枕草子を書いた清少納言は漢字をつかえるというので話題だったそうだが、それがかえって、知識や教養を見せびらかして、と、女房たちの反感を買っていたふしはある。しかも清少納言は、女房の中での位は高い方ではなかったそうだ。あたしはどちらかと言えば、元の時代にいた頃は、枕草子と清少納言の方が、あの女々《めめ》しくて女をバカにしてるのかとむかつくような光源氏の話なんか書いてた紫式部より、ずっと好きだったんだけど。そうだ、せっかく同じ時代にいるのだから、いつか清少納言にも会えるといいのに。噂ではどこか寂しい都のはずれに粗末な小屋みたいなものを建ててへそ曲がりに隠居してるとか……あ、そうだ、そう言えば同じ時代に和泉式部もいたはずだけど、和泉式部の顔もまだ見たことがないなあ。歌だけはさすがに宮中でも評判だけど……

　と、余計なことを考えているうちに、さかえの実家に到着した。

　香子さま同様、さかえの実家も受領階級、つまり都人の家臣である。が、都の中が貧乏貴族ばかりになりつつあるのに比較して、都を一歩出た田舎に荘園を持ち私有財産を貯えているこうした地方の名士の暮しは、なかなか優雅なものに思える。さかえの実家も、山吹御殿と比較すれば田舎くさく武骨で愛想がない造りながら、その堂々とした大きさや、門の前に繫がれている馬の立派さなどから推察しても、かなり楽な暮しをしているようである。

藤江からのことづけがあったので、すぐに開門されて馬ごと屋敷の中に招き入れられ、控えの間というにはあまりにも立派な部屋に通されて、あたしは身の置きどころに苦労していた。同じ女官同士、白鷺とお菓子をつまみながらお喋りする感覚で話ができると思っていたのに。

しかし、さすがに御簾は巻き上げられたまま、円座が気軽に数個置かれたところに気さくな様子で入って来た女は単衣を気楽に身にまとってくつろいだ様で、あたしもほっとして膝を崩した。考えたら別に格上の人と話をするわけでもないし、緊張する方がおかしいのだ。

「はじめまして、小袖さん。遠いところをわざわざ、大変でしたでしょう」

さかえは言葉遣いも実にフランクで、あたしはやっと調子を取り戻した。

「馬の背は揺れるので長いと疲れますね」

「小袖さんは勇気がありますわ。わたしなんか、馬はだめ。このあたりは田舎でどこに行くにも時間がかかるので、牛車では不便なんですけどねえ。それで、都はどのようでしょう。帝のご容態は？」

あたしは眉を少し寄せて見せた。

「そうですか……帝はまだお若いのに……帝にもしものことがあったら、中宮さまもご出家されることになりますね。そうなさったら紫式部さまはどうされるのかしら。あの光源氏の物語が読めなくなったら大変だわ」

「山吹の上さまのところにいらした時にお読みだったのですか」

「こちらに戻ってからも、都時代の友人に頼んで、写したものを送ってもらって読んでいますよ」

さかえはうっとりした口調で言った。

「なんて素敵な物語なんでしょうねぇ……光源氏は胡蝶の君さまのことを書いたものだという噂があるけれど、本当なのかしら」

「何人かの殿方《とのがた》を混ぜてつくられているようですね、物語の中の光源氏という主人公は。もちろん、今都でいちばん人気のある胡蝶の君さまのことも描かれているのは間違いないでしょうけど」

あたしはそろそろと様子を窺《うかが》いながら話していた。香子さまが藤江に出した条件は、痩せて顔色の悪い女、ということだったけれど、今目の前にいるさかえはさほど顔色が悪くなく、確かに痩せている方だろうが、醜いというほどではない。この時代、男でも女でも痩せているのは醜いとされ、太っている方が美しいと思われている。中国にもそうした時代があったらしいけれど、この点だけは、猫も杓子《しやくし》もダイエットの二十一世紀より気楽な世界なのかも。特に男性は恰幅《かつぷく》が良ければ良いほど好まれる傾向がある。女の場合はやはり、太っていても小柄が好まれるようで、がっしりとして背が高い固太りはペケである。

さかえは二十一世紀であれば当然ながら小柄と言われただろうが、実のところ身長は百五十を超えているようで、今の時代ではそう小柄ではない。頬にいくぶんやつれの名残りはあるものの、その他はふっくらとして健康そうである。どうもおかしい。香子さまは、生霊の役を演じた女房は、痩せて顔色が悪く、いかにもそれらしい風情の女だったはず、と見当をつけて、藤江に痩せた女房を紹介してくれと手紙を書いたのだ。だがこのさかえの様子では、いくら迫真の演技をして見せても生霊と間違われることはないように思う。一目で生身の女とばれてしまったのではないか。

それでも、なんとか水を向けてみよう、とあたしは考えた。光源氏の物語についてさかえの方から話し出したのがいいチャンスだ。

「それにしても、夕顔の物語はちょっと衝撃が大きかったようですね。夕顔屋敷の女主人が急死した事件の記憶がなまなましかっただけに」

「ほんとに」

さかえは少し不快そうに眉をひそめた。

「あの夕顔屋敷の女のところへは、胡蝶の君さまもお通いでしたでしょう。とり殺した生霊は雅涼院の奥方さまだと言う人もいれば、山吹の上さまだという人もいて……とんでもない話ですよ。山吹の上さまは気の優しい、おとなしい方なんです。そんな、生霊になって誰かにとりつくなんておそろしいこと……むしろ、とりつかれる方ですわ」

「そうしたご兆候がおありなんですか？」

「いえまあ……ほら、山吹の上さまは妊娠中でしょう。それで急にご体調がすぐれなくなり、それが生霊のしわざではないかと」

「胡蝶の君さまが生霊の顔を御覧になったという噂がありますね」

あたしが言うと、さかえはとぼけるように宙を見た。

「あら、そうなんですか？　わたしはもう半月ほど前に実家に戻って参りましたから……」

「さかえさんは、胡蝶の君さまとご面識がおありでしたんでしょう？」

「いいえ、面識というほどのものは。胡蝶の君さまはあれで、物語の光源氏よりは節操がおありなんですよ。山吹の上さまの周囲の女に手を出すようなことはありません」

さかえは、くすくす笑った。

「ですから、二条屋敷の女房の顔など藤江さま以外は御存じないはずです。光源氏の君は本当におおらかというかなんというか……あんなに気軽に女房たちにまで声をお掛けになっていたのでは、からだがいくつあっても足りないでしょうにね」

つまり、胡蝶の君はさかえの顔をはっきりとは知らなかったということになる。生霊役をつとめたのはやはりこの女性だろうか。

「実は、香子さまがさかえさんにぜひ、香子さまの仕事を手伝って貰えないかとおっしゃっておいでなんですが。いえ、香子さまは直接さかえさんを存じません。ですが、藤江さまのご紹介で、さかえさんが適任だろうということになったのです」

「それは藤江さまからのことづけで知りましたけれど……あのでも、どうして藤江さまはわたしを？」

「香子さまの条件にぴったり合致したからですわ」

「その条件って？」

「ひとつには、ただいま都につとめておらず、実家に戻っている方」

「はあ。確かにこうして実家におりますが」

「香子さまは、ご内密に女房を雇いたいとおっしゃっているんです。ですから、どこかにつとめている方だと困るわけです。かと言って、都づとめの経験のない人では役に立たないかも知れませんでしょう？　そして次に、痩せていらしてあまりお丈夫ではない方」

「……は？」

「実は、香子さまの内密のお仕事と言いますのは、健康になるための料理を考えることなんです。帝のご病気がすすまれて、彰子さまの御機嫌もあまりうるわしくない日が続いております。ここはひとつ彰子さまにお元気になっていただかないとなりません。それで、薬師とも相談の上、唐の国の様々な食べ物の勉強なども重ねられて、香子さまは健康食をつくっておられます。それで、それを食べて体調の変化がどうなったか報告してくれる女房を求めているわけです。本来ですとわたしがその役目を果たすところなんですけど、御覧のようにわたしは健康そのもので、これでは料理の効果がわかりません。それで、痩せていてあまりお丈夫ではないひとを探しておられるわけなんです」

「あらでも」

さかえはおかしそうにくくくっと笑った。

「それではわたし、失格ですわ。だってこんなに丈夫なんですもの」

「そのようにお見受けしますね」

あたしはわざと、さかえの姿を観察するような目つきをして見せた。

「おかしいですわね……藤江さまは確かに、さかえさんが条件に合致するとおっしゃったのですよ。ご実家に戻られる直前はとても痩せ細ってお顔の色も悪く、静養したいので実家に戻るとおっしゃったとか」

さかえは、もともとは正直な人間なのだろう、狼狽《ろうばい》を隠し切れずに何度も瞬《まばた》きした。

「ええあの……それは……その通りでした。わたし、山吹の上さまのご容態が悪くなられてからどうも体調を崩してしまいまして。確かに実家に戻ってから太りましたのよ。顔色も……悪かったかも知れません。あのでもそれは……」

「山吹の上さまにとりついた生霊がおそばに仕えていたあなたにも悪さをした、と？」

「そう思います……山吹の上さまをお見捨てするようで本当に心苦しかったのですが、あのままあそこにいたのでは、わたしもとり殺されてしまうのではないかと、怖くて」

「大黄《だいおう》という植物があるのを御存じですか。薬師が用いる漢方薬のひとつです。タデの仲間ですが茎は蕗《ふき》のような形をしています。それを食べるとお腹を壊してしまうのです。ですが、お腹の中に悪いものが入っている時にはそれらを出してしまうのに役立つので

す。お通じが悪くなってお腹の中に悪いものがたまり、お腹がはって食欲がなくなった
り元気がなくなったりした時にはとてもよく効くそうです」

「……はあ」

「もしかして、蕗と間違えてそうしたものを食べてしまわれませんでした？　それで下痢が続いて痩せ細り、顔色も悪くなったのでは」

「いえそんな、そんなことでしたら薬師にみていただけばよろしいのですから。二条屋敷には、左大臣さまに頼めば宮中の典薬寮《てんやくりょう》から優秀な薬師が往診に来てくださいます」

「山吹の上さまのところにも典薬寮から薬師が？」

「たびたび見えられておりました」

「では、大黄を手に入れることもできましたね。大黄は茎をたくさん食べてもお腹を壊しますが、強い効果は乾燥した根っこにあるのです。とても激しい下痢をするので、使い方を間違えると大変なんですよ」

「山吹の上さまは妊娠しておられます。そんな方にお腹を壊す薬など処方されるはずがありません」

「ですから」

あたしは、香子さまに、ここが肝心、と指示されていた通り、お腹に力を入れて言葉を強くした。

「大黄を飲んだのはあなたでしょう、さかえさん。山吹の上さまはお優しい方だそうで

すから、まさか黙ってあなたに薬を盛ったわけではないと思います。たぶん、あなたに手伝って欲しいと頼みこみ、あなたのお通じが何日も滞《とどこお》っていて苦しんでいるというような嘘をついて薬師から大黄を得た。そしてそれをあなたが飲んだ」

「わたしは毎日快調にお通じがあります！　どうしてそんなものを飲む必要があるんですか！」

「お芝居のためです」

あたしは冷静に言った。

「あなたに生霊の芝居をしてもらうためには、一目見ただけで健康な女房だとわかってしまうような姿ではだめでした。それで、あなたは下剤を飲んでお腹を壊し、急激に痩せ細ってやつれた姿になって、山吹の上さまのお床に横になり、胡蝶の君の来訪をお待ちしたのです。胡蝶の君のお見舞いについてはあらかじめ手紙で知らせがあったことでしょう。半日もあればお腹を壊してげっそりした姿になることができたはずですから、胡蝶の君さまのお見舞いに合わせてそうした工作をすることができたわけです」

さかえは、動揺してどう返事したらいいのかわからなくなったらしく、ただ、あははは、とヒステリックに笑った。

「なんて面白いお話なんでしょう！　実家に戻って健康を取り戻したものの、所詮は田舎、刺激がなくて退屈していたところでした。小袖さんがいらしてくださって、そんな滑稽なお話をしてくださったので、久しぶりに笑ったわ。でも小袖さん、なぜわたしが生霊のお芝居なんかして、人もあろうに胡蝶の君さまを驚かせなくてはならないの？　そんなことしていったい、誰に何の得があるんですか？」

「それを伺いたくて、ここまで来たのです」

あたしは静かに言った。

「ここまでの筋書きは、すべて香子さまが推理されておりました。ですが香子さまにも、なぜそんなことを山吹の上さまがなさらなければならなかったのか、動機がわからないのです」

「それはつまり」

さかえははじめて鋭い目つきになってあたしを睨んだ。

「光源氏の物語にその動機とやらを書きたい、と、そういうことですね？」

「いいえ、違います」

「違う？」

「はい。光源氏の物語はあくまでお話の世界なのです。紫式部さま、いえ、宮中では藤式部さまと呼ばれることも多いようですが、あのお方は、決して、暴露趣味で物語を綴《つづ》っているわけではありません。むしろ、様々な事件の当事者たちが苦しまないよう、隠すべき真実はきちんと隠されます。ですが、いったい何が真実なのかわからないのでは、どう隠せばいいのかもわからないのです。山吹の上さまに女の生霊がとりついたという噂は、すでに都中を駆け巡っております。光源氏が胡蝶の君さまの面影をかなり濃く宿している以上、その胡蝶の君さまの正室である山吹の上さまと生霊の事柄については、いずれ何かの形で物語の中に描かなくては都雀が承知しませんでしょう。いったい何を、どうして隠さなくてはならないのか。知りたいのはそれだけであって、知ったことを物語にすべて書いてしまうことは絶対にないのです」

さかえは、唇を噛んだままじっとあたしを見ていた。生来が朴訥《ぼくとつ》で嘘のつけない気質なのだろう、自分の知っていることを話すべきなのかそうでないのか、頭が爆発しそうなくらい悩んでいるのが手にとるようにわかる。しかしここで腰をあげるわけにはいかなかった。考える猶予を与えてしまえば、さかえは山吹の上に手紙を書いて相談してしまうだろう。計画が失敗しそうだと悟った山吹の上がこのあとどんな作戦に出るか、動機の如何《いかん》によってはよりやっかいなことにならないとも限らない。香子さまには、何としてでもさかえの口から、生霊事件は山吹の上の狂言だったという言葉を聞いて来なさい、と言われている。

さかえはもじもじと手を揉《も》み合わせた。それからその手をつと伸ばして、円座の近くに置いてあった盤双六《ばんすごろく》の台に触れた。

「山吹の上さまは、双六がお好きなのです」

さかえは唐突にそう言うと、盤の上から壺とサイコロを二つ、手にとった。

「双六はあまり品のいい遊びではないので、胡蝶の君さまには双六をしていることを知られたくないと、もっぱらわたしと勝負しておいでででした。小袖さんは、双六はおやりになりますか？」

　この時代の盤双六とは、ほぼバックギャモンと同じようなルールらしい。実は宮中の女房にも双六が好きな者はけっこういて、部屋で女房同士遊んでいるのを眺めたことは何度もあるので、おおよそのルールは知っている。

「上手ではありませんが」

「双六は時間のかかる遊びですから、ここではもっと手早く勝負を決めましょう」

「勝負？」

「はい。山吹の上さまはいつも、物事をお決めになる時は賽《さい》を振られました。わたしがあなたに本当のことをお話ししてもいいか悪いか、賽を振って決めたと申し上げれば、結果はどうあっても許していただけると思います」

　なんとまあ。山吹の上ほどの身分の女性が、サイコロで人生を決めているとは。しかし、考えたら賽の目は運命の象徴、賽の目を決めるのも仏の意思と考えればそれもそう不思議なことではないのかも。

　この時代に丁半博打《ちょうはんばくち》はないと思うが（あるのかしら）、さかえは盤の上に出たままになっていた駒《こま》をすべて重ねて盤の下に置くと、壺にサイコロを放り込んだ。

「大小で決めましょう。わたしの方が小賽を出せばご質問にお答えいたします。大賽であれば、黙ってお帰りくださいませ」

　あたしは頷いた。まずさかえが壺を振った。出た目は四と六。悪くない。あたしが勝つには、五六か六のゾロ目のどちらかを出すしかない。最悪でも四六か五のゾロ目でやり直しに持ち込まないと。

えいっ。

賽の目は……やったーっ、六のゾロ目っ！

さかえが大きくひとつ溜息をついた。そして頷いた。

「わかりました……お話しいたします。ですが、お願いです。このことはどうか、どうかご内密に。そうでなければ山吹の上さまがあまりにもお可哀想で……」

あたしはしっかりと頷いた。

4

香子さまは、あたしの話をきいている間、ずっと目を閉じていた。

さかえが告白した話は、事実関係としては香子さまが推理した通りだった。山吹の上は、自分の病気をどうしても生霊のせいにしたかったのだ。山吹御殿には、宮中からわざわざ往診に来てくれる優秀な薬師が頻繁に出入りし、山吹の上の容態を見守り続けている。山吹の上はそれらの薬師を自分から遠ざけたかったのである。それがなぜなのかは後にするとして、ともかく、病気の原因が不明であったり物の怪や生霊の仕業であるということになると、薬師ではなく加持祈禱の出番になる。床の置かれた寝所には入らず、その外で二十四時間態勢で祈禱師が悪霊退散の祈禱を続けるわけである。そうなれば病気を治癒させるのは薬師ではないので、山吹の上が断れば、薬師の往診は避けられる。

そんな時、光源氏の物語の中で、夕顔屋敷の女主人が生霊によって変死するという話があったのを思い出した。都人はみな光源氏の物語に夢中で、しかもその光源氏のモデルが、夫である胡蝶の君ではないかという噂がある。これはチャンスだ、と山吹の上は考えた。しかも胡蝶の君から、いついつお見舞いに参上いたしたいと手紙が来た。そこで、さかえに頼みこんで、まずは食事を少なくしてげっそりと痩せてもらい、以前にお通じがつかなくなった時に処方してもらった大黄を飲ませてひどい下痢までしてもらった。夫が床に来る時刻を見計らって、しとねの中にげっそりとしたさかえを寝かせ、山吹の上はしとねの周囲に張られた布、壁代《かべしろ》の裏側へと隠れる。胡蝶の君がお見舞いに来てしとねを見ると、そこには見たことのない、しかしげっそりとして見るからに生きた人間のようではないおそろしげな女が寝ており、その女がにたぁ、と笑ったわけである。胡蝶の君はびっくり仰天、生霊じゃ生霊じゃと騒ぐことになる。一方、からくりがばれない為には、痩せた顔を二度と胡蝶の君に見られてはならないので、さかえは体調不良を理由に実家に戻った。もちろんもともと健康体なのだから、普通に食べて寝ていればもとのからだにすぐ戻った。それにしても、断食をしたり下痢をしたりと、さかえの献身ぶりには常軌を逸したところがある。

「山吹の上さまは、とてもお気の毒なのです」

さかえは話しながら泣き出した。

「今度のことも、決して山吹の上さまから命じられたのではありません。断食したのはわたしの勝手ですし、大黄を飲むと言い出したのもわたしです。わたしは普段から丈夫だったもので、どんなにやつれた振りをしても生霊とは思ってもらえないだろうと考えたのです。山吹の上さまは、さかえが苦しい思いをするならそこまでしなくてもいいですとおっしゃったのですが……でも、でもわたし、山吹の上さまをお助けしたくて……」

「薬師を遠ざけて治療を拒んだのでは、助けるどころかますます山吹の上さまを苦しめることになるじゃありませんか。なぜそんなことを……」

「山吹の上さまは……すでにご覚悟をされておいでなのです」

「覚悟って……だめですよ、そんなに簡単に諦めては！」

「わたしもそう申し上げました。お腹に赤ちゃんもいるんですから、気をしっかり持って病と戦わなくてはと。ですが、山吹の上さまは、お腹の子を守るためには、薬師を遠ざけるしかないと……もうじき自分の身には変化が起こる。薬師は胸を看《み》るので、その時に変化に気づいてしまう。そうしたら……お腹の子は生まれてすぐに土に埋められると！」

何の話だかわからずにあたしは困惑して、すすり泣くさかえを見つめていた。さかえは、その話をするだけでもおぞましいと思うのか、両腕で自分のからだを抱くようにして小声で囁いた。

「……蜘蛛の祟りなのです」

「へ？」

あたしは聞き返した。さかえはもう一度、さっきよりも小さな声で言った。

「山蜘蛛の祟りなのです。山吹の上さまのお母上さまのご先祖が、山の民の生き血を吸って苦しめている大蜘蛛を退治したという逸話があるのです。しかしその蜘蛛が恨みを残し、それ以来、家系に続く女に時々、蜘蛛の祟りがあらわれるのだそうです。それがあらわれると祟られた女は決して助からないのです。ある時から突然に具合が悪くなり、あっという間に衰弱し、死ぬのです。お母上さまが左大臣さまとご結婚される時、その忌《いま》わしい話は秘密にされていたそうです。もしわかっていたら、忌わしい血を絶えさせるため、山吹の上さまも生まれてすぐに土に埋められて殺されていただろうと。薬師に胸を看られてもしその胸に蜘蛛があらわれていたら、祟りのことをさとられてしまう。そうしたら、お腹の赤ちゃんもきっと殺される。どうせ自分は助からないのだから、せめて赤ちゃんだけは助けたい。お腹の子は、胡蝶の君さまの血をひいているのだから、蜘蛛の祟りなどに障らずにきっと健康に育つはずです、と……」

なんとまあ。あたしはあいた口が塞がらなかった。そんな非現代的な、って、あ、そうか、ここは現代じゃなかったんだっけ。それにしても。

「山吹の上さまのお具合が急激に悪くなられたのは、数ヶ月ほど前の頃でした。いえ、本当はもう一年ほど前から、時々具合が悪くなられることはあったのです。ですがいつもはすぐに回復されました。ご懐妊がわかってからも、別段ご様子が変わることもなく、わたしも心配はしていなかったのです。ですがある日、ちょっとしたことがありまして」

「ちょっとしたこと？」

「はい。加茂神社の新しい斎院さまが御禊《ごけい》の儀式を行われた日のことです。いつもでしたらあっさりと執《と》り行われる儀式だそうですのに、今度の斎院さまは帝がことのほかおかわいがりになっておいでの姫君とのことで、大層賑やかな行列がございましたでしょう？」

「そう言えば、ありましたね。胡蝶の君さまはじめ、主だった朝廷びとはみな参加されたようで」

「せっかくの旦那さまの晴れ姿ということで、身重でもちらと見物したいからと、山吹の上さまも牛車をおたてになったのです。その折り、かねてから胡蝶の君さまとご関係があったとお噂の、若菜姫《わかなのひめ》という方の牛車とぶつかりそうになるということが」

やっぱり葵だったか。あたしは身震いしていた。それでは山吹の上が助からないというのも歴史的必然？　しかし、蜘蛛の祟りという話はどうなっちゃうんだろう。そんな生き物のことなんか、源氏物語の葵の巻には出ていなかったと思うんだけど。

「若菜姫というひとは、先帝の姪にあたられる方で、高貴な生まれもさることながら、教養も、亡き皇后についておられた清少納言さまに負けず劣らずと言われるほど高い方なのですが、なにぶんにも胡蝶の君さまよりは十三歳も年上。胡蝶の君さまがまだ十三、四の頃からの御縁とかで、未亡人とは言え、そんなに歳の離れたひとといつまでもあさましく関係を持っているのはいかがなものかと、あれこれ人の噂になったこともあった方なのです。山吹の上さまとご結婚されてからは、胡蝶の君さまも自重されたのか、若菜さまのところへは通いになられていなかったようなのですが、たまたま互いの牛車がすれ違い、牛飼童《うしかいのわらわ》どもが小競り合いをはじめてしまい……」

「喧嘩になってしまったのですか」

「はい。山吹の上さまが当日お乗りになった牛車は左大臣さまのところの車、牛飼童たちも左大臣さまのところの者でした。山吹の上さまご自身はとてもおとなしい方ですから、胡蝶の君さまと深い縁の女性と知っていても決してご自分の方から何か仕掛けるというようなおつもりはなかったのです。ですが、童や舎人《とねり》どもはどうも対抗心を燃やしてしまったようで。結局、若菜さまのお乗りになった牛車をひどく壊してしまい、若菜さまは見物もままならずにお伴《とも》の女房の牛車に乗って帰られたとのこと。さぞかし口惜しい思いをされたことと思います。山吹の上さまはその時はひどく驚いて、お腹に障るといけないからと争いは見ないようになさっていましたから、どれほどひどいことになっていたのか御存じなくて。後で状況を知って若菜さまのところにお詫びの手紙と贈り物をさしあげたのですけれど、若菜さまのところからは音沙汰がありませんでした」

それはそうかも知れない。それでなくても年上の愛人の立場で正妻とかち合うのは辛かっただろうに、乗っていた牛車を壊されて侍従の牛車で逃げ出さなくてはならないようなことになったとしたら。それも人がたくさん集まる場所で、である。生き恥をかかされたと激しく山吹の上のことを恨んでいるとしても無理はない。

「そのことで山吹の上さまはずっと心を痛めていらしたのですが、その頃から急激におからだの具合が悪くなり……もしやこれは、若菜さまがよからぬことを天に祈っているのではと。と申しますのも、若菜さまの母方の家系は卜占《ぼくせん》を生業《なりわい》としており、呪術がつかえるともっぱらの評判で……」

さかえはぶるぶると身を震わせた。

「わたし、山吹の上さまのことが心配で心配で。それである日……ひとりで若菜さまのお屋敷に出向いてしまったのです。なんて言えばいいのでしょう、やむにやまれぬ気持ちに駆られたと言うのか」

なんとまあ。呪術がつかえると評判の女のところに直談判に出向くとは。あたしはさかえの勇気に感心していた。

「……若菜さまは、わたしが山吹の上さまに仕える者だと知ると、ぶしつけに訪問したにもかかわらず、直接会ってくださいました。世間の評判では気性が激しく慎みに足りないところがあるということでしたのに、実際には、とても教養のある物静かなお方でした。牛車争いの時のことも、舎人の暴走であるのだから気にされなくてよいとおっしゃって。それで、山吹の上さまからのお詫びの品々も確かに受け取っている、御礼の文が遅れたのは月のものが来ていて忌《い》み時だったので、そんな時に文を出したのでは穢《けが》れが移ると思ったからだと」

「良かったですね、誤解が解けて」

「……いえ……それで機嫌よく、手土産までいただいてお屋敷に戻りました。それは見事な螺鈿《らでん》の小箱で、古くて高価なものでした。山吹の上さまは大層お喜びになり、さっそく小箱を開けて御覧になったのです。ところが……蓋を開けた途端に悲鳴をあげて気を失ってしまわれました。箱の中には……大きな蜘蛛の死骸が……」

さかえは顔を両手で覆って声を震わせた。

「その時から、山吹の上さまは床についてしまわれたのです。そして、自分には蜘蛛の祟りを受ける血が流れている、自分ももうじき死ぬとおっしゃられて。はじめはそんなことは迷信ですとおなぐさめしていたのですが、実際に山吹の上さまの母方の家系では、原因不明の重い病で亡くなった姫が何人かおられて、しかもその亡骸《なきがら》は、みな焼いて灰を川に流したと……」

後はもう、ただ泣くばかりのさかえだった。

じっとあたしの話に耳を傾けていた香子さまは、何も言わずに硯箱を引き寄せた。巻紙を取り出し、一言も発しないままで長い手紙を書き綴った。あたしは息をとめるようにして、香子さまが文を書き終えるのを待った。

いつもの香子さまではなかった。笑顔が消え、目もと口もとには、疲れきったように深い皺があらわれた。

息詰まる時間のあとで、ようやく香子さまは筆をおいた。

「これを……若菜さまのところに届けてもらって」

あたしは驚いて巻文を見つめた。

「若菜姫のところへ……ですか？」

「そうよ。そう言ったでしょう」

香子さまは、滅多に見せない苛立《いらだ》ちを言葉に滲《にじ》ませていた。

「は、はい、わかりました」

あたしは慌てて部屋を出ようとした。その背中に香子さまの声が聞こえた。

「ついでに吉日と吉時を調べておいで。若菜さまから御返事が届いたら、山吹の上さまのお見舞いに参りましょう」

5

「本当に誤解なのですよ」

若菜姫は、床についたままで来客があってもからだを起こすことができないほど衰弱した山吹の上の手を握りしめ、惜しげもなく涙を流しながら言った。

「小箱に蜘蛛が入っていたことなど知りませんでした。わざとしたことではないのです」

「はい」

山吹の上は顔だけ横を向け、弱々しい微笑みを浮かべた。

「わかっております……わざとしたなどと、そんなことはつゆほども思っておりません」

「でも、それならば」

「そうではないのです……若菜さまのなさったことではないとしても、蜘蛛は入っておりました。あれは……あれがわたくしの運命なのです。天がそう定めた……あの蜘蛛を見た時、そう悟ったのです……わたくしのからだの中に流れている呪われた血が決めたことなのだと」

「く、蜘蛛なんてどこにでも入りこむじゃありませんか」

あたしは身分をわきまえない行いだとわかっていても言わずにはいられなかった。

「古いお道具には蜘蛛の巣がはっていて当たり前、蜘蛛の死骸だって、どこにでもあります。わ、わたくしだってよく、お道具の手入れをしていて蜘蛛の死骸を見つけますよ！　そんなものを気にされるなんて……」

「若菜さま、香子さま、それに小袖さん……ああ、さかえも。わたくしのような者のことをそんなに心配してくださって本当に嬉しい……けれど、もうどうしようもないのです。わたくしのからだには、蜘蛛の祟りのしるしがあらわれてしまいました。わたくしの命はあとわずか。ですから……今度の生霊の騒ぎを起こしたのは、わたくしのこの、お腹の中にいる子のことだけは守りたかったから……お願いでございます、どうかこのことは……お腹の子には祟りはおこらない、わたくしはそう信じているのです。ですから」

「芝居ならいくらでも続けます！」

さかえが泣きながら山吹の上の足下にすがりついた。

「でも……でも、生きようとなさってくださらなければ！　香子さまから叱られました。断食するほど山吹の上さまのことを思っているのならば、どうして、もっと強く生きてくださいとお願いしなかったのかと。生きようとしなければ、ご自分で生きようとなさらなければ、病は癒《い》えないと……」

「香子さま」

山吹の上のかぼそい声にこたえて、香子さまが膝でにじり寄った。

「山吹の上さま、さかえさんが申した通りですよ。ご自分で生きたいと願わなければ、お腹の赤ちゃんを生きて自分で守りたいと思わなければ」

「蜘蛛をお見せいたします」

山吹の上がからだを起こそうとした。さかえが慌てて背中を支えた。山吹の上は、単衣の前を自分でそっと開いた。

あたしは、絶句した。

そこに、確かに蜘蛛のような形が見えた。両脇の下から乳房にかけてリンパ腺が腫れている。蜘蛛の脚のようにも蟹の脚のようにも見える、隆起。わずかだが、はっきりとしたその瘤《こぶ》のような腫れ。

癌だ……乳癌の……末期。

誰も言葉を発しなかった。みな、じっとしていた。瞬きすらできなかった。だが他の人々とあたしとは、たぶん、驚いた理由が違う。それはもちろん蜘蛛の祟りなどではないのだ。ただの病気。しかし……平安時代の医療技術では、たぶん助からない。あたしはそのことに衝撃を受けていた。しかし、他の人々は、蜘蛛の祟りが本当にあったことに驚いていたのだろう。

ところが、香子さまは山吹の上の胸に掌をあてた。

「あ、いけません、香子さま。お身が穢れます……」

山吹の上はその手をのけようとしたが、香子さまはしっかりとあてたままだった。

「穢れなどしません。これは、病です。ただの病なのですよ、山吹さま」

あたしはびっくりした。まさか香子さまは乳癌について知っている？

「このような病気があると、書物で読んだことがございます。確かに重い病ですが、気を強く持って滋養をつければ治ります。ほら、このようにしてもわたくしは何ともありませんよ。蜘蛛の祟りであるならば、このように気軽に手を触れることなど、できるはずがありませんでしょう？」

香子さまは微笑んで、からだの後ろに置いていた小さな硯箱を取り出した。

「これを御覧くださいませ」

硯箱の蓋を開けると、硯の上に、蜘蛛の死骸があった。

「ひえっ」

さかえがのけぞった。だが香子さまは笑顔のまま、硯をずいと山吹の上さまの方に突き出した。

「よく御覧なさいませ。ここに死があります。しかし死は終わりではないのですよ。ほら、蜘蛛のお腹の下から這い出しているものは何でしょう?」

死の下から這い出して来たもの。

それは……たくさんの蜘蛛だった。小さな、まだ透き通った蜘蛛のこども。

「あなたのお腹の赤ちゃんも、誰かの死を再生してこの世界に生まれて来るのです。蜘蛛の祟りなどとは思わず、小箱の中に蜘蛛の死骸があったことは瑞徴《ずいちょう》だと思えばいいのです。死ぬことは終わりではありません。仏の教えにもそうあります。あなたはこれから子供を産むんです。このままあなたの気持ちが弱ってしまえば、子供が無事に生まれないかも知れない。あなたの命をちゃんとその子が継ぐんです。立派に、きちんとお産をしてあげることが、その子に今、あなたができるいちばん大切なこと。つまらない芝居などより、そっちの方がもっとずっと大事なのですよ!」

山吹の上は頬にはらはらと涙を流しながら、じっと香子さまの顔を見つめていた。

「これは……病なのですね？」

山吹の上が囁いた。

「そうですよ。ただの病です。ですから、治さなくてはなりません。元気になって、立派なお産をしなくては」

香子さまが言った。

山吹の上は、ゆっくりと、だが深く、頷いた。

＊

「あんな病があったのですね」

山吹御殿から牛車で若菜姫のお屋敷へと戻り、若菜姫から心づくしのもてなしを受けた。若菜姫は噂に聞いていたのとはまったく違う、本当に物静かで上品で、そして優しい女性だった。

「あんなおそろしい……本当に、蜘蛛のようでした」

「いえ」

香子さまは、麦縄《むぎなわ》を口に入れる手を止めて、哀しげな顔をした。麦縄というのはあたしの元の時代で言えば、素麺みたいなもの。ちょっと太くて、見た目は稲庭うどんによく似ている。でも味つけはあんまりおいしくない。と言うより、味がほとんどついていない。めんつゆが欲しい、とあたしは思った。

「実は……ああした病のことはよく存じません」

「まあ」

若菜姫は目をぱちくりさせた。

「それでは……先ほどのあれは……」

「ああでも言わなければ、山吹の上さまは気力を失ってしまわれます。そして赤ちゃんも……あの様子では正直なところ、山吹の上さまがご回復されるのはかなり難しいでしょう。でも赤ちゃんだけは産ませてあげたい、そう思ったのです」

なんと大胆な。

はからずもそれが本当のことだったからいいようなものの、この時代ではまがまがしいものの祟りかも知れない腫れ物を素手で触ったというだけでも、祟りがうつると言われて石を投げられかねないというのに。

「しかし、あれは蜘蛛の祟りなどではないと思いますよ。わたくしには蟹に見えました」

「あ、そう言えば……蟹のようでもありましたね」

「蟹のような腫れ物が胸に出る病気というのは、ちらと聞いたことがあるのです。もちろん見たことはなかったのですが、胸に固いものができたり、蟹のような腫れ物が浮き出したりする病で、残念ながら、死の病のようです」

さかえが箸をとり落として泣き出した。あたしはさかえの箸を拾ってやり、背中をそっとさすった。

「山吹の上さまの母方の血にああした病がたびたび出るというのは、おそらく、体質のせいでしょう。同じ血筋ならば体質も似て当たり前。少なくとも、特定の血筋に何かが祟っているわけではないのです。しかもわたくしの知る限り、あの病は女しかかからない病。そして山吹の上さまのお腹、あれはわたくしの見たところ、男の子の腹ですね。山が高く突き出していました。生まれて来るのが男の子なら、あの病にはかかりません。心配することはないのです」

「そうだったのですか」

若菜姫はほう、と溜息をついた。

「ですが、薬師に見せれば……」

「わたくしが知っているくらいですから、薬師ならば病だとわかるはずです」

「そうですか、それならいいのですが……」

若菜姫は困ったような顔でしばらく考えていたが、やがて、真直ぐに香子さまの方を見た。

「香子さま、いえ、藤式部さま。やはり、今度のことは山吹の上さまのお考え通りにしてさしあげていただけませんでしょうか」

「若菜さま……？」

「生霊の祟りということにして、物語に書いていただきたいのです。わたくしの生霊が、車争いのことを恨んで山吹の上さまにとりついて苦しめたとわかるように」

　今度はあたしが箸をとり落とした。

「何をおっしゃるのですか、若菜さま」

「その方がよろしいと思うのです……薬師は病とわかるかも知れません。しかし漏れ聞いた人がひとりでもいたら、そう考えてくれるでしょうか。蜘蛛にしろ蟹にしろ、何かまがまがしいものにとりつかれた、と言い出すかも知れないではありませんか。しかも山吹の上さまの母方の血筋に同じ病の姫が何人もいるとしたら、噂がどのように広まるか……それよりは、生霊の仕業だという噂を都中に広めておいた方が、生まれて来る赤ちゃんのためにもいいのです」

「しかしそれでは、あなたさまのご評判が」

「わたくしはもう、若くありません。今さらなんと言われても、縁談に差し障るわけでもなく、もともと世間づき合いが好きというのでもありませんから……それよりも、あの山吹の上さまのご様子を見ていて、わたくしは思ったのです……山吹の上さまは、生きた仏さま、観音さまのように、わたくしの業《ごう》を背負って御仏のもとに参られるのではないでしょうか。わたくしは、年下の胡蝶さまと縁を結んだまま、ずるずると関係をひきずってこの歳になってしまいました。わたくしの心の中に、一度も山吹の上さまをお恨みしたことがないなどと言えば、それは嘘になります。心のどこかではいつも、なぜわたくしが胡蝶さまの妻となれなかったのだと、運命を呪っていたように思います。その女の業を、あの方は持って行ってくださろうとしている。そうであれば、あの方がこの世に残していくものを、代わりにわたくしが守らなくてはならない、そう思うのです。わたくしの評判などお気になさらず、お願いでございます、どうか、生霊の祟りということに」

さかえが号泣した。あたしも貰い泣きしてしまった。こんなセリフ、あたしなら言えない。あたしだって……あたしだって不倫してたんだもの。会社の上司と不倫して、あっさり捨てられて、奥さんのこと、呪い殺してやれたらって思った。本気で思った。思ったことは後悔しない。そうやって憎んだことで、あたしは知った。誰かを好きだと思うことは、大きな大きなエゴなんだ、ということを。でもそのエゴがなければ、女って生きていかれないんだ、ってことも。

でも。

こんな生き方もあったんだ。エゴを乗り越えて生きる方法が。

香子さまが、突然、床にひれふした。額を床につけている。

「若菜さま。わたくしは、小箱の蜘蛛の話を聞いた時、とても大きな誤解をしたのでございます。海の向こう、唐より遠い南の国には、おそろしい毒を持つ蜘蛛がいると書物で読んだことがございます。わたくしは、その蜘蛛を若菜さまがどこからか手に入れて使ったのではないか……そんな、そんなおそろしいことを考えてしまったのです。ですが若菜さまのお顔を見て、山吹の上さまのことを知って驚かれるご様子から、それがまったくの邪推、とんでもないことだったと気づきました。そんな未熟で情けないわたくしには、若菜さまを生霊だなどと書くことなどとても、とてもできません」

若菜姫は、怒らなかった。不快そうな顔ひとつせず、その手を香子さまの髪に伸ばした。

「でしたら償《つぐな》ってくださいませ」

若菜姫は言った。

「わたくしを毒蜘蛛つかいと思ったことを、償っていただきたく思います。書いてくださいませ……わたくしの生霊が、山吹の上さまを苦しめたと、必ず、お書きくださいませ。それを約束していただかなければ、ここからお出しいたしませんよ、紫式部さま」

若菜姫は微笑んでいた。

あたしは、その顔が、観音さまそっくりだ、と思った。

＊

山吹の上は亡くなった。でも奇跡的に、亡くなる三日前に男の子を産んだ。健康で大きな赤ちゃんだったらしい。

香子さまは、「葵」の巻を執筆中である。

第四章　明石

1

明石《あかし》といえばタコとタコ焼き。

ただし、明石のタコ焼きは明石焼き、たまご焼きなどと呼ばれ、大阪風のタコ焼きとは似て非なるものである。

明石焼き、というのは京都でも決してポピュラーなタコ焼きではないので、初めて食べたのは高校生の時だった。四条河原町をちょっと横手に入ったところにある、明石焼きとおばんざい料理が売り物の小料理屋『蛸つぼ屋』で、ランチタイムにアルバイトをしていた時に食べさせてもらったのが最初である。夜になると小料理屋になるとはいえ、ランチタイムはもっぱら明石焼きだけで商売をしていて、ふにゃ～とした頼りない、だし巻きたまごの丸いやつみたいなのを、薄味の透き通ったダシにつけて食べる。商売もののなので三つ葉なんか添えたりする。タコは中に入っているが、他の具はなく、たまごと小麦粉、それに浮き粉という、麩《ふ》を作る時にできる粉が使われていて、大阪風のタコ焼きのようにしっかりしていないから、箸でつまんでもダシに入れるとほとびてしまって、もたもたしていると、ダシごとずるずる飲むはめになる。

味は悪くない。やわらかなたまごの風味が胃に優しく、ダシとの相性も良く、全体に上品で飽きの来ない味である。が、しかし、腹ごたえがない。ランチタイムに店に来るのは大部分が女性だったが、彼女たちはあんなもの一人前で夕飯までお腹が持つんだろうか、と、他人事《ひとごと》ながら心配してしまった。小麦粉に卵が主成分なわけだから、食べごたえがない割にはカロリーはけっこう高かったんじゃないかと思うので、本人たちはダイエットのつもりでも、お腹が空いてお菓子をつまんでしまったら意味がなかったろうな。あたしなら、明石焼きだけで昼御飯を済ませなさいと言われたら、確実に三人前は頼んでいる。ちなみに、『蛸つぼ屋』では一人前が十個だった。そう聞いたら、えぇーっ、三十個も食べられるの？　と驚く人もいるかも知れないが、絶対に食べられます。試してみなはれ。

と、もう二度と食べられないかも知れない食べ物のことを考えていると、知らずにヨダレがじゅる、と唇の端から滴《したた》って、あたしは慌てて袖でヨダレを拭き取った。

都を出て十日目である。途中、香子さまのご親戚のお屋敷に泊めていただいたり、須《す》磨《ま》の海を眺めてのんびりしたりと、かたつむりに追い越されそうなスピードで旅して来たので、明石まで来るのに十日もかかってしまった。あたしが元いた時代なら、京都から明石まで、高速道路で二時間、ってとこ？

いちおうは馬が用意されていたけれど、あたしも香子さまもほとんど歩いていた。毎日二十キロ近くは歩いていたので今ではすっかり慣れてしまったが、最初の日は足にマメができ、二日目にそれが潰れ、半日でダウンして馬の背に。この時代の人々は本当に健脚である。しかも食事は極めて質素。道中などは、干した栗だの干飯《ほしいい》だのを齧り、どぶろくのような白く濁った酒を少し飲んで晩御飯がおしまいだったりするのである。熱効率がよほどいいのだろうか。しかしどう考えても絶対的に栄養不足なはずなので、長生きは難しいだろうな、というのはよくわかる。あたしの時代、つまり現代の栄養過多と言われる日本人でさえ、ある程度の年齢以上になると成人病予防の低カロリー食ばかり食べていたのでは早死にすると聞いたことがある。壮年までは摂生第一も仕方ないが、老齢に入ったら動物性脂肪や動物性蛋白質も適度に摂《と》ることが、人間のからだには必要なのだし、老化を遅らせるにはそれしかない。どうせ旅をゆくのなら、猪でも仕留めて丸焼きして食べようと誰か提案してくれないものかしらん、と、つくづく思う。焼き肉が食べたい。タン塩もカルビも食べたい。ああ……

「さっきからヨダレを垂らしているようだけれど」

香子さまが心配そうな顔であたしの顔を覗き込んだ。

「胃の腑《ふ》でも痛むのですか?」

「あっ、い、いいえいいえ」

あたしは焦ってまた袖でヨダレを拭いてしまった。

「大丈夫です。元気でございますっ」

香子さまの前では、うっかり体調が悪い素振りは見せられない。


あたしがこの時代に迷いこむきっかけになったのは、この時代にもともといた、小袖という名前の女房が落雷に遭ったことだった。あたし自身も自分の時代で、真夜中に外に立っていたら何かが頭の上の方でバシッと鳴り、ぴかっと光って(それが雷だったのか、それとも電球でも割れたのかはわからなかった)、その衝撃と、小袖の上に落ちた雷の衝撃が時空のねじれだか穴だかで繋がったらしく、小袖とあたしとは瞬時にして入れ替わってしまったらしい。らしいらしいと不確定なことばかりしか言えないのは、あたしにも何がなにやらさっぱりわからないからである。ただわかっているのは、頭の中身はあたしのままなのに、あたしの外見は小袖である、ということだけだ。いや、厳密に言えば、頭の中の一部の知識は小袖のものなので、脳にあった情報がそっくり入れ替わったわけでもないようだ。で、あたし本来の外身はいったいどこに行ってしまったのか、ぜんぜん知らない。というわけで、どうやったら元のからだを取り戻して元の世界に帰れるのか、さっぱりわからない。困ったものである。困ったものなのだが、あたしは生来の能天気で、一度、もう気にしないことにしよ、と決めたら気にしない。

で、まあだからそうしたことはさておき、そんなわけで、この時代の小袖は一度落雷を受けているのである。雷をからだで受け止めても死ななかった、というだけで、相当に心臓が強いひとなのだな、と思う。しかし、この時代の人々にしてみたら、心臓が強いどころの話ではなく、神様仏様に守られていたのでは、と噂が乱れ飛んだほどの大事であった。で、あたしがそれ以来、多少とんちんかんなことを口走っても、あの時の落雷の後遺症ということで大目に見てもらえる。この点は楽であるのだが、少しでもどこか痛い、からだの調子が悪いなどと言おうものなら、周囲は大騒ぎになる。香子さまなどはあたしの体調にはことのほか敏感で、すぐに大騒ぎして薬師を呼びつける。薬師ならばまだいいが、加持祈禱でも始められたら引っ込みがつかない。

従って、香子さまの前では風邪ひとつひかずにしゃきっとしているのがあたしの務めなのである。

それはいいんだけど、お腹空いたよぉ。今日はずいぶん歩いたものなあ。さっきからずっと淡路島が見えてるし、そろそろ明石のはずなんだけど。まだ、今夜のお宿に着かないのかなぁ……

「あれ、やっと見えた」

香子さまが指さす方に目をこらすと、高い丘の上に大きな屋敷の屋根が見えていた。

思った通り、かなり大きく立派なお屋敷である。都からずっと旅して来て、何度となく地方豪族や受領の屋敷に泊めてもらって、つくづく思ったことは、都よりも田舎の方が豊かだ、ということだった。本当に、地方の豊かさに比較すると、京の都の困窮ぶりは悲惨である。だが多くの都人たちはそのことを知らないのだ。相変わらず都がいちばん豊かで恵まれていると無邪気に信じ込んでいて、田舎者を哀れんだり蔑《さげす》んだりして暮している。とんでもない勘違いである。

あたしたち一行が進んで来るのをどこかで見ていたのか、丘をのぼって屋敷に近づいてみると、出迎えの人々が屋敷からぞろぞろと出て来て待ち構えていた。

明石の入道と渾名される、このあたり一の有力受領、前《さき》の播磨守《はりまのかみ》さまとその従者たちである。入道、と呼ばれるだけあって（?）、前播磨守はあっぱれ見事なつるっパゲだった。布か何かで毎日磨いているのかしらと思うほど、つるつると綺麗に光っている。なるほど、明石だけあってタコ入道か、と、バカな納得の仕方をしてしまった自分に自己嫌悪をおぼえながら、あたしは香子さまのあとについて、明石の入道の屋敷へと案内されて行った。

2

そもそも、香子さまにとってはかなり遠い縁戚ではあるが、ほとんど音信不通状態だった明石の入道から突然手紙が届いたことが、こうしてわざわざ京都から明石まで、長旅をして来ることになった所以《ゆえん》である。その手紙には、娘のことでご相談いたしたく、と書かれていた。

もちろん、あたしはピンと来た。

つまり、今度香子さまがお書きになる物語は、あの、須磨・明石の二巻に関係する事柄なのである。それはいいのだが、だからって明石まで旅しなくてはならないと聞いた時には、正直、かんべんしてよ、という気持ちではあった。この時代の日本、京都以外の場所もこの目で見てみたいという好奇心は強かったものの、新幹線も高速道路もないこの時代、長旅をするというのがどれだけ過酷なものであるかは、いろいろと見聞きして知っていた。馬に乗るか歩くしかない、というのは当然ながら、携帯食の侘《わ》びしさや、道中には追い剝《は》ぎだの野犬だのがいるらしいというクワバラな噂がまことしやかに飛び交っていて、特に若い女が旅をすれば、かどわかされて売り飛ばされることも珍しくないなどと聞くと、臆病なあたしがびびってしまって、留守番してます、と言ってしまったのも無理はないでしょ?

が、もともと香子さまの助手として宮中に雇われている身分だったので、そんな我儘が通るわけはなかった。だめです、あなたも同行しなさいな、と、香子さまの一言でおしまい。旅支度なんてしたこともなかったので、同部屋(と言っても、いちおうあたしは女房なので、簾《すだれ》で区切った一区画、畳二枚分くらいの個室はもらっている)の女房たちからあれやこれや教わり、どうにかこうにか旅支度を終えた。女房たちの中には、地方の受領の娘である者も多く、彼女たちは気が遠くなるような長旅をして京の都までのぼって来た者もいる。明石まで香子さまのお供をする、と言うと、あら、明石ならさほど遠くなくて良かったですわね、と言われてしまった。

かくして、内心かなりぶーたれながら始まった旅だったのだが、あたし、今ではすっかり気分が良くなってしまっている。

都を出て気づいたこと、それは、空気のおいしさだった。

そんな馬鹿な、平安時代には大気汚染なんてないんだし、車の排気ガスも関係ないんだから、都だって田舎だって空気はどこでもおいしいはずでしょ、と言われてしまいそうだが、実際は、まったくそうではない。はっきり言って、都は臭い。あたしの時代、日本人は清潔信仰に染まっていて、ちょっと手を洗うにも殺菌剤の入ったハンドソープを使い、汗をほんの少しかいたと言っては殺菌剤入りのスプレーを噴射し、電車の吊り革を除菌シートで拭く人間もそう珍しくはない。その結果として、雑菌に対しての抵抗力を失って各種病気だのアレルギーだのを抱え込むといういささか滑稽な事態に陥っているわけだが、その埋め合わせとして、毎日毎日煤煙のたっぷり含まれた汚い空気を吸い込み、有毒化学物質が揮発《きはつ》し続ける新建材の張りめぐらされた部屋に住み、添加物にまみれたわけのわからない食品を食べ続けている。発癌性物質のたっぷり溶けたプールで毎日二千メートル泳いで健康管理しているようなものなのだが、一方、この時代には有毒化学物質が揮発する新建材の壁も、大気汚染もない代わりに、雑菌や細菌はいたるところにうじゃうじゃとはびこっている。なぜなら、まず、トイレ関係が極めて不備で不衛生であること。下水道なんてものがないので、貴族は自分の屋敷の庭に小川をひいてそこにはばかりさまな物質を垂れ流す。そのはばかりさまが流れ込んだ川の水を人々は生活用水として使ってしまい、かくしてひとたびコレラなんか流行《はや》ろうものなら、あっという間に都の人口が激減するほどの大悲劇になってしまう。さらに、この時代、死体を火葬するという習慣がなく、多くの場合は野ざらしにされた。あたしの時代には観光地として大賑わいの嵯峨野《さがの》などは、この時代、まさに死体の捨て場以外の何物でもない。他にも都の周辺には何ヶ所か死体を捨てる場所があり、荒涼とした荒れ地にうち捨てられた死体を啄《ついば》みにカラスが群れを作り、鼠が這い回り、その光景に手を合わせるのは僧侶のみ。しかしこれは何も、この時代の人々が特別に残酷であるとか不遜《ふそん》であったということではなく、ただ単に、死生観の違いから来ているものだろう。死者を自然に返し、鳥や獣の餌にすることで地球の一部へと還元するという考え方は、世界のあちらこちらに形を変えて存在している。鳥に死体を喰わせることで、魂が鳥と共に空に還《かえ》ると考える鳥葬などはその典型である。この時代の人々もそれに似たような感覚を持っているようで、死者を野ざらしにする、つまり風葬は、死者を軽んじているということとイコールではない。しかし、仏教の僧侶などは次第にそうした風葬を、いたましいこと、として、死者をひとりずつ供養することをすすめてはいる。野ざらしになっている死体を一体ずつ自力で埋葬して供養しているお坊さんもいるという話を聞いた。お手伝いしましょう、と言い出す勇気はないが、日本における葬儀や埋葬の習慣が、この時代、まさに変化しようとしているのだな、というのは興味ぶかい。が、そうしたものはまだごく一例に過ぎず、都の中心部からわずか数キロのところに、野ざらしになった骸骨が累々《るいるい》と積み重なっている事実に今のところ大きな変化はない。その結果として、風向きによっては何とも表現し難い悪臭が漂って来るのである。ぷーん、と。

垂れ流す糞尿、腐る死体、その上人々はほとんど入浴せず、髪の毛だって滅多に洗わない。自分のからだが発散するとんでもない臭いをごまかす為に、やたらと香を薫き、その香の匂いに様々な悪臭がからみついた異様な刺激がつーんと鼻を突いて流れる、というのがまあ、この時代の都というものなのである。

だが、慣れというのは恐ろしいものだ。この都でなんとなく生き抜いている内に、あたしの鼻はすっかり慣らされてしまい、確かに漂っているはずの悪臭は嗅ぎとらずに、悪臭と絡み合っている香の匂いだけ敏感に選り分けて感じることができるようになってしまった。豚は地面の上からでも一メートル地下に埋もれているトリュフの匂いを嗅ぎ出すらしいが、まあそんなものかも知れない。土の匂いやトリュフ以外の様々な匂いは無視してしまうのがいちばんなのである。

都を出て二日目の夜になる頃に、あたしは自分の鼻が少しずつ復活していくのを感じていた。

緑の香り、新鮮な水の匂い、ほこほこと日溜まりで温まった土の匂い！

この世界は、素晴らしい香りもので溢れていた。空気は甘く香《かぐわ》しく、星にまで涼やかな香りがあるような気がして来る。ああ、都って臭かったんだなあ、と、しみじみと思った。足のマメが潰れたところはすごく痛かったけれど、それでも、旅に出て良かった、と心から思った。それと同時に、不思議な里心にも悩まされるようになってしまった。

里心。つまり、あたしは、たまらなく、あたしの時代が懐かしく、帰りたくて帰りたくてどうしようもなくなってしまっているのである、今。

どうやったら帰れるのか、第一、帰れたところで外側が小袖のままではどうしようもない、どうしたらあたし自身の肉体を見つけ出すことができるのか。それがさっぱりわからない以上は、帰りたいと思うことそのものが苦しみに繋がる。だからこれまで、できるだけ考えないようにして過ごして来た。

だが、すでにこの時代で過ごした時間は、おおよそ三年以上。十七歳だった小袖の肉体も二十歳になり、ぐっと大人びてしまった。この時代の二十歳というのは結婚年齢としてはすでに年増である。本物の小袖の養い親からは、早く結婚しろと手紙も届くし、香子さまの口ききで、縁談もないではなかったのだが、いつかは自分の時代に戻りたいと思っている以上は結婚などできない。恋愛も御法度《ごはっと》だ。そう自分に言い聞かせて暮して来たけれど、このまま永久に元の時代に戻ることができないのなら、そうやって恋愛も結婚も考えずに生きていることにいったい何の意味があるのだろう？

淡路島が左手に見える海岸沿いを歩くようになってからは、その気持ちがいっそう強まっていた。淡路島は千年後にもやっぱり淡路島で、ベッカムが泊ったウェスティンホテルがあるかないかの違いでしかない。明石大橋が見えるか見えないかの違いでしかないのだ。だがその違いが何と、決定的に大きいことだろう。

それを考えると、どうしても涙が目に浮かんで来るのをとめることができない。だから、淡路島が見えてからの数日は、下を向いて歩いていることが多かった。ヨダレであれだけ心配する香子さまが、涙なんて目撃したらどんな過剰反応を示すかと思うと、めそめそ顔なんてとても見せられないのだ。

そんなあたしの里心を、明石の入道のもてなしがさらに倍増させた。

入道は、大きな声で快活に話し、よく笑う人だった。都の男たちのあの、なまっちろくはっきりしない態度に比べてずっと魅力がある。入道の奥方も、飾り気のない笑顔で入道と同席していても必要以上におしとやかであろうとはせず、夫婦で仲良く掛け合い漫才のような会話を聞かせてくれた。二人は、田舎の人であり、お体裁や見栄ばかりに凝りかたまった、気取った都人ではなかった。男と女が御簾越しにちんたらと和歌なんか交わさないとろくに話もできない、というあの堅苦しさがなく、主もその妻も、客人も一緒に丸く円座を並べて和気あいあいと酒を酌み交わす。出される料理も、ちまちまと手を入れ過ぎて食べ物としての力を失ったお飾りのような宮中料理ではなく、とれたばかりの鯛を丸ごと焼いてどかんと台に盛ってあったり、山のきのこをさっと煮て並べてあったりと、豪快でいながら自然の滋味に溢れている。そうした、飾らない素直な幸福を堪能している入道や彼の周囲の人々を見ていて、あたしの心は自分の本当の故郷へととんでいた。

懐かしい母。弟。

あたしの時代。

「小袖」

香子さまが耳打ちした。

「気分がすぐれないのでしたら、席をはずしてもいいのですよ」

あ、やば。あたしは目尻に滲んでしまった涙を慌てて指で払った。

「い、いいえ、目、目にゴミが入っただけですから……」

「お酒が強うございましたか」

入道の妻が優しい笑顔を向けた。

「女子《おなご》が酒を飲むなどとは、都の方々の風習とはあまりに違って面喰らいましたでしょう」

「何を言うか。都人とて同じ人、女子でも浄《きよ》めの酒は口にする」

「お浄めというには量が多ございますよ」

「香子殿は平気ではないか。さすがに香子殿のお父上は、一族でも有数の上戸《じょうご》だけのことはある。血筋じゃのう」

実際、香子さまは酒飲みだった。この時代、酒といっても普通に口にできるのはかなり甘ったるいどぶろくばかりで、口あたりはいいが酔いの質が悪く、少し量をすごすと翌日の二日酔いがひどい。あたしは元いた世界でもあまり酒を飲まない方で、ワインならグラス三杯まで、ビールはコップ二杯でもうたくさん、という方だったから、この時代のどぶろくにはちょっと手が出ない。今夜も、だから、自分の杯はほとんどあけていなかった。それでも、よろしければ少し風にあたっていらしたら、という入道の妻の勧めに従って宴席を離れ、女童に案内されて、中庭に面した板間《いたま》に入っていった。


驚いたことに、先客がいた。

この時代の建物には、窓、という発想がほとんどない。サッシなんてものももちろんないので、庭に面した部屋はそのまま廊下越しに外と繋がっている。そこに、十二単衣の裾を広げて、女性がひとり、座っていた。十二単衣、というのはこの時代、女房の制服のようなもの。だからあたしは、自分と同じようにこの屋敷に仕える女性なのだろうと軽く考え、すたすたと立ったままで（これはこの時代、かなり大胆というか、慎みのない態度なのです）その女性のそばに寄った。

「今夜は海から風があがって来ていますね」

女性は、あたしの気配を察してか、振り返らずに庭を見たままで言った。

「潮の香がこんなに強く」

あたしは深呼吸するように空気を吸い込んでみた。なるほど、潮の匂いだ。ワカメとか昆布の匂い。

「こちらのお屋敷は高いところにありますのに、ここまで海風が届くのですね」

あたしの声に、女性が振り返り、驚いた顔になった。

「あ、あら……ごめんなさい、わたくしの侍女だと思ったものですから。都からのお客さまの？」

「はい。香子さまのお手伝いをさせていただいております、小袖と申します」

「明石入道の娘、利子《としこ》と申します」

わっ。あたしは慌ててしゃがみこんだ。なんと、この家のお姫さまだったとは。

「あらあら、よろしいのですよ、どうか立ったままで」

「いえ、でも」

「本当に。都の習慣では、女子がやたらと立ち上がるものではないというところなのでしょうが、こんなに月の美しい晩には、少しでも月に近いところにいたいではありませんか」

あたしは頷いて、そろそろと立った。

本当に美しい月だった。晴れ渡っているというほどでもなく、適度に流れる雲を月が照らして夜空に灰色の川のような模様をいく筋も描いているのがいい。その流れる川の合間から、少しだけ赤みを帯びた月が煌々《こうこう》と光を放っている。


「明石は田舎でございましょう」

明石の君は、月光の中でとても美しい立ち姿を見せている。

立ち姿の美しい女は、この時代にはとても少ない。香子さまは比較的立ち姿が似合うひとなのだが、それでも、要するにこの時代の女性はおっそろしく胴が長く脚が短くおまけに頭が大きめなので、長い髪と裾をひきずる衣でようやくバランスを保っているものの、立っていてもその子供っぽいシルエットはいかんともし難い。

明石の君は、この時代の女性にしては肩幅が広く背丈もあり、何より、脚が長かった。だがあたしの目にはカッコイイと映るこのスタイルは、おそらく、この時代の男性にはいまひとつウケが悪いだろうな、というのは想像ができる。この時代、というより、あたしが元いた時代だって結局はそうなんだろうけれど、男たちは女に、はかなさや頼り無さ、無力であることを求めるのだ。小柄で楚々《そそ》としていて、自己主張せず、男の言いなりになって男の背中に隠れたがる女を。木曾義仲は例外中の例外、そして男の中の男、だった。強い女を愛せる男が本当に強い男であって、か弱い女を守ろうとする男は、自分より弱い存在が欲しいだけのこと。

明石の君がおそらく、強い女であることは、その立ち姿の凛々《りり》しさから察せられる。

「とてもいいところだと思います。海が近くて、お魚もおいしいし……」

明石の君はゆったりと微笑んだ。懐の深そうなひとだ、と思った。

「明石の海は、あれでなかなか一筋縄ではいかないのですよ。流れが速く、渦を巻きます。その速い流れの中で育つので、明石の鯛は身がしまって味が良いのだそうです。わたくしどもの屋敷は、この山の屋敷の他にもうひとつ、海のそばにもございます。そちらですと朝に夕にと明石の海を堪能していただけるのですが、今は都からお客さまが逗留されておられまして」

「須磨におられる、胡蝶の君さまのご一行ですね」

明石の君は、またゆったりと頷いた。


先帝が病死され、先帝の中宮だった彰子さまは皇太后となられた。彰子さまの教育係だった香子さまは、それを機に宮中を辞してご実家に戻ろうとされたのだが、彰子さまのたっての願いによってまだ宮中にとどまっている。この三年の間に、都もいろいろと様変わりしていた。ただ、先帝に贔屓《ひいき》にされていた人々の中には、辛酸《しんさん》を舐めさせられている人もいる。都一の美男子と謳われ、宮中の女房たちの話題を独占していた胡蝶の君もそんな一人である。あれやこれやと新帝の取り巻きから揚げ足をとられ、はては、つまらないミスの責任をとらされて須磨に謫居《たつきょ》させられてしまった。有力な後ろ楯である妻の実家も、妻が急死してからは胡蝶の君に冷たかったらしく、今度のことでも新帝への取りなしはなかったと聞いている。一粒種の忘れ形見も妻の実家で養育され、胡蝶の君はひとりぼっちになってしまった。妻がいるのに女遊びばかりしていたのだから自業自得ではあるのだが、それにしても、人の世の栄枯盛衰は無常なものである。

その胡蝶の君を、わざわざ須磨の仮屋敷まで出向いて自分の屋敷へと招待したのが明石の入道だった。入道から香子さまのところに手紙が来たのはその後のことである。

今、胡蝶の君とその従者たちは、明石の入道の海屋敷に長逗留しているらしい。

「父は」

明石の君は、また庭の方へと向き直った。

「おかしな考えにとりつかれているのです」

「おかしな、考え、ですか？」

「ええ……父は夢を見たと言います。瑞夢《ずいむ》だったと。夢の中で、観音さまがおっしゃったのだそうです。須磨にいる麗《うるわ》しい若君のところに参り、娘をその方に嫁がせなさいと。そうすれば……孫娘は帝のご生母となられるだろうと……」

なるほど。

源氏物語の須磨・明石の巻、というのは、精読したことはないが、おおよその物語は知っている。まさに、今、明石の君が話してくれたようなことが書かれていたと思う。夢の内容が少し違っていたかも知れないが、ともかく、明石の君を光源氏に無理矢理添わせたのは父親なのである。

「あり得ないことです」

明石の君は溜息をついた。

「わたくしは受領の娘でございます。そのような身分の女が産んだ娘が帝のご生母になられるなどとは……」

「別に、あり得ない、ということもないと思いますけど」

あたしは、おずおずと言った。

「宮中には受領の娘御もおおぜい働いております。女御《にょうご》の身分で入内した方もいらっしゃいます。帝との間に男の子をもうけられ、その子が東宮さまとなられれば」

「わたくしは……都になど行きたくはないのです」

明石の君の声が、かすかに震えていた。

「この明石の海が好きでございます。このあたりの豪族と縁組でもして、生涯、田舎の海を眺めて暮したい。ですが、父はわたくしをいつか都に出すと、わたくしが生まれてまもなくから決めていたのです。琴、書、歌、漢詩まで習わされ、都の礼儀作法も教え込まれて育ちました。そうしたいらぬ教養は田舎ではかえって疎《うと》まれます。わたくしが望んでも、明石の周辺でわたくしをもらってくださろうとおっしゃる殿方はもうおりません。文をくださった方もいらしたのですが、父がみな、自分で断ってしまいました」

はあ、なるほど。

歴史的必然？　に従ってなのかなんなのか、これまでもあたしが関わった源氏物語のモデルには、いろいろと裏話があったとはいえ、ほぼ表面的には、あたしが知っているあの源氏物語へと事態は収束している。今度の裏話は要するに、明石の君が本当は光源氏のことなんてち――っとも好きじゃなかったりして、ただ父親をがっかりさせたくないばかりにいやいや光源氏の子を産むことになる、とそういうことらしい。だとすれば、大変に気の毒ながらもこのお姫さまには運命から逃れるすべがない。

ただまあ、正直な話、源氏物語に登場する明石の君という人は、いったいこの女は何を考えてるんだ、というくらいわけのわからない女性だったので、こういう裏話があった方がずっとあたしには納得がいった。源氏物語の中に登場してくる明石の君は、父親の目論み通りに光源氏の現地妻になってしまい妊娠するのだが、光源氏ときたらおゆるしが出たらさっさと都に戻ってしまう。ここで捨てられたまま終われば、よくある話であって、同じ女として腹はたつけれど、物語として理解できないということはない。明石の君自身にしたところで、いかに父親に説得されたとはいえ、都でさんざ浮き名を流していたような男を簡単に信じて身を任せた己《おのれ》の浅はかさにも責任はあるんだから、まあ泣いて諦めたら、子供ごと引き受けてくれる度量の大きな他の男を探すしかないじゃん、という話である。が、源氏物語の中では、なんとこの明石の君、子供を産んですぐに都の光源氏からおいでと誘われて、いそいそと都に出てやがては、光源氏の新居である六条院に同居してしまうのである。六条院なんて、かっこつけてるけど要するにハーレム以外の何物でもない、とあたしには思える。そんなところに、一度は自分と子供をほったらかした男に呼ばれたからと出掛けて行って、その男の庇護を受けて生活するようになる。明石の入道は貧乏人ではなく、光源氏に食べさせてもらわなくても明石の君ほどの教養と知性のある女性ならば、他に生きる道はいくらでもあったはずなのに。しかもしかも。驚いてしまうのは、自分がお腹を痛めて産んだ愛娘《まなむすめ》を、田舎者に教育させておいてはろくな姫にはならないからと（って書いてあるわけではないけれど、要するにそういうことよね？）取り上げられて、正妻でもないのに正妻顔で六条院の女主人となっている紫の上に預けられてしまうのである。おい、なんで抵抗しないんだ、明石！あたしはマジに切れそうになりながら源氏物語の現代語訳を読んだ記憶がある。これがまだ、正妻に預けられた、とか、ものすご――く高貴な身分の大金持ちの娘に預けられた、とかいうのならば少しはわかる。が、紫の上は、身分はまあまあ高貴と言えなくもないにしても、経済状態はそんなに良かったわけではなく、岩倉の山寺で育ったような姫である。ロリコン光源氏が、あたしの時代なら絶対犯罪になるような真似をして、自分好みの女に育てあげたような女なのである。幼い頃からしっかり勉強して本物の知性を磨いていた明石の君と比べて、紫の上の方が優れた女性だとは、少なくともあたしにはまったく思えなかった。光源氏の言いなりになって男に都合のいいことだけ教え込まれた女に、自分の娘をとられるなんて、これ以上の屈辱、苦痛があっただろうか。

それなのに、受領の身分をわきまえて、いつも一歩後ろにさがって六条院の冷や飯食らいの地位に甘んじた明石の君。そもそも光源氏のやつ、明石に対して愛情を抱いていたのかどうかさえ疑わしい。娘だけ奪いとったのでは世間体が悪いので、ハーレムの一室を与えただけなんじゃないの、と邪推もしたくなろうと言うもの。それほどまでに、この明石の君は、あたしにはムカッ腹の立つ存在だったのだ。しかも、娘のためにすべてを犠牲にするその姿を美徳であるかのように書き連ねた紫式部。ぐあー、やっぱりあたし、源氏物語って大嫌いっ！


と、自分がその成立に少なからず関わってしまった今となっては言ってもしょうがないことを心の中でぶつぶつ呟いていたというのが、この明石までの道中の偽らざる心境だった。

だから。

本当のところ、明石の君の告白は、ちょっぴり嬉しかったのである。明石の君にはお気の毒ながらも、溜飲《りゅういん》を下げた、という気分だったのは仕方がないでしょ？　明石の君も光源氏なんて愛してなかった、というのであれば、なんとなく「おあいこ」という感じがしない？

もちろん……明石の君の幸せ、という意味では、どんなにひどい扱いを受けても六条院でひっそりと暮していたのは、それだけ光源氏のことが好きだったから、という方がいいのはわかっているけれど……


「父の言葉の通りになど決してならないのです」

明石の君が言ったので、あたしは、あれれ？　と思った。では明石の君は、光源氏とそういう関係になるのを断るつもりなのだろうか。

「わたくしの娘が帝のご生母になることなど……できるわけがないのです」

明石の君が突然、啜り泣きをはじめた。

「……わたくしは……石女《うまずめ》なのでございます。父は知りませんが……わたくしには、月のものがないのです。今だかつて、一度もあったことがないのです」

うぐ、とあたしは言葉に詰まった。

3

「い、一度も、ですか」

明石の君の正確な年齢はわからないが、どう見ても二十歳をいくらか過ぎたあたりではないか。この時代の人は若く見えるので、それをさしひいて考えると二十代半ば。成長がゆっくりしている女の子は、あたしの時代でも初潮年齢が十代後半ということはあるし、とても痩せている場合などはもっと遅いことだってあるだろう。女子マラソンの選手などは、痩せ過ぎで生理が来なくなってしまうと聞いたこともある。栄養状態が大変に悪いこの時代、二十代後半になっても生理が来ない女性がいたとしても、そう不思議ではないのでは？

が、明石の君の体型を見ていると、どうもそんな単純な話ではないのではないか、という感じがした。明石の君は、この時代の人間としては明らかに大柄である。顔が下膨れなのは太っているからではなく、慢性的に栄養が偏《かたよ》っているせいだろうが、手先や首、輪郭などの情報を総合するに、少なくともこの時代の女性としては、痩せ過ぎということもなく、平均以上の健康体という感じを受ける。潮風と新鮮な田舎の空気の中で伸び伸びと育っているためか、月光の中で見てさえも、顔色は都の女たちよりずっといいように思われた。

健康体の女性の初潮がそんなに遅いなどということが、あるものなのだろうか。

あたしの乏しい医学知識ではなんとも考えようがなかったが、外見はまったくの女性であっても、生物学的には男として分類されてしまう人、というのがいることは知っている。オリンピックのセックスチェックが廃止された背景にそうした悲劇があったと何かで読んだことがあるが、もともと男と女というのはかなり未分化なものであって、我々が普段そう信じているほどの差異というのはない。両性具有ではなく、外見上はちゃんと女性器だけを持っていて、見た目もごく普通に女性だと判断できるような人が、染色体を調べるとXYであった、ということは、実際にあったことらしい。セックスチェックなどという非人間的なというか、心の問題を無視した方法によって、生まれてからずっと自分は女だと信じていたアイデンティティが否定されてしまう、おまえは男なんだ、と断定されてしまうというのは、どれほどの屈辱であり恐怖であることか。その時のオリンピック選手の気持ちになると、目の前が暗くなるほどのショックを感じてしまう。染色体なんてXYだろうがABCであろうが、日常生活を女性として普通におくれて、なおかつ自分も周囲も自分が女性であることを受け入れて自然に生活できているのであれば、ことさらに生物学的な雄雌の区別などつける必要はないのである。女装して女子の競技に出ていた男がいたから、とかいうのは、つまらない問題である。どんな検査をしたってずるしようとするやつはいるもので、ドーピングに比べたら女装の方がはるかに可愛いやないの、とあたしは思った。

それはともかくとして、しかし染色体がXYだとすれば、いくら外観はまったくの女性であっても、妊娠することはできないだろう。おそらくは排卵もないだろうし、排卵がないということは、月経もないのではないだろうか。無排卵月経というのがあることは知っているが、それは卵管が詰まっているなどの理由で排卵が正常に行われない場合にあることで、そもそも卵子を体内で製造できていないとすれば、初潮前の未成長な女の子同様、月経は起こらないのではないか。

　こうしたことはただの想像であって本当なのかどうかわからないし、第一、明石の君がそれだ、という証拠ももちろんない。ただ、可能性としてあたしは、漠然とつらつら考えていた。また他にも、卵巣が生まれつきない人、というのがいるとも聞いたことがあるし、他にも、月経が一度もない女性というのは結構いるのではないか、と思う。つまり、月経のあるなしと、自分が女であると自覚することとは、本質的には無関係だとあたしには思えるのだ。
　が、この時代の女性にとっては、そんなに単純な問題ではない、ということは理解できた。

　実際にはこの時代、後の時代に比べれば女性が子供を産まないことに対しては寛容である、ということは言える。基本的に、通い婚というシステムによって成り立っている女系社会なので、長男が家督のすべてを独り占めし、家名を守るために命がけになる、というようなことは少ない。むしろ女の子を産んで有力者と縁組する方が家にとってお得、ということも多く、また仮に子供ができなかったとしても、養子縁組がごく頻繁に行われる社会であったため、さほど支障は起きなかった。後になって武家社会が日本全体のシステムの基準になるようになって、嫁して三年子無きは去れ、というような、女性に人格も人権も認めない暴論がまかり通るようになってしまったわけであるが、この時代においては子供を持たない女というのもけっこう大勢いたし、第一、お産そのものが大変な難行であって、それで命を落としてしまう女も多かったのである。体格が極めて貧弱、骨盤も小さく、栄養状態もよくないこの時代の女は、本当に命がけで子供を産んだ。しかし子育てとなると、庶民は別にして貴族の女たちにとってはそれほど重要な事ではなかったとみえ、乳母に任せてしまうのが当たり前である。

そうした案外ドライな面と、それでも大きな苦難の末に産んだ子に対しての当然の執着とが重なって、この時代の母と子の関係というのはなかなかに複雑なのである。しかし、子供を持たない女が人生を悲観しなくてはならないような状況は、そう多くはない。

明石の君の場合、不幸なことに、その、そう多くはないケースにあてはまってしまっていた。明石の入道の野望は、自分の孫娘が帝のご生母となること、つまり、自分の血が帝、天皇家に流れることなのである。この場合、養子を貰えば済むとか済まないとか、そういう次元の話ではもともとないわけだ。大切なのは「血」であって、形ではない。

「どうしても、父に打ち明けることはできませんでした。母は知っています……でも父に知られてはならないと、ずっと母と一緒に芝居を続けて来たのです」

「でもそれは……仕方のないことなのではありませんか？　胡蝶の君さまと契りを結ぶことになったとしても、身の回りのお世話は慣れた者にさせれば……胡蝶の君さまに知られてしまうこともないでしょうし。胡蝶の君さまを騙すような形になるのは心苦しいことではありますが、胡蝶の君さまには……他に女性もおられます。明石の君さまを望まれるのは、お子さまをおつくりになることが目的なのではなく、あくまで、君さまご自身を望まれているわけですから」

「父の夢はどうなります？　父はわたくしが産む娘が帝のご生母になられるのだと、それだけを夢みているのです」

「大変に失礼な言い方になるのはゆるしていただきたいのですが、そんな夢は……身勝手な夢だと思います。明石の君さまのお幸せを本当に願った夢ではないと」

「それはわかっているのです」

明石の君は、あたしの方を振り返って寂しそうに微笑んだ。

「ですが、父は、それがわたくしの幸せでもあると信じております。父はわたくしを本当に大切に育ててくれました。高い教育を受けさせてくれ、贅沢な暮しもさせてくれました。何もかも、都の女性たちにひけをとらせまいとして……身勝手な思い込みをわたしに押し付けているのだと、それは承知していても、だからと言って、父のわたくしに対する愛情がまやかしであるなどとはとても言えないのです」

「普通に月のものがあって、まったくおかしなところのない姫さまでも、お子さまに恵まれずにいる方ならいくらでもございます。父君さまの夢は夢として、明石の君さまの人生はそれだけのものではないのではございませんか。それに、人のからだの不思議のことは、先がどうなるかまるでわからないものでございます。そのうちには月のものも来て、無事にお子さまを授かることだって考えられるではありませんか。そうやって今からくよくよとお悩みになっていたとしても、いたしかたないことなのではありませんか」

明石の君は大きな溜息をひとつついてから頷いて、その場に座り込んだ。あたしは慌てて周囲を見回し、部屋の隅に重ねられていた円座をとって明石の君の前にすべらせた。明石の君は、優雅な仕種で円座の上に腰をのせる。この時代の姫たちは、間違っても「どっこいしょ」などとは口にしない。

「父のことはさておくとしても、わたくしが気乗りしない理由は他にもございます」

あたしは、もうすっかり人生相談おばさんの気分で頷いていた。

「胡蝶の君さまのお噂はこんな田舎まで届いてはおりますが、実際、あの方はどのような方なのでございましょう？」

「どのような、と申しますと？」

「はい……わたくしには理解できないことなのでございます。お噂では、胡蝶の君さまの奥さまはすでにお亡くなりになられたとか」

「はい」

あたしは、あの哀しい山吹の上のことを思いだして沈痛な表情になってしまうのを抑え切れなかった。

「お気の毒なことでございました。突然のご病気で……」

「生霊の祟りだというお話でございますね？」

明石の君は、じっとあたしの顔を注視している。

「藤式部さまの物語にも、そのように書かれているとか」

「いえ、まだその巻は公《おおやけ》にしておられません」

それは本当だった。先帝がなくなり、仕えていた彰子さまが皇太后になられたため、香子さまは物語を宮中に大々的に発表するのはやめてしまっている。問題の「葵」の巻も、彰子さまをおなぐさめするために書かれたもので、まだ世間には公表されていない。自分が悪者になってまで山吹の上の名誉を救おうとした若菜姫のために、いずれは発表することになるのだろうが、今はまだその時期ではないと香子さまは判断されているのだ。が、世間というのはそんなに甘いものではないらしい。すでに、どこからともなく「葵」の内容について漏れ聞いた者が噂を広めてしまっていた。その噂が、こんな地方にまで届いているとは驚きであるが。

「わたしの伝え聞いているところでは、胡蝶の君さまのご正妻さまであられる山吹の上さまは、突然の病でお倒れになり、胡蝶の君さまの心からの看病、様々な加持祈禱のかいもむなしく、お亡くなりになったとのこと。生霊の祟りなどとは……」

「噂に過ぎなかったのだとしても」

明石の君は、袖口で軽く口元をおさえ、これから口にしようとしていることが不穏当な発言になる、ということを暗に示した。

「そうした噂が生まれるというのは……胡蝶の君さまが……女人《にょにん》に対して不誠実な面があるということのあらわれではないのか、と。ああ、お願いでございます、わたくしがこのようなことを申し上げたということは、なにとぞご内聞に」

「もちろん他言はいたしません」

それに、あなたの言う通りだとあたしも思います、と付け加えたかったが、それは我慢した。他人の批判ができるほど自分が異性に対して誠実な人間ではないということは、元の時代でしっかり不倫していたあたしには充分、よくわかっている。


「わたくしは、何も胡蝶の君さまのご正妻になりたいなどと申しているわけではございません。受領の娘の身分でそのようなことを願うのは、分をわきまえない愚行だとそれは重々わかっております。ですが……わたくしは、わたくしの父と母のように、時おりは口でいさかいなどしながらも、ああして二人ひとつ部屋で酒を酌み交わし、気心の知れた会話を楽しんで歳をとる、そんな暮しを望んでおります。過分なことは何ひとつ必要ではございませんが、ただ、慈《いっ》しみ慈しまれて人としての生を終えたいと願っているのです。単に女人に対して気の多い方だというだけでしたらば構わないのです。が、最後まで、心休まる相手として可愛がっていただきたいのです」

なんとまあ。

あたしの知っている源氏物語の明石の君とは、まさに対照的な発想だった。娘の出世のためにハーレムの第四夫人の座に甘んじて、生涯、鬱々と我慢して暮したという明石の君のあの印象とは、目の前にいる生身の女はまるきり違う。そしてこちらの明石の君の方が、ずっとホンモノっぽくてわかりやすい。

彼女はただ、愛されたいのだ。愛されていないのならば都になど行きたくない、そう言っているのだ。

うーん。

こんな素直な気持ち、大切にしてあげたいと同じ女なら誰だって思うよね。あたしも思う。こんな人を、六条院で暮すような運命に追いやるのって、どうなのよ？

と、その時。庭を何かが横切った。何か、白くてふわりとしたものが……

「あら」

明石の君が腰を浮かせる。

「あれは……あかね？」

確かに、女の姿だった。白い衣で頭を被った女が小走りに庭を通り抜けて行ったのだ。

明石の君は声を掛けようかという素振りを見せたが、結局何も言わずにまた座った。

「お屋敷の下女ですか」

あたしが問うと、明石の君はあたしの方を向き、なんとも複雑な微笑みを浮かべる。

「わたくしの……身の回りの世話をしている者なのです」

姫君の身の回りの世話をしているとなれば、下女ということはない。それなりによい家の娘であるはずだった。それが、まるで町中を徘徊する遊女のように、あたりもすっかり暗くなった時刻に歩き回っているとは……？

「海屋敷に行っていたのでしょう」

明石の君が、ぽつりと言う。

「海辺のお屋敷まではどのくらいあるのですか？　こんな時刻に女がひとり往復するのは、危険ではありませんか」

「そうでしょうね」

明石の君の言い方は不思議だった。自分の身の回りの世話をしている女性の話だというのに、まるで他人事である。

「危険は承知しているのでしょう……止めても無駄ですから」

突き放した言い方だった。

あたしが面喰らっているのが伝わったのか、明石の君は少しだけきまり悪そうにからだをよじり、それから、膝であたしの方へとにじり寄った。

「ここまでいろいろとご相談してしまったのも、はずみとはいえ、あなたさまが聞き上手であられたからでしょう。わたくし、誰かに胸の内を聞いていただきたい、ずっとそう思っていたのです」

「わ、わたしのような者でよろしければ……何なりと。決して他言はいたしませんので」

明石の君は頷き、大きくひとつ、また溜息をついた。このひとの溜息は随分と悲しそうで、その吐き出す息の音を聞いているだけで、あたしまで憂鬱な気分になってしまう。

「先ほどの者の名は明子《あきこ》、わたくしの遠縁にあたる佐賀守の娘です。しかしわたくしもこの屋敷の者も、あかねと呼んでおります。夏になると茜色の単衣を好んで着ておりますので……先ほどは顔を隠しておりましたが、明日にはお目にかかることと思います。利発で器量も良く、宮中にあがって女房となって働くことを願っております。こちらの屋敷に来ましたのも、宮中に勤めるために都の風習や言葉を学ぶためでございました」

都会に憧れる田舎の少女。わかり易い構図である。

「この屋敷に来て半年あまり、気もまわりますし骨身惜しまずに動きますし、良い娘だとは思っているのですが……ここ二ヶ月ほど、ああして夜になると屋敷を抜け出し、海屋敷の方へと参るのでございます」

「それでは、お遣いで行かれたのではないのですね」

明石の君は、静かに首を横に振った。

「問いつめてはおりません。しかし、何をしに出掛けているのかは、申し上げるまでもございませんでしょう」

「……まさか」

「ええ、まさか、なのですよ」

明石の君は、ふふ、と笑った。

「胡蝶の君さまは……いつのまにあの子に文をつけたのやら。おそらくは、胡蝶の君さまが父上にご挨拶をなさるためにこの屋敷に来た際、お目にとまったのだと思いますが。それにしても……日も落ちてから、若い娘ひとりを海屋敷まで忍んで来させるというのは……胡蝶の君さまも、あまりに思い遣りのない……」

「で、ですが、それはお確かめになったわけではないのでしょう？　もしかしたら、胡蝶の君さまがお連れになっている従者か誰かとそういうことになっているかも」

「確かめなくてもわかります。あの子は……あかねは、従者などと恋に落ちるような子ではないのです。何がなんでも宮中に勤めて、都人と婚礼をあげたいと強く願っていました。あの子があれほど、道中の危険やわたくしに咎められる恐れもまったく顧みずに通っているからには、相手はあの子の夢を叶えてくれる男性なのでしょう」

「ですが姫さま、このことをお父上さまがお知りになったら」

「父が知ったとて、何も変わりません」

明石の君は、きっぱりと言い放った。

「父は……胡蝶の君さまが多くの女性から想われ、また、そうした女性たちに情けをかけておられることを承知しているのです。たとえ胡蝶の君さまが、あかねとわたくしの両方と逢瀬を重ねることになったとしても、要はわたくしの方が先に娘を産み、その子が入内しさえすればそれで満足するでしょう。もちろん、そんなことはあり得ないのですが」


「明石の君さま」

あたしは思いきって言った。

「明石の君さまは、胡蝶の君さまのお申し出をお受けになることがおいやなのですね？お断りになりたいと思っていらっしゃいますね？」

明石の君は、月の光の中でじっとあたしを見ている。

あたしは一息に言った。

「それでしたら、お断りなさいませ。お父上さまの夢を砕くことになるのはどちらにしても同じではありませんか。お子をもうけることはできないと姫さまがご自分のおからだについて知っていらっしゃるのでしたら、どのみち、お父上さまの念願は叶わないのでございます。それでしたら、添い遂げたいと思う方に添うて一生を終えるのが幸せのはずでございます」

「添い遂げたいと思う方に……」

明石の君は、独り言を呟くように言った。

「本当に、そうでしょうか。添い遂げたいと思う方と添うて生きれば、わたくしは幸せになれるでしょうか」

「はい……そう思います」


明石の君は、もう何も言わなかった。ただ黙って、月の光に照らされた庭を見つめている。また風が吹き上げたのか、ふっとあたりに潮の香がたちこめた。

あたしはしばらくその香りを嗅いでいたが、からだが冷えて来たので立ち上がった。

「あの……それでは、失礼いたします」

あたしが言うと、明石の君が振り向いた。

「お名前を」

「あ、小袖と申します」

「小袖……さま」

「どうか、小袖と呼び捨ててくださいまし」

「小袖」

「はい」

「添い遂げたいと思う人と添うことを禁じられているとしたら……あなたならどうなさいますか？」

「あ」

あたしは、どきりとした。明石の君の口調はあまりにも真剣で、切実だった。いい加滅な答えを返すことなど、とてもできない厳しく重い口調だった。

「ど、努力はすると思います……なんとか、ゆるして貰えるように努力は」

「それでもゆるして貰えなければ？」

あたしは唇を舐めた。明石の君は恋をしているのだ。それも、父親からは絶対にゆるしを得ることができないだろう相手と。

答えるのは簡単だった。あたしなら駆け落ちする。そう、あたしなら、好きな男と手に手をとって逃げるだろう。だがそれは、あたしがこの時代の女ではないから言えることだった。

あたしは黙ったままでいた。口を開く勇気が、どうしても持てなかった。

やがて、明石の君は言った。

「他人《ひと》に訊ねるようなことではありませんでした。ごめんなさい。気にせずにいてくださいな」

そして庭の方に向き直った。

あたしは一礼して部屋を出た。もうそれ以上は、明石の君があたしに何か話してはくれないことを感じたから。

彼女は話し過ぎた。

そして、そのことを後悔しているだろう……おそらく。

4

しかし、結局のところ、明石滞在中にはこれといった事件も起こらず、三日ほど入道の屋敷でもてなされた後、あたしたちは都への帰路についた。

あかね、と呼ばれている侍女の姿は幾度か見かけたが、明石の君の縁続きということもあってか、同じように背が高く現代的な様子の美しい女性だった。形の上とはいえ自分の主人にあたる女性が嫁ごうとしている男と密会していても、罪の意識よりはスリルや興奮を感じてしまう、そんなタイプの女性だと、思おうと思えば思えてしまう雰囲気は確かにあった。が、明石の君自身も何も言わなかったし、翌日からは、あたしに打ち明け話をした時とはまるで別人のように快活に振る舞っていたので、あたしも余計なことは一切口にせず、黙ったままで入道の屋敷を発《た》つことになった。


「入道さまのご相談というのは、どのようなものだったのですか？」

帰りの道中で香子さまに訊ねてみたが、香子さまも首を傾げていた。

「それがねぇ……かいつまんで言えば、あの自慢の娘さんを宮仕えに推薦してくれないか、ということだったんだけど……そんなことならば、手紙だけで充分に用が足りたはずでしょう。どうも、なぜわたしたちが招待されたのか、今ひとつわからないのよね。

まあ推薦するくらいならいくらでもできるので、では正式に宮中でということに決まりましたら、お手紙をくださいとは言っておいたんだけど」

おかしな話だった。明石の入道は、娘を胡蝶の君のもとに嫁がせようと考えていたはずである。それならば、わざわざ香子さまの推薦文をもらって宮仕えに出す必要はない。いくら地方の有力者の娘とはいえ、宮仕えをしていたとなれば、実家にいて人の目にさらされていない姫君よりはかなり格下の存在になってしまう。少なくともこの時代、職業を持つ女性を本当に身分の高い男が妻にすることは、まず、ない。胡蝶の君の正妻ははなから無理としても、第三夫人くらいの座を狙うのであれば、女房として宮中で働くのはまったく得策ではないのだ。その程度のことは誰に言われなくとも、明石の入道ほどの人であればわかっているはずである。

謎は残ったが、旅そのものは楽しかったし、明石の入道もその後特に何も言って来なかったので、あたしも余計なことは考えないと決めた。あの月光の庭を眺めながら姫があたしに語った言葉は、明石の海の潮騒が生んだ幻、あたしの耳が勝手につくりあげた物語だったに違いない。そういうことにとりあえずしてしまおう。あたしはそう思い、あの時のことは香子さまにも黙ったままでいたのである。

＊

都は、胡蝶の君の新しいお屋敷の噂で持ちきりだった。あたしの時代で読んでいた源氏物語のままに、胡蝶の君が六条院を建設したのである。若菜姫のお屋敷だった土地が使われたことから、若菜姫と胡蝶の君が熱烈な恋愛をしていた頃に若菜姫から提供されたという噂もあったが、若菜姫は昨年暮れにたちの悪い風邪にかかって急逝しており、遺言によって姫の住まいが胡蝶の君にのこされた、というのが本当なのだろう。

六条院は、それは壮麗な屋敷であった。その広さだけでも都の貴族の屋敷中では群を抜いて広く、建物も庭も調度品も、すべて最高のものが使われていた。そして、あたしには悪趣味としか思えないのだが、それも歴史的必然というやつなのか、春・夏・秋・冬と四つの御殿をちゃんと備えていて、つまり、少なくとも四人の妻をそこに住まわせる準備は万端、という構えである。が、ひとつあたしの知っている源氏物語と大きく違う点がある。それは、紫の上にあたる女主人が存在していないことだった。

胡蝶の君の正妻であった山吹の上は亡くなっている。四つの御殿のうち、春の御殿は空家である。夏の御殿と秋の御殿には、胡蝶の君が寵愛《ちょうあい》する二人の妻が収まった。あたしの時代に読める源氏物語では、秋の御殿に入ったのは六条の御息所の娘である秋好《あきこのむ》中宮《ちゅうぐう》で、さすがの光源氏も、母親と関係を持ち後見人にまで名指しされた娘、しかも一度は入内して中宮となった高貴な女性を愛人にするほどの度胸はなかっただろうから、四つの御殿がハーレムだと言えば源氏の研究家から文句が来るかも知れない。でも、やっぱりハーレムだよね。少なくともあたしにはそうとしか思えない。肉体関係は持っていなかったとしても、昔の愛人の娘を自分の愛人や妻のそばに住まわせるなんて、どう考えてもコレクターの発想でしょ？　あたしが秋好中宮だったら、母親の愛人だった男なんかのそばに寄るのもイヤだと思うだろう。ましてや、その男の現在の愛人と一緒に暮せなんて、そんなの拷問だ。母親の屋敷だった場所が懐かしくてそこに住んだのだろう、なーんて、都合のいい解釈なんてとってもできやしない。

ま、それに比べれば、胡蝶の君のしたことはもっとシンプルだった。夏と秋の御殿には愛人。春の御殿は、そのうちにどこかものすごく高貴な家からでも、正妻を迎える為に空けておくのだろう。では、冬の御殿は？

さて六条院の西北、冬の御殿にはいったい誰が入るのか。それがまさに、都雀たちにとっては目下のところの最大の関心事であった。

そして、その謎の答えがもたらされた時、あたしはびっくり仰天すると同時に、妙な不安というか胸騒ぎをおぼえた。

なぜならば、西北、冬の御殿に入ったのは、明石の君であった。そして明石の君は、生まれて三ヶ月にもならない女の赤ちゃんを連れていたのである。

5

明石の君に赤ちゃん。

それは、そう不思議なことではないのかも知れない。明石の君は自分を石女だと言っていたが、その根拠というのはただ、月のものがまだ来ていない、初潮を迎えていない、というだけのことだった。逆に考えれば、初潮が遅いだけであって実はまったくの健康体、子供を産むのに何も問題のないからだだった可能性は多々あったのだ。人間の成長速度の個人差というのはとても大きい。二十歳を過ぎて初潮が来たとしても、それだけで病気ということにはならない。

が、いくら自分で自分にそう言い聞かせ、余計なことは考えないようにしようと思っても、胸にわき起こったざわざわとした嫌な感覚はいっこうに消えてくれなかった。それどころか日増しに強くなっていく。

遂に、あたしは好奇心に負けた。

運良く、と言うのか運悪くと言うべきか、六条院には元宮仕えの女房たちがかなりの数、呼び集められて働くことになっていた。そんな中に、あたしと比較的仲のいい女房がひとり混じっていたのである。体調を崩して宮仕えを辞して実家に戻っていたのだが、復調したことを伝え聞いて、六条院からお声がかかったらしい。

このツテを頼らない手はない。どうしても六条院の中が見たいので何とかして欲しいと文を出すと、数日して、明石の君と姫君の到着をお祝いする宴が開かれるので、その手伝いに来たらどうか、と返事があった。まさに願ったり叶ったり。即、文を出し、お祝いの日の前日から、助っ人として六条院へと出向いて行った。

想像以上に素晴らしい屋敷だった。愛人と妻をひとつ屋根の下に住まわせようだなんてなんと趣味の悪い、と、完全に馬鹿にしきって出向いてみたのだが、そのお金のかかっていること、趣味のいいことには圧倒された。しかも、ひとつ屋根の下、などという想像がまったく無意味だったと納得させられてしまったほど、四つの御殿はそれぞれに壮大華麗で、しかも、中庭で繋がっているとはいってもかなりの距離、離れていたのだ。

西北の御殿は、冬の御殿と呼ばれるだけあって、すべてに地味で品よく、ひっそりと造られていた。雪景色の庭を眺めるのに最高であるように配置された、という庭石や松の木のひとつひとつも選び抜かれていて、ここに雪が降ったらそのまま絵葉書の世界だな、と思う。

明石の君はともかく目立たないように引っ越しを済ませたかったらしく、引っ越し完了のお祝いもおおぜいの招待客があるではなく、明石からは入道夫妻が招かれただけ、他には胡蝶の君の関係者数名だけ、という、まことに質素なお祝いの席である。それでも用意された御馳走は大層なもので、舌の肥えた入道夫妻でも充分に満足できるだろう。ちょこっとつまみ食いしてみたけれど、どれもこれも、この時代の食べ物としてはすこぶる美味であった。

しかし、そんなことはどうでもいい。今はともかく、この胸の中でざわざわ、ぞわぞわと蠢《うごめ》いているものがおとなしくなるように、すべてのことを納得したい、それだけが目的なのだ。明石の君とその赤ちゃんとを盗み見て何をどう納得できるのかはあたしにもまるでわからなかったが、一言、ふた言でも明石の君と言葉を交わしあうことができればきっと、わだかまりもなくなってすっきりするだろう。本来ならば、石女だと思い込んでいたのが娘を授かったわけだから、これはとてもとてもおめでたい話、なのである。

あたしは女中頭のような女性に命じられるまま、漆器を磨く仕事に没頭するふりをしつつ、明石の君と話をするチャンスを窺っていた。そのチャンスは意外と早くめぐって来た。祝いの宴の前日ということで緊張しているのか、昼餉をほとんど口にしなかった明石の君に、おやつをお持ちするようにと言いつかったのである。台の上に唐菓子と干した杏をのせて、あたしはしずしずと明石の君の部屋へ向かった。

廊下から声を掛けると、意外と軽やかな返事が聞こえた。膝でにじって部屋の中へと入り、御簾を少しあげ、菓子を差し出す。明石の君は気さくに御簾をはねあげて、円座に座ったままでその手を菓子の方へと伸ばした。あたしはそっと下から見上げるようにして話し掛けた。

「お久しぶりでございます。小袖でございます」

びくっ、と手が止まった。

「……小袖？」

「はい。香子さまのお供をいたしまして、明石に参ったことがございます。大層おもてなしいただき、とても楽しゅうございました」

「あ、ああ」

明石の君が慌てて手をひっこめ、御簾を乱暴に下げた。

「そ、そうでしたわね。元気にしていましたか」

「はい。このたびは本当におめでとうございます。やはりお父上さまの念願は叶いそうでございますね」

「ええ……ごめんなさい、わたくし、少し気分がすぐれません。お菓子はあとでいただきますから、もう下がってちょうだい」

あたしは、お大事になさいませ、と言いながら後じさりして部屋を出た。そして廊下に出た途端に立ち上がり、駆け出していた。


信じられない！

御簾が下げられる前にあたしは確かに見たのだ。明石の君の顔を。いや、そうじゃない。明石の君、と名乗っている女の顔を！

あれは絶対に、あの時の明石の君ではない。月の光の中で見ていたあの顔とも違うし、翌日に何事もなかったかのように快活に振る舞っていたあの顔とも違う。そんな、日によって印象が違うとかいうような程度のものではない。あれは別人だ。別人なのだ。

そう、あの女は……あかね、だ。

あたしは完璧に混乱した。混乱し、取り乱して香子さまのもとへと駆け付けた。そして叫んだ。

「あ、明石の君が殺されてしまいましたっ」と。

＊

当然ながら、早とちりであった。元の時代でサスペンスドラマばかり見ていたので、そういうことを発想してしまったのかも知れない。考えてみれば、本物の明石の君を殺してその代わりとなって胡蝶の君の愛人として暮そうなどと考えても、両親に見られたら一巻の終わりなのである。

だが、明石の君、と名乗って胡蝶の君の妻となったのは、あかねなのである。それだけは間違いない。

あたしは、何もかも細かく香子さまに説明した。こんなわけのわからない事柄をすっきり説明できるとすれば、香子さま以外にはいないだろう。

あたしの話を黙って、とても熱心に聞いていた香子さまは、あたしの話が終わると少しの間、考え込んでいた。それから不意に、言った。

「小袖、あなたは海賊の噂を聞いたことがありますか？」

「はあ？」

あたしは、香子さまの質問の意外さに、思わず間抜けな返事をしてしまった。海賊、と言われてあたしの頭の中に浮かんだのは、時計を呑み込んだワニに食べられそうになっている片腕の海賊、フック船長のヒゲ面だったのだ。

が、さすがに数秒で正気にかえったあたしは、やっと話が呑み込めた。瀬戸内海の海賊。先に大騒動を引き起こした、藤原純友の、あれである。

「あ、はい、水軍の噂でしたら聞いたことがありますけれど。でもそれと明石の君の事件と、いったい何の関係が？」

「関係があるかないかは、明石の入道さまに尋ねてみるしかないでしょうね」

香子さまは立ち上がった。

「両親が娘が替え玉とすり代わっていることを知らないわけがないんですもの、その両親に説明して貰えば何もかもわかるでしょう。ただし、ねえ小袖」

「はい」

「両親はたぶん、わたしにしか本当のことを話してくれないと思うの。あなたはここで待っていて、わたしの報告を聞いてそれで満足してくれる？　もしかしたら、誰にも話さないでと入道さまに口止めされるかも知れない。そうしたら、いくらあなたにでも話すことはできません。でもね、今度のことをここまで調べてくれたのはあなたなのだから、あなたには知る権利がある。話すことはできなくても、あなたが納得できるように必ずしてあげます。それでいいかしら？」

あたしは頷いた。

香子さまのことは信じている。そして、香子さまがあたしが知らない方がいいと判断したことは、あたしは知らない方がいいのだ。たとえどんなに知りたいことであったとしても。

香子さまは出掛けて行った。


あたしは待っていた。

夜になり、月が出た。

あの時に似た明るい月だった。でも、京の都では潮騒は聞こえない。潮の香も嗅ぐことはできない。


明石の君の言葉を、最後の質問を思い出した。


添いとげることを決してゆるされない恋をしてしまったら、あなたならどうするのか。

そう、明石の君はあたしに訊いた。

あたしは答えなかったけれど、心の中に答えは持っていた。

駆け落ちします。

あたしの答えを、彼女は察していたのだろうか。それとも、あたしはそんな答えなど選ばない女だと思ったのだろうか。

……わかった気がした。

いったい何が明石の君の身に起こったのか。決してゆるされることのない恋とは、どんなものだったのか。

海岸で波と戯《たわむ》れている、背の高い姫の幻が頭の中をよぎる。海岸には小舟。小舟には男。

明石の入道は播磨守として、あの海岸一帯を監督していたのだ。そして……蓄財した。誰かと協力して。入道はどうしても娘を入内させたかったのだ。それには財産が必要だった。須磨に流された胡蝶の君を、経済的に支え、その経済力にモノを言わせて都へと復帰させる。そのためにどれだけの財産をつかったのだろう。それだけの財を、どうやって集めたのか。

入道は、報いを受けたのだ。財を得たかわりに、いちばん大切なものを失った。何にも替えがたい宝物を、入道に協力していた誰かに奪われてしまったのだ。

父親は娘の想いを知っていた。決してゆるすことのできない恋について。そして悩んだのだ。なんとかして娘を引き留めたい。こちらの世界、陸の、自分の、普通の世界に留めておきたい。それでわざわざ香子さまを呼んだ。都で評判の物語を書く才女。華やかで知的で優雅な世界の空気をたっぷりと身にまとって都からやって来る客人。娘にそれを見せ、その空気を吸わせてやればあるいは、と……

けれど。

ある月の綺麗な夜、姫は小舟に乗った。

男は沖を目指して舟を漕いだ。沖にはもっと大きな船が待っていた。

都になど行きたくない。そう、彼女は海が好きだったのだ。大好きな海の、その香りと音が。海のない都になど、彼女は絶対に行きたくなかったのだ……

香子さまは、夜も更けてから戻って来た。

あたしはもう、何も聞かなくてもいいような気持ちになっていた。それでも、香子さまが何と言うのか、あたしに何を伝えようとするのか、それだけは聞いてみたかった。

「あのあかねと呼ばれていた娘は」

香子さまは、淡々と言った。

「養子縁組して、入道さまの娘となっていました。ですから、あの姫もまた、明石の君、ということになりますね。胡蝶の君さまは明石の君さまをめとられた。そして姫君をもうけられた。そういうことでした」

あたしは頷いた。別に、それだけでいいと思ったから。

だが、香子さまは、もう少しだけ、あたしに言った。

「入道さまにはもうひとり、姫がいらしたそうです。その姫は、とてもとても海が好きな姫だったのだそうです。そしてある時、波にさらわれてしまったのだそうです。それでも……その姫は幸せだったに違いない、と、お母さまはおっしゃっておいででした」

あたしは、もう一度、海が見たいと思った。

そして潮の香を思いきり吸い込んでみたい、と、切実に思った。

第五章　若紫

1

あたしにも里心はある。そしてあたしの里は、今あたしが眺めている空の下には決して存在していない、遠い未来にある。

タイムスリップとしか説明できない現象に巻き込まれて、平安時代の日本（らしきところ）へとやって来てしまってから、もう随分と日数が経ってしまった。が、あたしにとって、二十一世紀のあの時代のことは、はるかはるか昔、もう数十年は昔の思い出のように感じられる……未来のことが昔の思い出、というのはかなりむちゃくちゃな話なのだが。

実際、この平安時代があの二十一世紀の過去なのかどうかは、かなり疑わしい。細かいところに別の宇宙を思わせる違いがあるのだ。何より顕著なのは、重力の弱さだ。つまり、あたしのからだがやたらと軽いのだ。裸の状態で垂直ジャンプをすると七十センチくらいかるく跳べてしまう。元の世界でのあたしだと、運動不足もあって五十センチどころか三十センチも危ないところだ。だがそうした身の軽さを恩恵と感じるシチュエーションは、この世界ではほとんどない。この世界この時代において、女という生き物は極めて不活発で動きがのろく、ほとんど三つ指ナマケモノといい勝負という感じの存在として位置づけられているのだ。なにしろ、わざわざ裾をふんづけて歩くばかみたいな袴に頭痛がするほど重たい十二単衣を着ているのだから、素早く動けと言われてもなかなか難しい。その上、人前で、立ってずんずん歩くこと自体があまり品のいいこととはされず、家の中では膝をついてずりずりとずって歩けとまで言われてしまうのだから、かなり辛い。

それでも、あたしはかなり運がいい方だったのだ。あたしの上司であり保護者でもある香子さまは、この時代の女性としてはものすごく活発で活動的な人であって、あたしのおてんばなどまったく気にしないでいてくれた。もし香子さまがこの時代の女性一般に美徳とされる、慎ましやかでおとなしい女であったとしたら、あたしなんかを可愛がってくれたとは思えない。

もっとも香子さまは、世間と折り合いをつけるということにも長《た》けた人である。宮中で大評判になっている香子さまの長編小説、源氏物語では、ちょっとおきゃんな女性を、少しはしたない、などとこそっと非難したりして、保身にも抜かりはない。そうでもして悪い評判がたたないようにしなければ、宮中で仕事をし続けることは難しい。宮中というところは、つまらないことで中傷されて落ち度もないのにクビになった女房など枚挙にいとまがない、なかなか陰湿な世界でもあるのだ。あたしはせいぜい、香子さまの足を引っ張ることがないように気をつけて生活するしかないのだが、それでも、この時代の倫理観や常識に慣れるのは難しい。

あたしの知っている源氏物語、つまり、元いた世界で現代語訳で読んだ範囲での話だが、その中でいちばんゆるせない、と言うか理解できない話というのは、紫の上と光源氏の関係だ。

物心つかない幼い女の子を保護者として引き取って、遊び相手をしてやって、幼心にしっかりと「いいおじさん」という刷り込みを行っておいてから、成長するやいなやおもむろに寝床に引っ張りこんで愛人にしてしまう、というのは、なんとも虫酸《むしず》が走る身勝手で気持ちの悪いオヤジ行動ではないのか。第一、フェアでない。恋愛というのは、対等な人間関係の中で生まれるからこそ、実りもあり幸せもある。どちらか一方が圧倒的に優位な立場で、しかも異性として恋愛感情が育つ前に肉体関係を結んでしまい、従属させてしまうとすれば、それは性的な奴隷とどう違うのか。

と、紫の上という架空の女に対して、あたしはひどく厳しい偏見を抱いていた。賢女、理想の妻として源氏物語の中では特別な位置に置かれている女性なのだが、あたしに言わせると、ロリコンのスケベ親父にまんまと騙されて愛人にされた哀れな女、しかもそのスケベ親父は浮気のし放題だったという何とも救いがたい境遇の女、でしかなかったのだ。だから、作者の紫式部が紫の上を自分の分身のように描いていた、という説は、少なくともこの時代、この世界では嘘である、と断定できる。香子さまは、紫の上みたいに馬鹿な女じゃない。

長い前振りになった。

要するに、あたしは今日、香子さまのお伴で岩倉の山の中を歩いている。実は、香子さまは「若紫」にあたる部分の物語をすでに書きあげていて、その若紫のモデルになったという女性の病気見舞いに行くのである。

岩倉は、現代、つまりあたしが元いた世界、時代にあっては、特に遠いところという印象はない。京都市の中心部からは北東に位置し、上高野《かみたかの》をさらに北へと進んで、京都を取り囲む山の縁、袋小路のようになった一角が岩倉だ。取り囲む山々の襞《ひだ》には何本か道もあって、鞍馬や八瀬《やせ》などに抜けることもできるのだが、印象としては突き当たりというか、市街地のはずれ、という感じだろうか。いずれにしても、あたしの抱くイメージでは岩倉は平地で、住宅と畑が混在するのんびりとした郊外の町、なのだ。

が、今、あたしはむくみはじめた足を引きずり、山道を汗だくで登っていた。あたしの前には、軽やかな足取りで香子さまがずんずんと歩いている。

　二人とも、足には鹿の皮をまきつけて山道でもすべらないようにしてはいるが、小石を踏むたびに足の裏が痛み、赤土にすべって尻餅をつき、もうさんざんなのだ。これがあの岩倉か、と思うほど、そのあたりはすっかり山の中だった。こんな不便なところに寺などあるのだろうか、香子さまは道に迷ったんじゃないのかしら、とさっきから不安でたまらないのだが、この時代の人というのは地図も方位磁石も持たないのに滅多に道に迷わない。太陽の位置や山の形、風の吹く方向、月の高さなど、周囲の自然すべてから的確に情報を得て正しい方角を探り当てる達人なのだ。便利な道具に囲まれてしまうと人間の能力は退化する、というのがよく理解できる。

「小袖、大丈夫？」

　香子さまが振り返って笑った。

「あなたは身軽な割に足が弱いのね。もう少しからだを動かさないといけませんね」

「すみません」

「もうちょっとだから頑張りなさい。この道を登りきったところに紫雲寺がありますから」

　この道を登りきったところ……あたしは坂の上を見上げてくらっとした。

　それでも、気絶する寸前で峠を越え、あとは少しくだりになってすぐに、山道から脇にそれる細い道が姿をあらわした。林の中を続くその小道を歩いて行くと視界が開け、寺らしき建物が不意打ちのように目の前にあった。思っていたよりも大きな寺で、格式も高そうだ。だが近づいてみればその荒れようが嫌でも目について、今は世間から忘れられた寺になっているのだな、とわかる。

電話などというもののない時代なので、あらかじめ手紙で訪問は知らせてあった。が、香子さまが門をくぐって中へと入って行っても出迎えの者は現れなかった。香子さまは気にするふうもなく、手招きしてあたしを呼び、寺の裏手へとまわりこんだ。寺の裏手は鬱蒼《うつそう》とした杉林が続いているが、杉林に入る手前は空き地になっていて、そこに人がいた。初老の痩せた女性は尼僧だろう。この寺の住職だろうか。その女性と、何かを見ながら笑っているのは、切りそろえた前髪が可愛らしい少女だった。この時代の人はみな小柄で年齢不詳なところがあるが、この少女はたぶん、七、八歳だろうか。もう少し大きいかも知れない。

香子さまは遠慮なく二人に近づいて行った。それでも二人は何かに夢中になっている。あたしもそばに近づいて、二人が覗《のぞ》きこんでいるものを見た。それは蝉《せみ》の抜け殻《がら》だった。土をかぶっていて灰色をした、小さな抜け殻だ。少女が掌に載せた抜け殻を、初老の尼僧に自慢しているのだった。

「あらあら、立派な殻ね」

香子さまが声をかけると、やっと二人は顔をあげ、驚いた顔になった。

「香子さま、あらまあ、いついらしたのです?」

「先ほどからおりましたよ。明雲尼《みょううんに》さまも小紫《こむらさき》も、すっかり蝉に夢中で、邪魔をしては申し訳ないと、そっと参りました。これが小袖です。いつぞや、手紙でお話しいたしましたね」

「あらあら」

明雲尼はあたしの方を見て、あたしの顔を覗き込むようにしてからにっこりと笑った。

「……なるほど、とても賢そうな顔をしておる。この者ならば、秘密を打ち明けてもめったなことはありませんでしょう」

「小袖のことは信頼していただいて大丈夫でございます。もともと口の堅い子ですし、何と言っても、この子自身の身にも関わる問題ですからね」

あたしは、香子さまが何の話をしているのかわからずに、目をぱちくりさせた。だが香子さまは何も説明してくれなかった。

「さて小袖、わたくしは明雲尼さまと内密の相談があります。あなたは小紫の相手をしてあげなさい」

「は、はい。でもあの、ご病気の姫君のお見舞いは……」

「ですから、お見舞いとして遊んであげればいいのですよ。病気なのは小紫なのですから」

香子さまは、どこか意味深長な笑顔を少女の方に向けた。少女はそれを受けるようにして、にっ、と口元に笑いを浮かべた。なぜかあたしは、その笑いにぞっとした。それは少女の微笑みではなかった……まるで、ひねた三十女の皮肉な笑いのようだったのだ。

香子さまと尼僧は、そんなあたしの不安な気持ちなど一向に気にかけず、すたすたと本堂の方へと行ってしまった。確かに「若紫」に初登場する紫の上はまだ幼い少女である。光源氏の変態チックなお眼鏡にかなってしまったのは、光源氏の恋愛観の原点であった義母・藤壺の女御にその少女がよく似ていたから、ということになっている。が、香子さまは、今日病気見舞するモデルが子供だという口ぶりではなかった。まるであたしより年上の女性について話しているような印象だったので、今の今まで、若紫のモデルとは言ってもそれは幼い頃の面影をモデルにしたという意味で、すでに大人の女になっているのだろうと思っていたのだ。が、ここにいるのはまさしく幼女。あたしはどうしていいかわからずに、とりあえず少女に向かって微笑んでみた。だが見事に無視されてた。少女はあたしなどそこにいないという顔で、掌の上の蟬の抜け殻に視線を戻してしまった。

「あ、あのう」

あたしはかなりむかつきながらも、そっと声を掛けてみた。少女は顔もあげずに言った。

「完璧よ。脚が一本も欠けてない」

こら、昆虫少女。まがりなりにも年上の者が話し掛けようとしているというのに、ちょっとは愛想というものを見せたらどうなのよ。それとも、下っ端の女房なんかとまともに口をきく必要はないと思えるほど、この少女は身分が高い人なのだろうか。しかしさっき、香子さまは少女を呼び捨てにしていた。香子さまは、宮中ではさほど高い位の女性ではないし、ご実家もそれほどの名家ではない。その香子さまがためらわずに呼び捨てにしていたわけだから、この子もそんなに身分の高いお姫さまではないはずなのだが。

「これでコレクションがすべて揃ったわ。平安時代に何種類の蝉がいたのか、戻ってから完全な論文が書ける」

あたしは、固まった。

コレクション。確かに今、この子はそう言ったのだ。コレクションというのは、どう聞いても英語だった。しかも、平安時代という言葉。そんなもの、ず――――っと後世になって作り出された言葉であって、この時代の人々が自分たちを平安時代の人々だとは夢にも思ってやしないはずなのだ。

「あ、あの」

あたしはすっかりしどろもどろになりながら、思わず、少女の袖を摑んでいた。

「ま、まさか、あなたも……タイムスリップを！」

少女はやっと顔をあたしの方に向けた。

「……そう。あなたなのね。おばあさまから、わたしと同じような人が見つかったと聞いていたけれど」

「おばあさま？」

「明雲尼のこと。いちおうね、わたしの祖母ってことになっているらしいわ。この時代の、この肉体の持ち主である小紫の、って意味だけど」

　少女はものすごく老けた苦笑いをした。

「あなたはいいわよね、元のあなたとその肉体、そんなにかけ離れていないみたいじゃない？　小袖ってこの時代では、十七、八？」

「この時代に来た時は、数え歳で十八でした」

「で、中身は？　あなたの本当の年齢は？」

「二十……四です」

あたしは咄嗟にサバをよんだ。少女……どうも中身はおばさんくさいその女がつっこまなかったのでちょっとホッとする。

「わたしのこのからだを見てちょうだい。この子、まだ数えでやっと十歳、満で言えば九歳にしかならないのよ。冗談にしても笑えないわよ、わたしの娘は向こうの世界でもう十四になるんだから」

　少女……おばさんは肩をすくめた。なるほど、ではこのひとは少なく見積もっても四十に手が届くところ、多く見積もればその一段階上、という可能性もあるわけだ。それでは、少女というにはひね過ぎていても無理はないかも。

「娘さんがいらっしゃるんですか」

あたしはなんとか、その女性がいつの時代から来たどんな人なのか知りたいと思った。

「十四歳というと、中学生ですね」

「ええ」

あっさりと女性は答えた。あたしは心臓がどくどく打つのを感じた。この人は、少なくとも、十四歳が中学生である時代、つまり戦後の新制度が発足してからの時代から来た人、あたしの同時代人なんだ！

女性はあたしの顔に喜びを見てとったらしい。ふっ、と顔をなごませて頷いた。

「なるほど、そうよね。もしかしたらわたしは明治時代の女かも知れないし、未来のおばさんかも知れないいんだものね。安心していいわよ、わたしはあなたと、まったく同じ時代からここに来た人間よ。名前は……元の世界での名前は、楢山洋子。ナラは仏像のあるところじゃなくて、木ヘンのね、植物の楢。洋子は、太平洋の洋子。一九五八年生まれの四十六歳、一男一女の母親でバツ一未再婚、長男は十六歳の高校一年生、長女は中学二年生。東亜学園大学ってとこで、文化人類学の講師をやってる、いえ、やってたわ。どう、あなたの同時代人だってこと、信じられた？」

あたしは頷く間もなく、洋子に抱きついていた。そして、自分でも思いがけなかったことに、洋子の小さな肩に顔をあずけてわんわんと泣き出した。

洋子はしばらく、あたしの背中をとんとんと叩いていてくれた。やがて、あたしが少し落ち着くと、優しい声で言った。

「ひとりで心細かったのね。わかるわ。わたしだって最初はもう、何がなんだかわからなくて、気が狂いそうだった。ううん、狂っちゃったと思っていた。なにしろわたしの場合、肉体がこれでしょ。まともに歳相応の口をきいただけでもバケモノと思われる有様だったから。とにかく生き延びないことにはどうしようもないと思って、娘が小さかった時のことを必死で思い出して子供のふりをしていたけれど、まあある意味、それで幸運だったのかも知れない。この時代の風俗や習慣について無知でも、子供のすることは大目にみて貰えたものね。あなたはどうだったの？　十七、八にもなっていたら、この時代の常識を知らないと奇異な目で見られたんじゃない？」

「あ、あたしは、雷に撃たれたんです。あたしも、この時代の小袖さんも。そ、それで、変なことがあっても、雷に撃たれた後遺症だと思って貰えたみたいで」

「ああ、やっぱりそうなの。いずれにしても、頭がおかしいと思われて隔離されなくて良かったわね、わたしたち」

「香子さまが庇《かば》ってくださいました」

「保護者にも恵まれたのね。わたしはそうもいかなくて、あまり頓珍漢《とんちんかん》なことばかりしていたので、このお寺に帰されてしまったわ」

洋子はクスクスと笑った。

「まったくこの時代の男のロリコンぶりには呆れるわよね。小紫は、たった六歳で見初《みそ》められて、嫁入りの準備に貴族の屋敷に預けられていたのよ。そこの養女になって身分を高くしてから嫁ぐんですって。でもまだ見ての通り、前髪も下がったままなのに。たて前としては十三まで結婚はしなくていいらしいけど、相手の男はちょくちょくやって来てはもの欲しげな目つきで見ていたから、たぶん、あと二、三年もしたら犯されてしまうんでしょうね。平安時代からこれだもの、二十一世紀になっても日本の男が、世界中で子供の肉体を金で買って顰蹙もんになってるのも無理ないのかもね。きっと、民族的に男はロリコンになる血かなんか、流れてるのよ」

「迷惑な血ですね」

「まったく。この国が女にとってものすごく住みにくい国になったのもわかるわ。男どもが、女に対して大人になることを望まないんだから、ね。二十一世紀になってもそうでしょう。顔と頭の中身が幼稚園児で胸ばかりでかい女、ってのが、日本の男半分以上の理想なのよ。それでいて、結婚するなら万事そつがない賢い女がいい、なんて矛盾したこと考えていてね、だけど逆らわれると腹をたてる。要は、自分と対等な人間とひとつ屋根の下で暮す知恵も度胸も才覚もない、それが日本の男の姿なのね。この時代の貴族の男の方が、その点はまだ素直かも知れない。通い婚だなんて、まったく男には都合のいい制度でしょう？　はっきり言って、飽きたらほったらかせばいいんだから。家も財産も妻の実家頼み、自分は出世して身分を上げることだけ考えていればいい。一緒に暮すための努力は一切しなくていいのよ。でも貞操観念が曖昧だった分、まだしもこの時代の女は自由だわね。これが武士の世の中になっちゃって、女も自分の所有物って考え方が浸透して自分の家の中で妻を飼うようになると、いよいよ人権もへったくれもなくなっちゃうのよ」

洋子の男に対する罵倒《ばとう》はとどまるところを知らない。バツ一で未再婚だと言っていたが、よほど腹に据《す》えかねる体験をしているのかも知れない。洋子の説にはうなずけることも多いし、あたしだって日本の男に言ってやりたいことは百や二百は持っていたが、今はそれよりもっと重要な問題があった。

「あの、榕山さん」

「ってわかる？　だから男ってのは……え？　なに？」

「あたしたち……どうしてこんなことになっちゃったんでしょうか」

あまりにストレートな質問だったかな、と少し反省したが、洋子はまじめな顔をしていた。

「……正確には、わからない。わたしも随分考えて考えてんだけど、ね。でも……小紫のことを知るにつれて、もしかしたら、と思ったことはあるわ」

洋子はそこで、小さな溜息をついた。

「小紫は、香子さまにとって姪にあたる子なの。香子さまの、ご病気で亡くなられたお姉さまの子よ。そして明雲尼さまは、そのお姉さまの嫁ぎ先のお姑《しゅうとめ》さんだった人。お姉さまとその旦那さん、つまり明雲尼さまの息子さんは、流行り病で亡くなって、明雲尼さまのご亭主も、親戚の人々も、みんな同じ流行り病で死んじゃったの。たぶん、コレラね。あなたも見たでしょう、都とか言われていても、この町の不潔なこと。水洗トイレって言っても屋敷に引き込んだ小川に直接垂れ流しですものね、それだって備えのない屋敷の方が多いし。飛鳥時代の都だった明日香村にはね、町の真ん中に巨大な人工の池があったことが判ってるけど、それは下水施設だったとも言われてる。飛鳥の都はこの京の都より、環境対策が整っていたのかしらね。いずれにしても、夏になれば必ずコレラとか赤痢でたくさんの人が死ぬわ。あなたもわたしも、この環境にお腹が慣れてなくて、この時代の人たちより腸内細菌が少ないんだから、気をつけないとね」

洋子の話はほっておくと脱線する。が、あたしは余計な口は挟まなかった。洋子が何か、話しにくいけれど話さなくてはならない、と感じていることを喉元にため込んでいる、というのが何となくわかったのだ。

「とにかく、明雲尼さまと小紫だけが生き残って、明雲尼さまは一族の菩提《ぼだい》を弔うために出家して尼になり、この山寺で暮すようになったの。それが四年ほど前のことらしいわ。それで小紫もここで祖母に育てられてすくすく育っていたわけだけど、一年ちょっと経ったころ、野遊びに来た左大臣の息子が水を飲みにこの寺に寄って、小紫を見初めちゃったわけ。それですぐにも連れて帰ると騒いだのをなんとかなだめて、香子さまの親戚筋にあたる藤原家のさる貴族の家に、行儀見習いとして預けられることになった。

なにしろまだ、あんまり幼いでしょう、結婚なんてこと説明したって漠然としていてわけがわからないでしょうし、左大臣の息子ってのは真正のロリらしくてさ、ほっといたら初潮も来てない子に悪さをしかねない勢いだったらしいのよ。明雲尼さまとしては、左大臣一族に逆らうことなんてできやしない、せめて小紫に初潮が来るまでは守ってやりたい、そういう気持ちだったのでしょうね」

「なんだか……ひどい話ですね」

「この時代には珍しいことでもないわ。まあね、さっきは日本の男が異常だって言ったけど、世界的にも貴族ってのはロリの異常性愛者が多いのよ。ルイ王朝時代だって、十一やそこらで結婚させられたお姫さまの例はあるわ。それを苦にして自殺した子もいた。政略結婚の場合、本人の意思を無視しやすい子供の方が便利だ、ってことかも知れないけどね。いずれにしても、小紫はわけもわからないままに他人の屋敷に預けられて、遊びたい盛りなのにろくに外にも出してもらえず、軟禁状態で字の練習だとか和歌の勉強なんかをさせられていたの。……きっと、さびしくて辛くて、ここに帰りたかったでしょうね」

洋子はもう一度、今度は深く、長く溜息をついた。

「さっき言ったでしょう、わたしたちがこんなことになった理由というか原因というか、ちょっと心当たりがある、って。どうもね……メンタルな部分でのシンクロが関係してるんじゃないか、という気がするの」

「メンタルな部分での、シンクロ？」

「そう。つまり……この時代に貴族の屋敷に軟禁されていた小紫と、二十一世紀にいたわたしとが、精神的に似たような状態だったのじゃないか。小紫のことをいろいろ知るに従って、そう確信して来たの」

「でも楢山さん、小紫はまだ子供で……」

「年齢の差なんて、人間としての本質の差にはならないわ。悩みの種類は違っていても、絶望の深さは同じだってこともあるのよ」

あたしは、絶望、という言葉にどきりとした。絶望。

まだほんの子供、小学生になるかならないかの女の子でも、絶望、という感情にとらわれることがあるのだろうか。

そして……この、見た目はともかく、口から発せられる言葉だけ聞いていればおよそ絶望などとは無縁そうな、ものすごく強い女であるようにしか思えない洋子もまた、絶望、という感情を抱いていた、ということなのか？

洋子は、そんなあたしの心の中を見すかしたように、微笑んだ。

「似合わないでしょ？　実際、似合わないわよね。今になってわたしにもよくわかった。わたしって人間は、自殺なんて考えるタイプじゃなかったんだ、ってね」

あたしは言葉を呑み込んだ。

洋子は切りそろえた前髪の奥から、幼女の顔にはあまりにも不釣り合いな憂いのある深いまなざしを向けた。

「……身の上話なんてするのは嫌いなんだけどね……人の噂話は好きなんだけど、自分のことは話したくない。わたしって、そういう性格の悪い人間なのよ。まあでも、あなたもわたしの歳まで生きればね、人生のいろんな局面を体験して、小ずるくもなるわよ。でも、今は身の上話も重要な情報だからね、鬱陶しいかも知れないけど、聞いてちょうだい」

あたしは黙って頷いた。

香子さまと明雲尼の気配は完全に消えている。本堂の奥でどんな相談をしているのだろうか。

蟬の声が甲高く空気を震わせているが、あまりにも単調に同じ音を繰り返すので、次第に聴覚が蟬の声を認識しなくなっていった。

「大学を出て、まだ大学院に在学していた時に恋愛してね、他の大学の院生だった男と学生結婚。無謀と言えば無謀なんだけど、ふたりともアルバイトで塾の講師をしていたから、収入はけっこうあったのよ。二人の分を合わせたら、サラリーマンひとり分くらいになった。だから不安は感じてなかったの。そのうち夫も院を出て企業に就職したし。わたしは大学に残りたかったから就職はしないで、オーバードクターとして研究室にいたの。塾の仕事は続けていたから、経済的には何の問題もなかった。そのうちにやっと講師の口が見つかって、大学で仕事ができるようになった。それからの数年間は、夢中で仕事していてあっという間に過ぎたわ。自分のことで目一杯で、夫が会社で何をやっているのか気にする余裕もなかった。けれど夫は順調に昇給していたし、二人で働くようになって経済的にもゆとりがあったし、それでいいんだ、と思っていた。でも、妊娠については考えが甘かった。子供はまだ欲しくなかったから避妊はしていたんだけど、できる時にはできちゃうものなのよね。妊娠したとわかったのは二十九の時で、あたしはすごく産みたくなっちゃったし、夫も反対はしなかったのよ。むしろ喜んでいるみたいに見えた。育児休暇は三ヶ月しかとらなかったわ。当時はそれが普通だったし。赤ん坊が生まれてしばらくはてんてこまいだったけど、子育てってそれなりに刺激的で面白いこともあるの。三ヶ月はあっという間に過ぎて、わたしは仕事に復帰。自分が甘かったとわかったのはそれからだった。保育園に預けている子供を迎えに行く、たったそれだけのことがどれだけ難しいことだったか。夫はすっかり会社人間になっていて、仕事を切り上げて子供を迎えに行くなんてこと、絶対にしてくれなかった。保育園のお迎えをするには大学を五時には出ないとならない。つまり、遅い時間の講義が担当できなくなった。そのことで大学の中でも、居心地の悪い思いをたびたびして、当たり前のことなんだけど、夫に対して腹がたって仕方なかった。妊娠前には准教授に昇格する話も出ていたのに、子供のお迎えで講義が持てないなんて言ったもんだから、完全に立ち消え。

それだけじゃなくてね、一歳未満の子供って、本当によく病気をするのよ。母親から受け継いだ免疫が切れると、次から次へと病気をもらって来る。そうやって次第に免疫ができて強く育つわけだけど、免疫ができるまではたまったもんじゃないのよ。だって週に一度は保育園を休まないとならないんだもの。前の風邪が治ったと思ったらまたすぐ次の風邪をひいて、突発性発疹だ水疱瘡《みずぼうそう》だ、なんだかんだとかかっては一週間も保育園に行かれない。いったいどうすればいいの？　わたしたち夫婦は二人とも田舎出で、親も親戚も東京にはいない。夫は、子供のことで一ヶ月に一度会社を休むだけで文句たらたら。結局はわたしが仕事を休むしかない。だけどわたしだって、給料を貰って働いているのよ、そうそう休むわけにはいかないでしょ？」

洋子は、一気に喋ってから、ころころと笑った。

「聞いていて呆れない？」

「あ、呆れるなんて、そんな」

「わたしなら呆れるわね、他人からこんな話を聞かされたら」

洋子は、この時代に幼女の肉体で生き抜くためのテクニックなのか、妙に幼い仕種で空を見上げた。

「ちゃんと考えていれば、充分に予想できた結末なのよ。何もかも、すべて、ね。夫が会社人間に変わってしまったのは、妊娠してからじゃなくてそのず‐っと前からだった。男は自分で子供を産むわけじゃないから、お腹も痛くないし腰がはずれるような思いもしないで済む。生まれた子を見せられていきなり父親らしくしろと言われても、実感が湧かずにできない奴の方が多いでしょう。そんなことも、普通に考えたら想像がついたはず。だから、夫が子育てに協力してくれないかも知れない、という可能性は、大いにあったわけ。なのにわたしは、そんなことまったく無視して、ただ本能的に子供が産みたいと思ったから産んでしまった。それで現実と直面してから慌てて夫をなじったところで、そう簡単に改心なんかしてくれっこないものね。要するに、わたしの考えが足りなかったのよね、すべてにおいて。でももちろん、どちらが悪いかって話をするなら、わたしは今でも、夫の方が罪は重かったと思ってる。妊娠は女だけじゃできないのよ。産んだ実感がないからって、責任から逃れることはゆるされないわ。ただ、ああいう問題はね、どっちが悪いかと言い合っていても何も解決しないし、子供は生きているんだから、いいの悪いの言うよりまず、食べさせて寝かせてお風呂に入れて遊んで、世話をしないことにはどうしようもない。結局、わたしはそうするしかなくて、大学を退職したの。保育園に子供を迎えに行ったり、夜まで預かってくれる育児ママさんみたいなのもあったんだけど、とても高いのよ。一ヶ月そうした人たちにお世話になったら、わたしの給料なんてきれいに飛んでしまうの。夫は、なんでタダ働きしてまで子供を他人に任せないとならないんだ、それならおまえが仕事なんかやめて主婦になればいいだろう、そう言って認めてくれなかったし」

「それじゃ、楢山さんだけが仕事を諦めたわけですか」

「ええ。夫にその気はまったくなかったもの。それにその段階ではまだ、離婚したいと思うほど夫を憎んではいなかった。自分が我慢して仕事を諦めればなんとかなる、そう信じていたのよ、わたし。専業主婦になって、他にすることもないからわたしは子育てに熱中した。そうこうするうちに、一年後に二人目を妊娠、ずるずるとそのまま出産して、はっと気がつくと、子供たちは幼稚園を卒園して小学生になっていた。そして夫は相変わらず会社人間で、わたしは心の中にいつも不満をくすぶらせている、口うるさい中年女になっちゃってた。そんな時にね、大学でお世話になった教授から、仕事に戻らないかとお誘いが来たの。長男が小学四年生、長女も二年生。鍵っ子にするのは少し可哀想かな、とも思ったけど、フルタイムじゃなくて週に三日程度ならなんとかなるんじゃないか。わたしはその話に飛びついて仕事を再開したの。で、夫とはものすごい喧嘩になった……わかっていたのよ、夫が反対するだろうってことは。わかっていたけれど、もうその時には、自分を殺して子育てだけしている日々にとことん嫌気がさしていて、仕事を始めなければ気が狂うんじゃないか、というくらい、精神的に追い詰められていたの。だから反対されても引き下がるつもりはなかったわ。夫は怒り、わたしも怒り、二人は口もきかなくなった。でも、わたしはむしろ、それでさばさばしている自分に気づいていた。わたしは……知っていたのよ。夫に愛人がいることを、ずっと前から知っていた。ちゃんと気がついてた。でも、小さな子供を二人もかかえて離婚したら、どうやって生きていけばいいのかわからない。それでずっと、気づかないふりを続けていた。

仕事をはじめたのは、決着をつける為だった。そしてわたしは……決着をつけたわ。仕事を再開して一年ほどして、子供たちもわたしの不在に慣れ、仕事をしていく自信も取り戻したところで、わたしのほうから離婚を切り出した」

洋子が見上げている空には、白い雲が二つ、のんびりと浮いていた。

「なんだか、あまりにもよくある話でさ、こうやって話してみると笑っちゃいそうだわ。だけどけっこう苦しかったのよ。子供たちに離婚のこと説明するのはね……子供たちはわかってくれた。少なくとも、表面的にはそう思えた。それで、わたしはバツ一になって子供と三人で生活していたの。今から一年前のあの日までは」

2

いつのまにか蟬が鳴きやんでいた。杉林から涼風が吹いて来て頰を撫《な》でる。歩いて来て汗だくになっていたからだも、ちょうどいい加減に冷えて、あたしは気持ちを落ち着けて洋子の言葉に耳を傾けた。

「ちょうど一年前頃だった。離婚の時の約束で、月に一度は子供たちが父親と過ごす週末があったの。もっとも、忙しい男だから、実際に子供たちが元夫の家で過ごすのは、数ヶ月に一度くらいだったけれど。夫は数年前に、愛人だった女と再婚していた。相手の女は気立てのいい人みたいで、子供たちが遊びに行っても邪険にされるということはなかったみたい。だからわたしも心配したことはないの。けれどそれが……落とし穴だった。週末が終わって日曜日の夜、元夫のところから戻って来た長男が言ったの……俺、親父のとこで暮してもいい？……って」

洋子が苦しそうな息をついだ。あたしは呼吸するのも悪い気がしてからだを縮めていた。

「無念、という言葉の意味を、四十五になってはじめて知ったわ。夫はエリートサラリーマンの道を突き進んで、今は一部上場企業の部長になっているの。五十前で部長というのはとても早いのよ。重役の目もあるんですって。そんなこと、わたしにとっては何の関係もないことだったんだけど……子供たちにとっては違っていたのね。長男は医学部に進学したいらしいの。長女もアメリカ留学が夢。わたしは……ただの講師。この先出世できたとしても准教授がいいところよね。いったいどうやったら、息子を医学部に進学させることができるの？　アメリカ留学の費用なんて、どうやって作ったらいいの？　元夫はそういうことすべて計算済みで、子供たちを懐柔《かいじゅう》してしまったのよ。もちろんわたしは怒りくるって元夫に電話した。あの男はしゃあしゃあと言ったわ。君の気持ちはわかるけど、子供たちの将来の為に、現実的に考えてくれないだろうか、ですって。君の気持ちはわかる？　いったい何がわかるって言うのよ！　あの男はね、長男が生まれてから一度も育児に協力したことなんてなかった。子供を育てる上でいちばん手間も体力もかかる時期には、愛人とのうのうと暮していて、何ひとつとして父親らしいことなんてしなかった男なのよ！　それなのに、もう手もかからなくなって、これからは親の手助けもしてくれるだろう、ってとこまで大きくなってからいきなり現れて、経済力にものを言わせてわたしから子供を取り上げるつもりなのよ！　わたしの剣幕に白状したけど、再婚した女は不妊症だったの。もう自分の子供は持てないんだ、そう思って、急にわたしのところに残して、いいえ、捨てて来た子供が惜しくなったのよ！　どうして、どうしてそんなことができるの？　いったいなぜ、そんなことしようなんて思えるの？……殺意って、簡単に芽生えるものなんだなあ、って、その時、思った。そうわたし……元夫を本気で殺したいと思ったのよ。そのくらい憎んだ。人をこんなに憎んだのははじめて。あの夜……わたし、夜中にひとりでお酒を飲んでね、マンションを抜け出してふらふらと歩いていた。もう夜だったのに、雷鳴が轟《とどろ》いていたのよ。真っ暗な空のどこか遠いところで。わかる？　雷鳴、よ」

「そ、それじゃ……楢山さんも？」

洋子は頷いた。

「最後に憶えているのは、頭の中いっぱいにバリバリというものすごい音が広がった、そのことだけ。意識を取り戻した時、わたしは寝かされていて、周囲に心配そうな人の顔がたくさん見えた。そして驚愕の事実がわかったのはそれからしばらくしてからよ。わたしは……なんとまあ、こんな子供の姿になっちゃってた！　いい？　ここが大事なのよ。わたしは絶望し、激しく人を憎みながら雷に撃たれたの。誰かを殺したい、そういう気持ちと、自分が消えてしまいたいという気持ちとが、その時、確かに混ざりあっていたと思う。わたしの心は負の感情で満杯になっていた。そして落雷。激しい衝撃。この二つがキーワードだとわたしは考えたの」

「負の感情と落雷」

「ええ。一年前にこの時代に来てしまって以来、わたしは何とかして生き延びることだけ考えて来たわ。あなたのことを知っていたらもっと前に具体的な行動に出ていたでしょうけれど、なにしろ、孤立無援だと思い込んでいたので、周囲の人々から危害をくわえられないで済むように生きることだけで精一杯だった。それでもわたしの態度はやっぱり、かなりおかしかったと見えて、二ヶ月ほど前にこの寺に帰されたの。左大臣の息子はまだ諦めてはいないらしい。今は病気なので寺で静養させるけれど、体調が戻ったら予定通り妻にする、と言って来た。まったくしつこい男よね」

洋子はやっと、おだやかな表情になった。

「わたしにしてみたら、ここに来られて本当に幸運だったわ。明雲尼さまはとても優しい人だった。それに何と言っても、あなたについての情報が得られた！　明雲尼さまがわたしの様子を見ていて、香子さまから聞かされていたあなたのこと、つまり小袖が落雷に遭って以降、不思議な振る舞いをするようになったという話とわたしの様子とが似ている、と気づいてくださらなかったら、わたしはこのままここで肉体だけ成長して、左大臣の息子のところに嫁がされてしまったでしょう。まあもっとも、この歳になって若い男と再婚するってのも悪い話じゃないんだけどねぇ」

洋子は肩をすくめて笑った。

「だけど自分でキモチ悪いものね、子供のふりしてお相手するなんてのは、ね。相手が未熟なガキだったりしたら、思わず、何やってんのよこの下手クソ、なんて言っちゃうかも知れないもん。どうせ若い男といたすんだったら、熟女だってことをアドバンテージにしてしないとつまらないわ。とにかく、明雲尼さまも半信半疑で、はじめはお伽話《とぎばなし》でも聞かせるようにしてわたしにあなたの話をしてくれたの。だけどわたしには、すぐにあなたも未来から来た人間なんだとわかった。それで猫かぶりをやめて、こんなふうに大人として明雲尼さまに事情を打ち明けたのよ。それはわたしにとって、大きな大きな賭けだった。だって明雲尼さまが納得せずにわたしの頭がおかしくなったと騒ぎたてたら、どんな境遇におかれるかわからなかったんですもの。この時代にはね、狂人だとされた人は、とても悲惨な扱いを受けるのよ。ここよりもっと山奥の寺に閉じ込められたり、田舎に追いやられたり、ひどい時には野に捨てられることすらあるの。悪霊がついたとかなんとか、理由をくっつけて、保護責任を放棄するのね。幸い、明雲尼さまは豊かな想像力と柔軟な思考を持った人だった。すぐに香子さまと連絡をとり、先月、香子さまがこっそりとこの寺に来て、わたしと直接話をしたの。そしていよいよ、あなたがわたしの仲間だという確信が深まったから、あなたをここにつれて来てくれるよう、わたしから香子さまに頼んだ、というわけ」

「それでは、ここにこうしてあたしと楢山さんとを残したのは」

「二人でとことん話し合え、ということよ。わたしとあなたとで、具体的に何をするか決まったら、あの二人にも話して協力して貰うことになるわ。だってあの二人にしてみたら、本物の可愛い孫と、大切な妹分を、二十一世紀から取り戻さないとならないんですもの。もっとも、本当の小紫と小袖とが二十一世紀にいてくれるかどうか、その点の判断材料はひとつしかないんだけどね……わたしもあなたも二十一世紀から来た。時期はだいぶずれているけれど、数百年の時を隔てたそれぞれの数年間なんて、誤差みたいなもの。そして小紫も小袖も同じこの時代の人間だった。ケースがひとつだけならそれは偶然かも知れない。だけど、ケースが二つあれば、そこには何かの法則性がある可能性が出て来るのよ。もしその法則が、この時代と二十一世紀のあの時代との間で成立しているものだとすれば、本物の小袖も小紫も、あの時代にいるのではないか、そう推測してもいいんじゃないかしら」

「そ、それじゃ！」

あたしは思わず上ずった声をあげていた。

「あたしたち、帰れるかも知れない、そうあなたは思っているんですね！　もう一度何かの方法で、あっちの時代に飛んでしまった二人とあたしたちを交換できるって！」

「あまり激しく期待されちゃうと困るけどね」

洋子は前髪を揺らしてあたしの顔を覗きこんだ。

「その何か、の方法ってのに具体的な案があるわけじゃないのよ。ただ、同じ条件を与えてみれば同じ現象が起こるんじゃないか、まあその程度のことでね」

「同じ条件って……まさか、落雷を？」

あたしはゾッとして身震いした。

「でも、それじゃ万一の時には……」

「だから」

洋子は頷いた。

「やるかやらないか、選択はあなたに任せるわ。せめてゴムの合羽でもあれば多少は心強いんだけど、そんなものもないしね。失敗すれば最悪、死ぬ。それは覚悟しておいて貰わないと。それと、もしかしてまた別の時代にふっ飛ばされてしまう可能性だってないとは言えない。その点も覚悟が必要ね。今より現代に近づけばなんとか生きていかれないこともないでしょうけれど、縄文時代あたりに飛んでしまったら、それこそ、巫女《みこ》のふりでもしてはったりかまさないと、化け物だと思われて退治されちゃうかも。それともうひとつ、確認しないとならないことがあるの」

洋子は指を一本、あたしのほうに突き出した。

「わたしと小紫とのメンタルな部分での共通点は、今さっき話した身の上話でわかったと思う。つまり小紫は、おばあさんと引き離されて知らない大人ばかりの屋敷に軟禁され、寂しくて悲しくて不安で、もしかしたら、死にたい、と考えたのかも知れない。死ぬということに対して具体的なイメージがなくても、母親がいるあの世に自分も行きたい、そのくらいのことだったら子供でも考えるでしょう？　わたしが元夫を殺したいと考えたのと、ごく近似の感覚よ。つまり、自分がこの世に生まれて来たことが無意味に思えて、自分の存在なんて消えてしまえばいいんだ、そう願ってしまったのかも。同じような負の感情を抱いていた人間の頭上に、千年の時間を隔てて雷が落ちた。そのことが二人の存在を混ぜこぜにしてしまうきっかけになった。理屈はわからないけど、そう考えられるとわたしは思うわけ。だったら、あなたと小袖とはどうなのか。あなたと小袖の間にもメンタルな部分での類似があるとすれば、わたしの考えは補強されることになり、わたしたちが元の時代、と言うより元の世界に戻れる可能性が少しは増すでしょう？　それを確認しておきたいの」

あたしは洋子の意図を理解した。まずは自分のことを話さなくてはならない。正直なところ、この世界で暮すようになってからはあの夜のことを、できるだけ思い出さないようにして来た気がする。元の時代、元の世界に帰りたいという気持ちは持っていたものの、帰れるとは思っていなかった。どうせ帰れないのなら、昔のことはできる限り思い出さないようにしている方が気持ちが楽だった。

それでも、今はあの時の自分ともう一度、向かい合うしかない。

あたしは深呼吸した。洋子は幼女の顔のまま、瞳だけは鋭く強くあたしを見据えて、じっとあたしが口を開くのを待っている。

「あたしも同じでした」

あたしは、吐き出すようにして言葉を口にした。

「あたしも、その夜、死んでやる、と思って歩いていたんです」

洋子の表情がほんの少し弛《ゆる》んだ。ああ、やっぱり、という納得と、あたしへの憐憫《れんびん》がない交ぜになった複雑な顔になった。

「あたしの話も、よくある話です。だけど恋愛なんて、分類してしまえばパターンはたいしてたくさんないものですよね」

洋子は黙って頷いた。

「あたしの場合は不倫でした。相手は会社の上司で、その上司の奥さんは先輩社員です」

「どんなお仕事の会社だったの？　あ、ごめんなさい、これは純粋にただの好奇心だけど」

あたしは、少女の顔で心がしっかりおばさんな洋子のことが、好きになりかけていた。穿鑿《せんさく》されることのくすぐったい楽しさも、久しぶりに味わった気がする。香子さまの片腕として物語の材料探しをはじめてからは、他人の生活を穿鑿してばかりいた。楽しくなかったと言えば嘘になるが、その結果として知ってしまった様々な、知らなければよかったことが心の底に澱《おり》のように沈んでいて、何かのきっかけで浮かびあがっては気持ちを暗くすることに、そろそろうんざりしかけていた。今、自分は穿鑿される立場なのだ。そして長い間忘れていたあの時のことを、すっきりと吐き出してしまえるというのは、快感でもあった。

「和装小物の製造販売会社です。あたしは経理部で毎日電卓を叩いていて、不倫相手は営業部の課長、その奥さんはあたしと同じ経理部で結婚退職する前は主任をしていました。仕事のできる人で、その分、部下にはきつくあたるタイプの女性だったの。だから……反発はあったんだと思います。ざまあみろ、って心の中で舌を出す快感というか。自分でも思い返してみると、なんてイヤな女だったんだろうって、自分が情けなくなります」

「恋愛なんて、最初は何かの錯覚か勘違いからはじまるものよ。小うるさい主任へのささやかな復讐のつもりでその夫とつき合い出したんだとしても、最後は本気だったんでしょ、あなた」

あたしは少し考えてから、頷いた。

「……本気でした。やっぱり、本気だったんです。だからあんなにショックを受けたんだわ。……ほんとによくある話ですけど、その奥さんが妊娠しちゃったんです。日頃から子供なんていらないって言ってる女性だったし、彼からも、妻は子供を欲しがってい

「はずみです。あたしの前にいた人が、子供用のビデオを借りてたんです。あたしより若く見える女性が。それで、あ、この人はこんなに若いのに子持ちなんだ、と思ったら、なんかふらふらと自分も借りちゃって……」

「あなたって、見栄っぱりな方？」

「かも知れません。あのでも、あたし実は、アンパンマン好きなんです。ドキンちゃんとジャムおじさんのファンで。えっと、それはどうでもよくって、で、アンパンマンが終わったと同時に、頭のどこかがプツンと切れて家を飛び出したんです。どこを歩いているって自覚もなくて、ただやみくもに歩いてました」

「あなたの家ってどこにあったの？」

「北野白梅町《きたのはくばいちょう》でした」

「で、雷に撃たれたのがどのあたりだったか、憶えている？」

「はっきりとは。でも……千本北大路から千本通りを下がっていたような記憶が、かすかにあるんです」

洋子は頷いた。

「やっぱり思った通りね。香子さまから聞いた話によれば、小袖が落雷を受けたのは宮中の庭でのことだった。正確な位置はわからないけれど、大内裏《だいだいり》のあった千本今出川付近からそう遠くはないところだったはず。やっぱり、場所が問題だったのよ。ここ千年の歴史の中で、あなたと小袖とは、ほぼ同じ場所で落雷に遭った唯一の組み合わせだったんだわ、きっと。そしてわたしと小紫もそう。小紫が軟禁されていた屋敷はね、わたしたちの時代で言えば、堀川五条あたりにあったらしいの。小紫は、その屋敷の中庭で落雷に遭った。そしてわたしが住んでいたマンションは五条大宮からすぐのところ。わたしも怒りにまかせて部屋を飛び出したから、どこで雷に撃たれたのか正確な場所はわからないけれど、千年の時間経過で道路の位置なんかがずれているだろうことを計算に入れれば、ぴったり同じ場所だった可能性はあるのよ」

「それじゃ……計画というのは」

「ええ」

洋子は厳しい顔になった。

「その場所でもう一度、落雷に遭う。幸い、今の季節は夕立ちが多くて、雷を拾うのは簡単よ。とにかく長い竹か何かを繋いで避雷針を作り、それを立てて、その下に座って待てばいい。雷は避雷針に落ちるから直撃はされないけれど、距離が近ければ衝撃はまともに受けるはず。本来は歴史の中でたったひとつの組み合わせだったはずの、同じ場所で落雷を受けた二人が、わたしたちがわざと落雷を受けることで、三人になるの。そうなればまた組み合わせがシャッフルされて、うまくいけば、二十一世紀に今いる人と、わたしたちとが入れ替わることができるかも知れない」

「でも……組み合わせがシャッフルされるってことは、元の時代にいたあたしと、今のあたしとが入れ替わるだけ、って場合もあり得ますよね？　あたし、ずっと感じていたんですけど、この世界は、あたしのいたあの世界の過去ではないような気がするんです。檜山さんは感じませんか、ここではからだが軽い、って。重力が違っているように思えるんです」

「からだが軽いとは感じてるわよ、ずっと」

洋子は肩をすくめた。

「だけどわたしの場合、何しろ体重が四分の一くらいになっちゃってるからねえ、からだが軽く感じるのは当たり前だし。でもあなたの言いたいことはわかるわ。平行世界のどこかに飛ばされた気がする、そういうことよね？」

「そういうものがあれば、ですけど。あたし、物理の知識とかまったくないんで……」

「わたしだってないから大丈夫。何が大丈夫なのかわからないけどね、いずれにしても、世界が違おうが宇宙が違おうが、あなたとこの世界、この時代の小袖とが入れ替わったのは間違いないんだから、また同じことが起こってくれればそれでいいわけでしょ？この時代にタイムマシンを発明してくれる科学者が存在する可能性はゼロに近いわけだから、同じ条件で同じ衝撃を受ける以外に、元の世界に戻る方法はないと思うわ」

無謀な計画に思えた。何かもう少し、理科系に弱いあたしでも納得できるような根拠が欲しかった。けれど、この時代に、デロリアンを発明してくれるドクター・エメット・L・ブラウンが存在しないことは確かなのだ。賭けるしかない、という洋子の言葉は、ただひとつの真実だった。

「考える時間は、少しならあるわ」

洋子はあたしの戸惑いを見てとった。

「夕立ちの季節が終わるまでは、まだ一ヶ月程度はある。その間にどうしたいか決めてちょうだい。さっきも言ったけれど、今度の計画に科学的根拠も安全の保証もなんにもないんだから、無理に誘うつもりはないのよ。それどころか、落雷をまともにくらったら命だって危ない。あなたはこの世界、この時代でなんとか楽しく暮らしているんですものね、あえて元の時代に戻りたくはない、と思っていたとしても驚いたりしないし。つまらない不倫に費やした若い時代の数年間を、あなたは運良く取り戻した。そう考えて、ここで新しい人生を生きるのも賢い選択なのかも知れない」

「あたしは……」

「いいのよ、すぐに答えなくて。と言うよりね、よく考えて決めて欲しいの。焦って返事をしてしまって、後悔して欲しくないの。わたしはもう決心がついてる。わたしは元の世界に戻りたい。わたしには子供たちがいるの。たとえもう一緒には暮せなくなっても、子供たちが大人になる姿を見ていたいのよ。それはわたしにとって、他の何より大切なことだから。ここにこのままいれば、何歳まで生きたって子供たちには二度と会えない。子供たちに二度と会えないのにここで長生きしていても仕方がない。だからわたしは雷に撃たれるの。わかる？　わたしにとって、それは賭けではないのよ。どうしてもしなくてはならないこと、なの」

洋子は切りそろえた前髪を、可愛らしい仕種でかきあげた。その姿と言葉とのギャップは滑稽なはずなのに、どうしてなのかあたしには、とても美しいものに見えた。

「もうひとつ、あなたの決心がつくまでに、わたしにはしておかなければならないことがあるの。わたしは元の時代に戻っても、もう絶望なんてしない。その気力は取り戻したわ。自分が置かれている状況の異常さに気づいて、子供たちに二度と会えないかもと知ってからあなたの存在を耳にするまでの絶望の深さに比べたら、元の世界に戻ってわたしを待っている多少の辛さなんて、ものの数じゃないってことがわかったからね。たとえ子供たちが元夫のところに行ってしまうとしても、わたしの心の中に残っているあの子たちの思い出は決して消えないし、いつだってあの子たちに会うことはできるんだし。でもね、わたしはそれでいいとして、小紫はどうなのかしら。小紫もわたしと同じように絶望していて、消えてしまいたいと思っていたとしたら」

3

小さな女の子は本当に絶望していたのだろうか。

檜山洋子の言葉がそれから数日の間、あたしの頭の中でぐるぐるとまわっていた。洋子は自分だけ幸せになるつもりはない、とあたしに言った。もし小紫と再び入れ替わることができたとして、この時代にその小さな女の子が戻って来た時、前と同じ絶望にとらわれたのではあまりにも可哀想だ、と。

「要は、あの子の憂いを取り除いてやればいいわけよ。あなたの結論が出るまでに、それだけは何とかしてあげたいと思っているの」

洋子は何か企んでいるようだった。そして洋子は、小袖はどうだったのか、もしこの賭けにのるのであれば、それを調べて、もし小袖がこの世界で絶望や寂しさ、悲しみを抱いていたのだとしたら、それを何とか取り除いておいてあげられないか考えて欲しい、と、あたしに言った。

実際、あたしは小袖という女性について、ほとんど何も知らない。自分がその人の肉体を借りているにもかかわらず、あたしの脳の中には、小袖が持っていたはずの記憶というものがほとんどないのだ。いや、あるのかも知れないが、その記憶を引き出す術《すべ》を知らないでいる、というのが正しいのだろうが。つまり、ひとつの脳の中に二つの人格が同居しているのに、片方の人格はもうひとりの人格が覚醒している間に経験したことに対する記憶を共有できない、そんなイメージなのだ。記憶、と呼ぶほど意識的ではない部分、たとえばこの時代の言語を自在に操る能力だとか、この時代の文字を筆で綴る能力などは、あたしも利用することができる。喋ったり書いたり読んだり、歌ったり、

ない。このままおまえにはわたしのそばにいて欲しい。いつまでもわたしのそばにいて、わたしを助けてもらいたい。それがわたしの、偽らざる気持ちです。ですが、もうひとつ、これも偽りではない別の気持ちもあります。本当の小袖、あの子にもう一度、逢いたい。わたしはおまえのことが好きなのと同様、あの子のことも好きでした。おまえとあの子とは、外見はまったくそっくりです。いえ、そのからだはあの子のものなのだから当たり前ね。けれど、あの小袖とおまえとは、やはり違った人間なのですよ。おまえにはあの子にない良さがたくさんあります。おまえはあの子よりずっと賢いし、勇気もあり、好奇心も強い。けれど、あの子にはあの子にしかない良さが、やはりありました。小袖は本当に優しい子だったし、空の星や川の煌《きら》めき、野の花、風の甘さなど、この世の美しいものをとても愛していて、豊かな想像力を持った子だったのです。わたしが物語など書こうと思いたったのも、小袖という子と出逢ったからなのです。宮中の噂話を小耳に挟んではわたしに教えてくれ、あの子はいつも、きらきらと目を輝かせながら言いました。この都には本当にたくさんの美しい人々がいるのですね。そうした美しい人々が、喜んだり悲しんだり、どなたかを慕って眠れない夜を過ごしたり、そうしたことのすべてが、見事な絵巻物のようではありませんか、と。その言葉で、わたしは光源氏の物語を書くことを思いたちました。人々の心があやなす、美しく複雑で繊細な世界を、耳に心地よく目に優しい言葉で綴ってみたい。小袖のような子にその物語を読み聞かせてあげたい。そして、わたしの書いたその世界に感動して涙する姿を見てみたい。

……わたしにとって小袖は、物語を綴る気力を持ち続けさせてくれる、大切な大切な存在だったのです。おまえが本当の小袖ではない、そう気づきはじめた時、そして明雲尼さまと情報の交換をするうちに、おまえが、未来の世界などという途方もないところから来てしまったのではないかとわかった時、それならばあの子は、わたしの可愛い小袖はどこにいるのだろう、それがわたしには、何よりの心配事になったのです」

一気に言って、香子さまは、長く長く溜息をついた。

「わたしには選ぶことはできない。わたしにとって、あの子もおまえも、共に大事な者。けれど、あの子とおまえとは、わたしの前に同時に存在することはできないのでしょう？　それならば、わたしはおまえの気持ちを何より尊重します。おまえがここに残るというのなら、あの懐かしい小袖とは二度と会えなくても構いません。それがおまえの望みならば。けれど、おまえが元の世界に帰りたいと言うのであれば、その代わりにきっと、あの子をここに連れ戻して欲しい。わたしが願うことはそれだけです」

あたしは頷いた。香子さまの言葉の通り、あたしはもう、決心していたのだ。

人には、その人が生まれた時代、その人が生まれた世界、の中でしか生きられない性《さが》がある。過去や未来をどれほど羨んでも、懐かしんでも、憧れても、自分が生まれた時代以外のところで生きることは、結局、できないのだと思う。あたしは香子さまが大好きだし、他にもこの時代に知りあって好きになった人は大勢、いる。けれどやっぱり、この時代はあたしにとって、悲しいことが多過ぎる。流行り病で次々と人が死に、貧富の差は目に余るほど激しく、屍《しかばね》は野に捨てられて腐り、きらびやかな衣装をまとっていても、不幸せな女性はとても、とても多い。

しかしそれは、あたしが元いた時代だって同じことには違いない。いくら医療技術が進歩して寿命が延びても、自殺者は増え続け、交通事故の死者もなくならず、新聞の紙面には世界で起こっている戦争の悲劇が毎日のように報じられている。不幸せな女性は千年経っても相変わらず多く、苦しみや悲しみの量は少しも減っていない。だからこそ、やはりあたしは帰らなくてはならない、そう思う。

この時代の悲しみはあたしにとって、もどかしく手をこまねいていることしかできない、そんな悲しみなのだ。糖尿病で死んでしまった夕顔を、もしあたしが元いた時代でならば助けることができたかも知れない、そう歯ぎしりしていても、何の役にも立たず、何の意味もない。けれど自分が元いた世界でならば、悲しみに直面した時にでも、何ができるか、何をすればいいか考えることができる。

あたしはこの時代では役立たずだ。そして、自分の時代でならば、役立たず以上の何かになれるかも知れない。

「……帰ることになると思います」

あたしは、やっとそう口にした。その途端、不意打ちのように寂しさが胸にわき上がって来て、涙がほろほろとこぼれて落ちた。

見れば、香子さまも泣いていた。声もたてず、けれど袖で顔を隠そうともせず、その切れ長の目尻から、透明な涙がさらさらと流れている。

「香子さまのおかげで、わたしはなんとかこの時代で生きていることができました。香子さまが庇《かば》ってくださらなかったら、雷のせいで頭がおかしくなってしまったと思われたまま、宮中を追い出され、どこかで野垂れ死にしていたかも知れません。このご恩は、本当に、死ぬまで決して、忘れません。そしてわたしは……元の時代でとても幸福だった、とは言えない女です。今、この時代でこうして幸せに暮していることに、未練がないと言えば嘘になります。香子さまや親しくなった人たちのそばで、この時代で一生を終えてしまってもいい、心のある部分ではそう思っているのです。けれど、わたしはやはり、帰らなくてはならないのだ、そう思います。元の時代にも、わたしに関わり、わたしを支えてくれた人々がたくさんいます。そうした繋がりを一方的に捨て去って逃げて来てしまうことは、元の時代に生まれ、その時代で育ったわたし、というものそのものを、否定してしまうことになります。自分の時代、自分が生まれた世界から逃げ出してはならないのだ、今はそう思っています」

「おまえが決めたことならば」

香子さまはあたしの手を握り、その手を引き寄せた。

「どんなに寂しくても、おまえの選択を大切に思いましょう」

「……ありがとうございます」

また涙がどっと溢れ、言葉が途切れた。しばらくは、涙が止まらずに言葉が出なかった。香子さまもあたしの手を握りしめたままで泣いていた。

やがて、どちらからともなく涙を拭き、もう一度座り直して顔と顔を見合わせた。

「わたしが無事に元の時代に戻りました時には、きっと小袖さんもここに戻って来ると思います。そうでなければ、この時代の小袖さんという存在が消えてしまい、自然の釣り合いがとれなくなると思うのです」

「……そう願っています。おまえを失い、小袖まで取り戻せないというのでは、あまりにも寂しいですからね」

「必ず小袖さんは戻って来ることができます。それは信じています。ただ」

「ただ？」

「小紫、つまりわたしの同時代人である洋子さんのことですが、彼女は、わたしと小袖さんとが組み合わされたのには理由があると考えているのです。ただ単に、偶然同じ時刻、同じ場所で雷に撃たれたというだけではなくて、わたしと小袖さんとは、心の部分にも共通点があったのだと」

「心の共通点、ですか。けれどおまえは」

「はい、元の時代で雷に撃たれた夜、わたしは自分がとても不幸だと感じていました。つまらない恋をしてそれを失って、自分を見失っていたのです。……死にたい、そう思いながら歩いていました。いえ、死にたいというよりも、死んでやる、そんな気持ちです。雷が落ちる直前には、死ぬなんてバカげてる、やーめた、って思ったんですけど……改心が間に合わなかったのかも」

「それでは……小袖もそんなことを考えていたと?」

「その可能性が高いと洋子さんは思っています。そして、もしそうだとするならば、小袖さんがこの時代に戻って来た時、その悲しみの原因が取り除かれていなければ、同じ不幸の中に戻って来ることになる。それでは小袖さんが気の毒です。もしかしたら彼女は、この時代から逃げださせて今、幸せだと思っているかも知れない。ですから、小袖さんの苦しみの原因を探して、それを取り除いてあげてから、元の世界に戻りたいのです」

香子さまは困惑した顔で首をひねった。

「小袖が……あの子が苦しんでいた……? あの子はわたしには何でも話してくれる子でした。けれど、何かで苦しんでいるとか辛いとか、ましてや、死を望んでいるなどとは……少なくともわたしはあの子の口から聞いたことがありませんよ」

「香子さまには打ち明けられないことだったのかも知れません」

「そんなことがあるとは思えないのですが……」

「小袖さんには、ご両親やごきょうだいは?」

「田舎はとても遠く、確か相模《さがみ》の方だと聞いたことがありますが、幼い時に都の狩屋家に養女になっていますからねえ。養い親は今でも都で元気にしています。きょうだいはなかったはずです。親やきょうだいのことで悩みがあったとは思えませんよ。養い親は身分はさほど高くないとは言え、藤原の親戚筋です。地方に赴任していた間にそこその財もなしたとかで、困窮しているという話も聞きません」

「それでは、親しい友達というのはいなかったのでしょうか」

「おまえも知っている人ばかりですよ。あの子は宮中では好かれているほうで、女房の間でも争いを起こしたことはなかったはずです。けれど、宮中以外のところに知り合いや友達がいるという気配もありませんでしたよ。……ところでひとつだけ、気にはなっていることがあります。季節はずれの雷に撃たれたあの夜、どうして小袖は真夜中に庭になど出ていたのか。夜分に部屋を抜け出して逢引《あいびき》をする女房がいることは知っていますが、小袖は、歳はともかく気持ちの上ではまだほんの子供、そんなだいそれたことをしていたとは思えないのです」

なるほど。

真夜中に庭に出ていたのはなぜなのか。どうやら、それが小袖の秘密を解き明かす鍵らしい。

「ああ、それとね、おまえは憶えていないかしら。あの夜、雷に撃たれて死んでしまったようになっていたおまえの両手が、泥で汚れていたのですよ。小袖と部屋が隣りだった白鷺が、介抱しながらその泥をこすって落としてやっていたのを見ましたよ」

「白鷺さんが……」

「白鷺は小袖ととても仲が良かったの。おまえは今でも、たまにあの人の屋敷に遊びに行っているようですね。あの人は噂好きで、都の情報を集めるのに長けていますからね、小袖もよく、わたしのために、そうした様々な人々の噂話を集めて来てくれましたね」

＊

泥の汚れと白鷺。手がかりは摑んだ。夕立ちの季節はもうすぐ終わってしまう。洋子からは、そろそろ計画を実行に移すがどうするか、という手紙が届いていた。

小袖の秘密を解く鍵は、泥、だ。泥で手が汚れていた、ということは、庭に何かを埋めたということではないのか。もしかすると、香子さまにも打ち明けられない大きな秘密を手紙のようなものに書き付けて、それを庭に埋めたのかも知れない。秘密というものは、誰かに話してしまうとその分、軽くなる。小袖は自分の心を軽くするために、文字にしてその秘密を土中に隠したのかも。

そう思ってそれから三日三晩、あたしは小袖が雷に撃たれた庭に立って、何かが埋まっている痕跡を探しまわった。が、それらしい痕は見つからなかった。すでにあの晩から五年近くが経過しているのだから無理もない。

四日目の晩、半ば諦めながらも、あたしは月明りの中で庭に立っていた。夏の盛りの夜、宮中の庭は草の匂いでむせかえるようだった。下働きの者が草むしりはしているものの、勢いのいい雑草がどんどん生えてしまうので追い付かないのだ。そうした雑草に混じって、桃色の撫子《なでしこ》があでやかな花をつけている。月の白い光の中では桃色はとんでしまい、ただ柔らかで繊細なシルエットだけが浮かびあがって見えていた。

その時、あたしは、ひと株の撫子を見ていた。なぜなのか、そこだけ威勢よく大きな花をたくさんつけているその株は、他の撫子より妖《あや》しく美しい姿をしているように見えた。まるで……まるで……魔法の水でも与えられているかのように。

魔法の水。魔法の……栄養分……

あたしはその撫子の株に突進し、誰かが見ていたら乱心したとしか思えないスピードで撫子を根こそぎ引っこ抜くと、その下を木ぎれで猛然と掘り進んだ。ものの二十センチほど掘っただけで、それは現れた。腐りかけた木製の箱に入れられたそれは、白い絹でぐるぐると厳重に包んである。箱は崩れて割れていた。その割れ目から植物の根が入り込み、布で巻かれた包みの中へも細い根がたくさん伸びている。あたしは懸命に根をひきちぎり、持っていた粗布で、その、ぼろぼろになった包みをくるんで持ち上げた。布の中で包みがさっと崩れた音がする。心臓がどくどくと波打った。この大きさは……たぶん……あれ。そして小袖がこっそりとこれを庭に埋めていたことを、白鷺は知っていたのだ。だが白鷺は小袖を庇って、これのことは秘密にしたまま嫁いでいった。後は白鷺に説明して貰おう。それで万事、解決する。

4

「わひーっ」

あたしが白鷺の目の前で包みを少し開いた瞬間、白鷺は食べかけていた唐菓子を放り投げて袖で顔を覆った。

「そ、そそそ、それは……」

「わたし、思い出したんです。雷に撃たれたショックで忘れていたのですけれど、これのことを」

「で、でででで、でも、どうしてわざわざ、掘り返してなんか……」

「お庭の草むしりをすることになって、見つかりそうになってしまったの。それで慌てて、掘りました。だってこのまま見つかってしまったら、誰が埋めたのだと大騒ぎになるでしょう？」

「わひわひ」

白鷺は、なおも包みを開こうとするあたしの手を上から押さえつけた。

「お、お願いだから開かないで！　生きている唐猫《からねこ》は可愛いけれど、お骨になった姿なんて見たくありません」

唐猫。大きさからみて九分通りそうではないかと思っていたのだが、やはりこれは、猫の死骸なのだ。この時代、猫は宮中でしか飼われていないとても貴重な動物だった。もちろん、身分の低い小袖などがペットにできたわけはない。

「でも白鷺さん、わたし、まだ思い出せないんですよ。なぜこの猫を、わたしはこっそりと埋めていたりしたのでしょう。どうしてもそれが気になって……」

白鷺は袖から半分だけ顔を出し、床に落ちている唐菓子に目をとめると、そそ、とその菓子を拾って袖で埃を払って口に入れた。甘いものを食べて落ち着いたらしい白鷺は、ほう、と溜息をついた。

「そうなの、まだ記憶が戻っていないのね。可哀想に。その猫は、中宮さまの可愛がっておられた猫ですよ。けれど皮膚病になってしまって、他の猫に伝染するといけないからと、薬殺することになっていたの。ところがね、自分が殺されるということが猫にもわかったのかしら、ある日、猫が逃げてしまって。わたしたちもかり出されて探したけれど見つからなかった。それがどうしたわけか、あなたとわたしがいた部屋に迷いこんで来て。見つけた時はもう、猫は病気のせいで息も絶え絶えでした。わざわざ殺さなくても、このままそっと死なせてやりたいとあなたが言うので、わたしは誰にも言いませんでしたよ。あなたは何日も猫を胸に抱いて過ごしていたわ。そしてあの晩、とうとう、猫は死んでしまった。あなたは泣いて泣いて、気が済むまで泣いてから、猫をこっそりとお庭に埋めようとしたんです。わたしもあなたの手伝いをして、一緒に庭にいたのよ。

あなたは猫を埋めながら、繰り返し繰り返し、後悔していると言っていました。猫はきっと、可愛がって育ててくれた中宮さまの腕の中で死にたかったに違いない。どうせ短い命ならば、苦しみながら知らない人間の腕の中で死ぬよりも、薬で楽にしてあげた方がよかった、中宮さまに看取られて死ぬ方が猫は幸せだっただろう。そう繰り返してね……そばにいて、わたしも辛くなって泣いてしまったわ。本当にあなたという人は……心の優しい人なのよね」

悲しみには様々な形があるのだ。あたしは、思った。

誰かを殺したいほど憎いと思う悲しみ。誰かにあてつけて死んでしまいたい、と思う悲しみ。自分など生まれて来なければよかった、と思う悲しみ。そして、誰かを幸せにしてあげられないことを嘆く、悲しみ。

少なくとも、小袖の悲しみに、憎悪の感情はなかった。そのことがわかって、あたしは何だかとても、とても嬉しかった。この時代に小袖が戻って来たとしても、死んだ猫を生き返らせてあげることはできない。けれど、猫はきっと幸せだった、小袖の腕の中で息をひきとれて良かったのだ、と、そう誰かが一言言ってあげるだけで、小袖は救われるだろう。あたしが何もしなくても、その役割は、白鷺がちゃんと果たしてくれそうだ。

あたしは猫の包みをしまい、白鷺がそれを受け取った。自分の家の庭に埋めれば、誰にも掘り返される心配はないから、と。お菓子と噂話が大好きな、陽気な白鷺との午後のおしゃべりも、もうこれが最後になるだろう。あたしは猫のことはひとまず忘れて、他愛のない話に花を咲かせ、唐菓子を遠慮なく堪能した。

帰り際になって、白鷺は、そうそう、と手をひとつ打った。

「あなた、岩倉の小紫さまのところにお見舞いにいらしたと言っていたわね」

「ええ、先日、ちらっとですけれど」

「あの姫さまは、ご病気ではなく、観音菩薩の生まれ変わりだったそうですわよ。知ってました？」

ええっ。あたしは絶句した。

「姫君とのご結婚を望まれていた左大臣さまの若さまが、おしのびで逢いにいらした時、突然、姫さまがすっくと立ち上がって両手を合わせ、それまで聞いたこともない異国の言葉で語り出したのだそうです。そして最後に、自分は観音菩薩の生まれ変わり、自分の役目はこの寺で多くの人々の苦しみを救うため祈ることです、とおっしゃったんですって。最後には、異国の歌まで歌われて。あまりのことに若さまは腰を抜かして、それから屋敷に閉じこもって臥せっているそうですよ」

からからから、と白鷺は笑った。

「観音菩薩の生まれ変わりに夜ばいをかけようとしたんですから、仏罰が怖くてしばらくは女遊びもできませんわね」

あたしはほんの少し、左大臣の息子に同情していた。

この時代、人はとても短い命しか持たない。二十一世紀ならば薬を飲むだけで治ってしまうような病で、ばたばたと死ぬ。平均寿命は三十数歳といったところ、五十まで生きればとても長生きと呼ばれるのだ。男がロリコンになってしまうのも無理はないのかも知れない。短い人生の中で、自分の遺伝子をできるだけ多く残そうとすれば、より若く多く子供が産めそうな女へと気を惹かれるのも、ある種の自然の摂理なのかも。

少なくとも、物語の中の光源氏は、若い女にだけ惹かれたわけではないのだもの。母親に近いような年輩の女にだって興味を示したし、だからなんとなく、憎めない男に思えるのだし。


いずれにしても、と、都大路を歩きながらあたしは思った。

この時代の人々のことは、あたしの時代の常識でああだこうだと文句をつけてみたところで、何の意味もないのだろう。

人間は、自分が生まれてしまった時代の中、その時代の様々な呪縛にとらわれながら、懸命に幸せを探して生きていくしかないのだから。

*

見上げてもてっぺんが空に突き刺さっているようにしか見えない一本杉の幹が、深々と庭の真ん中に突き立てられている。檜山洋子が設計した避雷針だ。洋子はちゃっかりと観音菩薩になりきって、都で流行っている病を鎮めるためだとそんなものを作らせてしまった。同じものが、小紫が預けられていた屋敷の庭にも突っ立っているはずだ。

考えれば考えるほど、無謀というか、どうしてそんないい加減な発想を、と言いたくなるような計画だった。計画、とすら呼べないかも知れない。しかし他に、タイムスリップを引き起こしてくれるような現象が思いつかない、というのも事実なのだ。

落雷を待って今日で五日目。頭上をおおった積乱雲のせいであたりは薄暗くなり、ゴロゴロゴロ、と雷鳴がひっきりなしに轟いている。そろそろ落ちてもいいな、と思う。

あたしは、観音菩薩洋子が指示して作らせた、特製の磁器ヘルメットを被っている。この時代、ゴムは手に入りそうになかったので、次善の策としては磁器と雲母《うんも》で武装するくらいのことしか思いつかなかったのだ。天女の羽衣というのはこんなものだったのかな、と思えるような、雲母をめいっぱい張り付けたきんきらきんの布を全身にまとって、できるだけ背中を丸めて小さくなり、直撃を免れるように、息までひそめて。

大丈夫、ウォークマンのイヤホンに落雷して気絶しただけで助かった女子中学生がいたって新聞記事も読んだことがあるし、フランクリンだってちゃんと生きていたんだし。

あたしは必死で恐怖と闘いながら、その瞬間を待っている。

「小袖」

優しい声がして、あたしは背中を丸めたままで顔を上げた。香子さまが何かを抱いて立っていた。

「可愛いでしょう。皇太后さまが、わたしにくだすったの。あの猫の話を皇太后さまにしてさしあげたところ、皇太后さまも猫がいなくなってから、殺してしまおうなどと周囲の者が言うのを猫に聞かせてしまったことをとてもとても後悔していらしてね、可哀想な猫の最期を大切に看取ってくれたと知って、おまえに感謝していらっしゃるのよ。これできっと、あの小袖が戻って来ても、悲しまないで済むわね」

「はい」

あたしは背中を丸めたまま笑った。

「ありがとうございます。ほんとに可愛いですね、その猫」

「おまえも猫が好き？」

「大好きです」

「そう、それはよかった」

香子さまは、嬉しそうに言った。

「それならば、元の時代に戻れなくてまたここに戻って来てしまっても、おまえがこの猫を可愛がってくれますね」

「……ここに戻って来てしまった、ら？」

「ええ、そうよ。だってそんな計画、うまくいくとはとても思えないんですもの。大丈夫ですよ、小袖。薬師《くすし》は待機させてあります。雷に撃たれても必ず、助けてあげますからね」


できれば、そういうのは無しにして貰いたい。

あたしは頭上の雲の間から、時々聞こえている雷鳴に背筋を寒くした。

痛いのも熱いのもいやです。できれば、前の時のように、何もわからないまま、すべてがうまくおさまっていますように。


ピカッ、と稲妻が光った。

ひっ、とあたしは息をとめた。

猫が、にゃおん、と鳴いた。


そう言えば、源氏物語にも猫が出て来たな、あの猫のせいで光源氏は妻の浮気に苦しむことになるんだったっけ。

あの猫は、三毛猫だったかしら、それとも虎縞だったかしら。

そう考えた次の瞬間、バリバリバリッと激しい音がして、あたしの目の前には、何もなくなった。

この目を開けたら、そこはどこ、いつの時代なのだろう。

この目を開けたら……

エピローグ

目が覚めた。

映画とかテレビドラマとかで、ほんとによく見る場面だ、と思った。だって、あたしの目に映っているのは、これはたぶん、病院の天井。

病院。

そうだよ、これ、天井だ！　しかも、安っぽい合板の。音が響かないようにぽつぽつ穴の開いた、白い。

ああ。

あたしは、安堵と嬉しさとで、声もたてられずに涙を流した。

あたし、戻って来たんだ……今、に。

今、がいつなのかは、考えないようにした。こうして横たわっていれば、すぐにわかるはず。少なくとも、こんな合板の天井板は平安時代にはない。小紫のからだを借りていたあの四十六歳の楢山洋子、彼女の推論が正しかったとすれば、あたしと本物の小袖とは、二度目の落雷でまた、その運命を交換することができたのかも知れない。だとすれば、猫の死を自分の罪だと泣いていた心優しい小袖は、あの時代に、聡明で気高く、思慮深く、そしてチャーミングだった香子さまのもとに、戻ったのだろう。そしてあたしは、不倫恋愛に破れて捨て鉢になり、死んでやるっ、と部屋を飛び出した現実に、帰って来た。おそらくは。

少なくとも、もう死にたくはない。死のうなんてまったく、かけらも思わない。それだけでも、自分は成長したのではないかな、とあたしは考える。

あたしは思い上がっていたのだ。自分が死ねば、あの男がうろたえる。後悔する。涙する。そんなふうに、心のどこかで思っていた。それを望んでいた。後悔させてやりたかった。うろたえさせてやりたかった。涙を流して欲しかった。でも、時が流れればあたしが生きていた痕跡なんて、風に飛ばされて消えてしまうものなのだ。千年前のあの時代に確かに生きていたはずの小袖の記憶が、現代のどこにも残っていないのと同様に。そう、歴史を選ぶのは後の時代の人々の気まぐれ。選ばれなかった人の記憶は、次第に薄れ、そして消えてしまう。生きているということは、その時がすべてだ、ということなのだ。あの男に後悔させたいのなら、涙を流して欲しいのなら、あたしが生きて、それを見届けないことには何の意味もない。

そう考えたら、なんだかお腹の底が熱くなった。

死んでやる、なんて、いったい誰に向かって思った言葉なんだろう。これほど愚かな言葉は、他にない。

人は、死ぬのだ。放っておいてもいつか必ず、死ぬ。自ら死ぬことは、何かを終わらせることにも始まらせることにもなりはしない。それはただ、いつの日か来るはずだったその日を早めるだけのこと。

あたしは、上体を起こした。そろそろ、ではなく、エイッ、と元気一杯に。その途端、ビビビビビーッとものすごい音がして、ばたばたとドアの外に足音が響き、と思ったらそのドアが開いて、どどどっ、と中に人がなだれ込んで来た。

「ど、どどど、どうしたんですかっ！　大丈夫ですかあーっ！」

白衣の天使、と呼ぶにはあまりにも頑丈そうな、ぬっと大きな女性があたしに飛びつくように駆け寄り、あたふたと計器やらコードやらをいじくった。どうやら、あまり勢いよく飛び起きたので、あたしに繋がれていた何かのコードがはずれたらしい。たぶんバイタルサインを計るコードだろう。

「すみません……起き上がる時、なんかはずれたみたいです」

あたしがそっと言うと、白衣のおばさんはあたしの顔を覗き込み、そしてにっこりした。

「お目覚めなんですね。よかった！　ちょっと待っててくださいね、すぐ先生をお呼びしますから」

「あの、すみません」

走り去る寸前の白衣のおばさんを呼び止め、あたしはおずおずと言った。

「その……えっと……今日は……いつなんでしょうか。えっと、何月何日……何年の？」

あたしの奇妙な問いに、看護師さんはとても優しい、慈愛に満ちた笑顔で頷き、答えた。

「心配いりません。たった二日と少ししか経ってませんよ、まだ」

＊

平安時代とおぼしき時代、香子さまのもとで小袖として暮した歳月は、五年近くに及んでいたはずである。が、結局あたしは、死んでやるっ、と部屋を飛び出してから二日後、正確には、六十一時間後の、現代、に戻って来た。そしてあたしは、六十時間以上もの間、昏睡状態で病院のベッドに眠っていたのである。いや、ここが、あたしが最初にいた世界とまったく同じ世界なのかどうか、それはわからない。でも平安時代に感じていたようなからだの軽さはもう消えていたし、これといって、妙だなと思うところは今のところひとつもない。とりあえず、元の世界、元の時代に戻ったのだ、と考えてしまっても、特に支障はないように思うのでそうすることにする。

何はともあれ、あたしは生き返った。

落雷をもろに喰らって死にかけていた娘が甦って、とにかく母は、ただただ泣いていた。そのあまりに手放しの喜びようを見ているうちに、あたしはとても恥ずかしくなり、申し訳なくなった。あたしはこの人の娘だったのだ。そのことを、すっかり忘れていた。弟もかけつけて来ていた。そして、あたしのことを心配していた。こんな人たち、こんなにも無条件に無防備にあたしを愛してくれている人たちの存在を忘れて、死のうと思ったなんて、あたしはなんて恩知らずで身勝手な人間だったのだろう。この人たちのあたしに対する思いに比べたら、不倫恋愛にしくじったことなんか、なんぼのもんでもない。あんな優柔不断男の為にあたしが死ぬことになっていたら、この人たちはどれほど傷ついたか。

そういう、ごく当たり前で優等生的な思いが、それでもあたしの本心だった。自分がそれほど素直に物事を受け止めていることが、むしろあたしには嬉しかった。

友達も見舞いに来てくれた。みんな喜んでいた。たとえ本当の本音がどうであろうと、みんな、あたしが生き返って幸せそうな顔をしている。これでよかったんだ、と、しみじみと思った。

優柔不断男も見舞いに来たらしい。でもあたしは会わなかった。母にすべてを打ち明け、病室に入れずにお引き取り願った。ベッドから降りて歩いてもいいと医師の許可が出ると、あたしは公衆電話をかけた。優柔不断男の携帯に。仕事中はいつも留守電になっている携帯に。

その留守電に、見舞いに来てくれてありがとう、と吹き込んだ。そして、すべて終わったと思っています。さようなら。と付け加えた。


さて、と。

空は晴れている。今日はなんと、テレビに出る。落雷が直撃したのに死ななかった女。まるで怪物みたい。でもまじめな番組なので、そういう肩書きでも出演をOKした。自殺者、八年連続で年三万人以上。この国は今、内戦状態なのだ。なぜ死に急ぐのか。どうしたら、他の選択肢に目が向くようになるのか。番組のディレクターは、ぜひ、臨死体験を語ってください、と言った。臨死体験。もしかしたらそう、あれはすべて、一瞬の夢だったのかも知れない。何もかも、小袖として生きた五年の歳月は丸ごと、臨死の儚《はかな》い夢だったのかも。

でも違う。違う、とあたしは信じている。小袖は、いた、のだ。千年の時間の向こう側で、必死に生きていたひとりの少女。そして彼女が仕えていた、聡明で優しい女性。その女性が生きていた時代と、宮中という場所。あの時代の中で、笑ったり泣いたり、憎んだり嘆いたり、願ったり祈ったりしていた、たくさんの女たち。みんな存在していた。生まれて生きて、そして死んだ。時がその痕跡を消し去った。でも、彼女たちがいたから、今、がここにある。

臨死体験なんか語れないけれど、小袖のことは話そう。とてつもなく長い夢としてでもいい。あたしが小袖として生きた時間のことを、言葉にしてみよう。必死で生きた記憶を、語ってみよう。

それが済んだら、次は、小袖を探そう。

カルチャースクールの源氏物語講座に入会申請を済ませた。そのくらいのレベルから始めないと、(たぶん)香子さまが残した世界最古の大長編恋愛小説は読み解けそうにない。でもきっと、読み解いていけば、どこかで小袖に逢えるはずだ。言葉の後ろ、物語の背景、どこかに、彼女はいるはずだ。

どこかに、きっと。

解説　『源氏物語』と『小袖日記』の「世」と「身」と「心」

山本淳子

名前のない「あたし」

『源氏物語』は、しばしば華やかな恋愛小説と思われがちです。平安時代の宮廷を舞台に、光源氏を始め高貴な登場人物たちの織り成す、優雅な恋物語だと。確かにそれは、一面においては正しいでしょう。が、『源氏物語』の本質は、むしろ別のところにあります。その事実は、本書『小袖日記』が平安時代らしき異界へのワープ小説という一見軽いSFコメディを装いながら、本質は別のところにあるのと同じです。

本書の主人公にして語り手である「あたし」は、固有名詞が明かされません。京都の北野白梅町辺りに住み、和装小物製造販売会社の経理部に勤め、営業部の課長と不倫していたOL。「キャリアウーマン」という呼び名は相応しくなく、どこまでも〈いちOL〉である彼女は、この物語をつぶさに語る饒舌なキャラクターです。が、自分のことは最後までただ「あたし」と呼ぶだけです。作者・柴田よしきは周到にも、そんな名も無い女の物語として『小袖日記』を書いたのだと考えます。どこにでもいる、あなたでもあり私でもあるかもしれない女。それは、『源氏物語』の主な登場人物である女たちが固有名詞を持たず、ただ「女」や「夕顔」などの呼び名でしか呼ばれないことと似ています。

「世」と「身」と「心」とは

さて、紫式部の人と作品を研究している私が本書を読んでいて思い出したのは、「世」と「身」と「心」という言葉でした。紫式部が『源氏物語』で書こうとしたものはいろいろあるでしょう。が、「世」と「身」と「心」こそはすべての根本にあって彼女が自分の人生を賭けて書きたかったものだと、私は考えています。その同じ印象を、本書から受けました。

「世」とは、世界のことです。私たちが生きている「この世」のことだと思って下さい。「令和の世」と言えば、「世」は時代を指します。また「世間」という言葉もあって、しがらみに満ちた人間関係を言います。それこそSFでもない限り私たちはこの世界から外に出られないし、現在以外の世には行けません。また世間と縁を切ることも、まずできません。「世」は私たちを取り囲み束縛しています。そして「身」とは、「世」に束縛されている私たち自身です。切れば血も出る涙も出る「身体」。OLや派遣社員、専業主婦という「身分」。そしてそれぞれが個別の「身の上」を負っています。人生を生きる以上、人は皆「世」に生きる「身」です。

しかし、人には「世」に縛られない部分もあります。それが「心」です。本書の末尾近くで、「あたし」は思います。

人間は、自分が生まれてしまった時代の中、その時代の様々な呪縛にとらわれながら、懸命に幸せを探して生きていくしかないのだから。

これがまさに「世」を生きる「身」と「心」ということです。ただし「心」は、幸せを探すだけではありません。「あたし」は課長と不倫をしました。これは「心」のいたずらです。課長に裏切られやぶれかぶれになって「死にたい」と思いました。それも「心」の暴走です。「心」は一筋縄ではいかない。「あたし」はそれをよく分かっていて、だからこそ「幸せを探して生きていくしかない」と言っているのだと思います。

『源氏物語』の女たち

さて、本書のなかで「あたし」は平安時代の異界にワープし、そこで「小袖」という女性として生きて、紫式部の『源氏物語』制作のアシスタントを務めます。持ち前の好奇心と行動力と人情、そしてそれなりの正義感によって、小袖は様々な事件の渦中に飛び込み、謎や誤解や偏見に閉ざされていた女性たちの真実を突き止め、紫式部に伝えます。すると紫式部がそれを少し変えて『源氏物語』に仕立てるという仕組みです。『源氏物語』の奥に隠された真実を知るのは小袖と紫式部、そしてこの物語の読者だけです。では、古典作品の『源氏物語』はそれぞれの女性をどのように描いているのでしょうか。ここからは、それを少しばかり紹介しましょう。

第一章の「夕顔」は、光源氏が十七歳の夏に出会った女性です。庶民街の夕顔が咲く小家《こいえ》に住み、気の利いた和歌も詠み、従順で可愛かったのですが、泊まり掛けで訪れた廃院「某《なにがし》の院」で怪異に襲われ死んでしまいます。その後、光源氏の悪友頭中将《とうのちゅうじょう》の愛人で子供もありつつ、本妻に脅かされ、怯えて庶民街に仮住まいをしていたとわかります。引っ込み思案で人に意思を告げられない性格でした。光源氏からの扱われ方に屈辱を感じても言えず、廃院行きも嫌だと断れず、結果物怪《もののけ》に殺された。これが彼女の「世」と「身」と「心」でした。

第二章の「末摘花」は、皇族の遺した愛娘《まなむすめ》という点に惹かれて光源氏が手を出すも、あまりに個性的な外見にたじろいだ女性です。「末摘花」とはベニバナの別名、つまり「赤鼻」ということです。末摘花の背負う「世」と「身」と「心」は、不器量な外見に加え貧困と孤独そして愚鈍です。でも一方で、彼女は強い信念の人でもあり、父の遺した家を（あばら家になっても）守り、光源氏を（彼がすっかり彼女を忘れても）信じ続けました。物語では、それが一種の奇跡を生みます。末摘花の物語は笑い話と読まれることが多いのですが、不屈と救いの話でもあります。ただし、優しい作者によるおとぎ話の類かもしれませんが。

第三章の「葵」は、光源氏が十二歳で結婚した正妻。夫婦仲はしっくりせず、結婚十年にして初めて懐妊し、出産の数日後に死亡しました。光源氏の愛人六条御息所《ろくじょうのみやすどころ》の生霊の仕業とほのめかされますが、真相は不明です。葵の「世」と「身」は、権力者の娘で父の政略の道具とされる運命。そして「心」は、父の意に従うなら自分は当然皇太子と結婚するものと夢見ていたのに、蓋を開けてみればあてがわれたのは光源氏、皇位継承権も持たない臣下の男だったという落胆と、彼の度重なる裏切りを許せない怒りです。死の間際、ひとときだけ光源氏と心がつながったとも読めますが、果たしてそうか。これはぜひ『源氏物語』を読んで考えてほしいところです。

第四章の「明石」、第五章の「若紫」についても、「あたし」が物語末尾で『源氏物語』を読もうと決心したように、ぜひ原典を読んで下さい。それぞれの「世」と「身」と「心」を負った彼女たちは、今を生きる私たちでもあるはずです。

（平安文学研究者）

単行本　二〇〇七年四月　文藝春秋刊
本書は二〇一〇年に刊行された文春文庫の新装版です。
DTP制作　エヴリ・シンク

文春文庫

小《こ》袖《そで》日《にっ》記《き》

定価はカバーに表示してあります

2022年4月10日　新装版第1刷

著　者　柴《しば》田《た》よしき
発行者　花田朋子
発行所　株式会社　文藝春秋

東京都千代田区紀尾井町3-23　〒102-8008
TEL　03・3265・1211(代)
文藝春秋ホームページ　http://www.bunshun.co.jp

落丁、乱丁本は、お手数ですが小社製作部宛お送り下さい。送料小社負担でお取替致します。

印刷製本・凸版印刷

Printed in Japan
ISBN978-4-16-791862-0